U0567499

邪屋

THE HAUNTING OF HILL HOUSE

〔美〕雪莉·杰克逊 著 吴建国 译

人民文学出版社
PEOPLE'S LITERATURE PUBLISHING HOUSE

Shirley Jackson
The Haunting of Hill House

Copyright © 1959 by Shirley Jackson
Simplified Chinese edition copyright © 2016
by Shanghai 99 Readers' Culture Co., Ltd.
All rights reserved.

图书在版编目(CIP)数据

邪屋/(美)雪莉·杰克逊著；吴建国译.—北京：
人民文学出版社,2016
（域外聊斋）
ISBN 978-7-02-011729-1

Ⅰ.①邪… Ⅱ.①雪… ②吴… Ⅲ.①长篇小说-美国-现代
Ⅳ.①I712.45

中国版本图书馆 CIP 数据核字(2016)第 127797 号

责任编辑：卜艳冰
特约策划：邱小群　骆玉龙
封面插画：杨　猛
封面设计：高静芳

出版发行　人民文学出版社
社　　址　北京市朝内大街 166 号
邮政编码　100705
网　　址　http://www.rw-cn.com

印　　刷　山东德州新华印务有限责任公司
经　　销　全国新华书店等

开　　本　890 毫米×1240 毫米　1/32
印　　张　6.375
字　　数　196 千字
版　　次　2016 年 11 月北京第 1 版
印　　次　2016 年 11 月第 1 次印刷

书　　号　978-7-02-011729-1
定　　价　29.00 元

如有印装质量问题,请与本社图书销售中心调换。电话:010-65233595

目　录

第一章 …………………………………………… 1
第二章 …………………………………………… 27
第三章 …………………………………………… 45
第四章 …………………………………………… 76
第五章 …………………………………………… 112
第六章 …………………………………………… 136
第七章 …………………………………………… 148
第八章 …………………………………………… 169
第九章 …………………………………………… 186

第一章

在绝对真实的环境下，没有任何生灵依然能够持之以恒、一如既往、心智健全地生存下去。有人认为，即使是百灵鸟和美洲大螽斯[1]，有时难免也会做梦的。希尔山庄，这座不可理喻的山庄，兀自矗立在衬托着它的雄姿的山峦之间，守护着屋内那不为人知的秘密。它已经如此这般在这儿矗立了八十年，说不定还会再矗立八十年的。庄园内，一堵堵高墙依旧笔挺地耸立着，砖石的接缝依然纵横齐整，地板依然坚固如初，一扇扇房门依然煞有介事地关闭着。静谧的氛围永远一成不变地笼罩着希尔山庄这座木石结构的建筑物，因此，无论什么东西行走在这里，都是在形影相吊地踽踽独行。

约翰·蒙塔古博士是一位哲学博士。他获得的博士学位是人类学研究方向的，因为他心里总是隐隐约约地觉得，在这个领域里，他或许最能贴近他真心喜欢的这个职业，对超自然的鬼魂显灵现象做出分析。鉴于目前所进行的诸般调查研究全都如此缺乏科学性，他在使用自己的头衔时便慎之又慎，因为他还是希望凭借自己的学历摆摆架子，赢得别人对他的敬重，甚至赢得一个学者应有的权威性。由于他并不是一个肯放下架子低声下气地向别人求助的人，为了租用希尔山庄三个月，他付出了高昂的代价，不仅耗费了大量的金钱，也降低了自己的人格尊严。不过话说回来，他也信心十足地指望着他所付出的艰辛努力能够得到补偿，只要他的这部颇有权威性的专著一出版，马上就会引起轰动性效应的，这部著作要论述的是人们待在一间众所周知的经常"闹鬼"的屋子

---

[1] 一种产于美洲的昆虫。

里何以会产生精神障碍的因果关系。他毕生都在寻找这样一间名副其实、经常闹鬼的屋子。在获知了希尔山庄的情况时，他起初还有些将信将疑，继而是满怀希望，随后便乐此不疲地忙碌起来。一旦找到了希尔山庄，他这人是绝对不会轻易放弃的。

蒙塔古博士关于希尔山庄的良苦用心，原本产生于 19 世纪那些无所畏惧、锲而不舍地追寻鬼魂踪迹的勇士们所采取的方法。他打算亲自住进希尔山庄，看看这里究竟会发生些什么样的事情。起初，他的本意只是想去效仿一下那位早已作古、姓氏不详的女士，那位女士入住的是巴列钦庄园[1]，在那儿举办了整整一个夏天的舞会，用以款待那些对轮回转世之说持怀疑态度的人和坚信确有其事的人。槌球比赛和守望灵魂是当时最吸引人的两大活动，然而，持怀疑论者也好，坚信不疑者也好，擅打槌球的高手也罢，这些人现如今怕是更加难得一见了。

蒙塔古博士迫于无奈，还得聘请几名助手来。兴许是维多利亚时代悠闲恬静的生活方式本身已经不知不觉地使人们对心理调研的诸般手段采取了更加宽容的态度，抑或是这种不辞辛劳地对各种灵异现象进行证据收集在很大程度上已经演化成了判定现实的一种方式吧，不管怎么说，反正蒙塔古博士不仅需要聘请助手，而且还得花力气去寻找这些人。

由于蒙塔古博士一向认为自己是一个兢兢业业、凡事都一丝不苟的人，在寻找自己中意的助手这件事上，他耗费了大量的时间。他仔细查阅了各家心理研究机构的工作记录，翻遍了过去曾报道过耸人听闻的重大事件的一摞摞报纸，通览了那些专门研究超自然心灵感应现象的玄学派心理学家们所做的各种报告，从中搜罗整理出了一长串涉案人士的名单，列在这个名单上的所有人都曾以这种或那种方式、都曾在这样或那样的紧要关头，被卷入到一些诡谲反常的事件中，无论这些人是一时半会儿地被卷入其中的，还是半信半疑、身不由己地参与进来的。根据这

---

[1] 巴列钦庄园（Ballechin House），苏格兰斯图亚特家族于 1806 年在其古老庄园的旧址上建造的一座乔治亚式的庄园。巴列钦庄园里曾发生过一系列鬼魂显灵、人员神秘失踪或死亡事件，是"苏格兰最有名的鬼屋"。19 世纪中叶，英国"心灵感应研究会"曾派出大量调查人员入住该古宅展开研究，却始终未能解开古宅闹鬼之谜。自 19 世纪以来，围绕着巴列钦庄园的超自然现象，西方作家创作出了无数惊悚奇谲的鬼怪故事。此处借用的是其中一则故事。

一名单，他首先剔除了那些早已作古之人的名字。名单上还有一些在他看来纯属一心想抛头露面成为公众人物的人，智商低于正常标准的人，或者因为明显有哗众取宠之嫌而不合适做此工作的人，等到他把这些人的名字都逐一划掉之后，他手头的这份名单上只剩下大约十多个人的名字了。于是，这些人无一例外都接到了蒙塔古博士发来的邀请函，邀请他们到一所舒适宜人的乡间别墅来，在这儿度过一个完整的夏天，或者度过这个夏天的部分时光。这幢乡间别墅虽然是一座古宅，但是抽水马桶、供电系统、中央供暖系统、清洁床垫被褥等生活设施都一应俱全。请他们入住此地的目的，邀请函上写得明明白白，是为了观察和探明围绕着这座古宅所发生的形形色色、索然无味的传闻，自从这座山庄落成以来，这些传闻已经在坊间流行了差不多有八十年之久。蒙塔古博士的邀请函并没有开诚布公地说明希尔山庄是一个经常闹鬼的地方，因为蒙塔古博士是一位相信科学的人，除非他亲身体验到了某一超自然的心灵感应现象，否则他才不会过于不着边际地完全凭自己的运气行事呢。正因为如此，他的这些信函便蕴含着一种经得住仔细推敲的可有多种解释的庄重感，目的是为了能抓住哪怕是个性特征非常特殊的读者的想象力。对于发出的这十多封邀请函，蒙塔古博士只收到了四个人的回复，另外那八九个应征者估计已经搬了家，而且没有留下可进一步联系的地址，或者很可能已经对这份常人能力所不及的差事、甚至可以说根本就不存在的差事再也不感兴趣了。对于这四位有答复的应征者，蒙塔古博士又分别写了回信，在信中注明了这座古宅何时可以正式迎接客人来入住的具体日期，并附上了如何到达此地的详细指南，因为，正如他不得不解释的那样，靠沿途打听想找到这座山庄是极其困难的，尤其在它周围的这片乡村里，向谁也打听不到任何信息。在动身前往希尔山庄的前一天，有人建议蒙塔古博士把这座山庄原主人的一名代表吸纳到他精挑细选出的这个团队里来，接着又有一名应征者发来了一封电报，找了一个显然是刻意编造出的借口，宣布退出了。还有一名应征者压根儿就没有露面，也没有回信，大概是因为遇到了某个十分紧急、难以脱身的个人问题的干扰，只好作罢。剩下的那两个应征者倒是应约而来了。

伊莲娜·万斯来到希尔山庄时已年届三十二岁。由于她母亲已经过世，她在这个世界上唯一真正痛恨的人就是她姐姐。她不喜欢姐夫，也不喜欢那个五岁的外甥女，而且连一个知心朋友也没有。这一点在很大程度上要归咎于她把自己十一年的青春韶华都用来照料她那久病缠身、卧床不起的母亲了，这段岁月把她磨练成了一名精通护理工作的护士，然而也使她落下了只要面对强烈的阳光就会不停地眨眼睛的毛病。她不记得自己长大成人后的生活中是否曾有过真正快乐的日子。陪伴在母亲身边的这些年完全是在不断有小小的过失、不断听到轻微的呵责、常年的身心疲惫，以及永无出头之日的绝望中苦熬过来的。尽管她压根儿就不想变得这样少言寡语、羞怯腼腆，然而落落寡合地过了这么多年的单身生活，身边连一个值得爱的人也没有，害得她连开口跟人说话都感到很别扭，哪怕随便跟什么人聊上几句，都会觉得浑身不自在，而且还会窘迫得根本找不到话来说。她的名字之所以会出现在蒙塔古博士的名单上，是因为有一天，那时候她才十二岁，她姐姐十八岁，她父亲刚刚去世还未满一个月，一阵阵暴雨般的石头突然从天而降，坠落在她们家的房屋上，事先既没有任何征兆，也没有任何迹象表明祸从何来，只听无数的石块在天花板上顺着墙壁滚滚而下，隆隆声不绝于耳，砸碎了窗玻璃，劈里啪啦、令人发疯地敲打在屋顶上。那些石块断断续续一连落了三天，在那三天时间里，最让伊莲娜和她姐姐感到惶惶不可终日的还不是那些石头，而是成天聚集在她家大门外围观的那些邻居和前来看风景的人，以及她母亲那没头没脑、歇斯底里的叫骂，因为她母亲坚持认为，这一切都归因于本街区的那些心肠歹毒、爱在背后用舌根伤人的人，那些人自从她搬来此地后从来就没有安分过。三天之后，伊莲娜和她姐姐被送到一位朋友家去住了，于是，这场石头雨也随之戛然而止，而且从此再也没有出现过，尽管伊莲娜和她姐姐以及她母亲后来又搬回这幢房子里来住了，然而她家却与整个街坊邻里都结下了怨仇，争争吵吵的事情从来没有停止过。这场变故如今早已被大家忘却了，唯有蒙塔古博士咨询过的那些人仍然还记得当年的情景。这件事当然也早已被伊莲娜和她姐姐丢在了脑后，她俩当时还相互攻讦，认为对方才是罪责难逃的祸水。

在她的人生处于彻头彻尾的阴暗面的这段岁月里，自从她刚刚开始懂事以来，伊莲娜就一直在盼望着类似于希尔山庄这样的事情会不期而至。尽管终日在照料母亲，将一个性情乖戾、爱发脾气的老妇人从轮椅上抱到床上，没完没了地端出左一小盘、右一小盘的汤和麦片粥来伺候母亲吃，自己还得再走马灯似的挤出时间到肮脏不堪的洗衣房去忙碌一通，但是伊莲娜却始终坚定不移地怀着这样一种信念，总有一天会有什么奇迹发生的。虽然她姐夫一再坚持要先给两三个熟人打电话去了解一下，确信这位有博士头衔的家伙并不是图谋不轨，想把伊莲娜引入到那些未开化的野蛮人的宗教仪式里去，因为那些宗教仪式不可能不牵涉到一个未婚年轻女子所不该知道的事情，伊莲娜的姐姐认为，有些事情还是不宜让一个未婚女青年知道的。虽然如此，伊莲娜还是给蒙塔古博士回了信，表示愿意接受这份邀请前来希尔山庄。大概是伊莲娜的姐姐在卧房里与丈夫行床笫之欢时，已经私下里悄悄议论过这件事，说不定这位蒙塔古博士——假如这个名字确实是他的真名的话——说不定这位蒙塔古博士就是想利用这些女子去从事某些不可告人的——哎呀——从事某些不可告人的实验呢。你是知道的——那些个实验啊，他们就是这么干的。伊莲娜的姐姐满脑子里想的都是那些实验，她早就听说过这些博士干过的某些勾当。伊莲娜倒是压根儿也没有想过这些事，即使想过，她也不怕。伊莲娜，简而言之，是一个什么地方都敢去的人。

西奥朵拉——这是她使用得最多的名字。她的那些素描画上签的都是"西奥"这个字样，她的寓所的房门上，她所经营的那家店铺的橱窗上，她在电话号码簿上所登记的，她印在那些色调淡雅的信笺信封上的，她自己的那张楚楚动人、摆放在壁炉架上的相片的下方所题写的，向来都单单只用一个西奥朵拉——西奥朵拉跟伊莲娜根本不是同一类人。西奥朵拉有责任心，有良知，这是她最具特色的两大优点，这两大优点严格说来还是美国女童子军[1]所具备的优点呢。西奥朵拉的世界是一个充满欢乐、色彩柔和的世界。她之所以会出现在蒙塔古博士的

---

1 美国女童子军（Girl Scouts of the United States of America），由美国优秀女生所组成的遍及全美各学校的少女组织，创建于 1912 年，旨在促进女生自我价值的实现，并通过开展野营拉练、社区服务、学习急救等活动来弘扬诸如为人诚实、办事公正、敢于斗争、富有同情心、品格高尚、姐妹情谊、公民意识等核心价值观，设立有女童子军铜奖、银奖、金奖等奖项，用以表彰出类拔萃的女生。

名单上，是因为——她总是带着一路欢笑声走进实验室，所到之处无不携着一股花香扑鼻的香水味——也不知是什么原因，她居然能够准确无误地从二十张卡片中辨认出十八张卡片，或者从二十张卡片中辨认出十五张卡片，或者从二十张卡片中辨认出十九张卡片，那些卡片都掌握在一名实验室助手的手里，她是看不见的，全凭听觉来识别，连她本人都对自己具有这种让人匪夷所思的本领感到非常有趣，也很刺激。西奥朵拉这个名字在实验室的记录册上显得非常突出，因而也就在所难免地引起了蒙塔古博士的关注。西奥朵拉觉得蒙塔古博士的第一封来信很有意思，于是就给他回了信，当时完全是出于好奇（大概是西奥朵拉后来忽然如梦初醒地发觉，自己竟然身怀绝技，能够一口报出别人捏在手里而自己看不见的那些卡片上的符号是什么，这才促使她要一意孤行地前来希尔山庄的）。诚然，她也想过要全身而退，拒绝接受这份邀请。然而——大概是那种躁动不安、跃跃欲试的迫切心情又一次占了上风的缘故——等到蒙塔古博士的正式确认函到来时，西奥朵拉终于抵御不住诱惑了，而且还莫名其妙、没头没脑、十分任性地跟那位与她合住同一套公寓的朋友大吵了一场。事情的原委应当说双方都有责任，由此而产生的隔阂只有靠时间来消弭了。西奥朵拉一气之下，故意地、绝情地把她朋友精心为她雕刻的那尊非常可爱的小雕像摔了个粉碎，她朋友也不甘示弱，恶狠狠地把西奥朵拉送给她当生日礼物的那本阿尔弗雷德·德·缪塞[1]的著作一页页都扯成了碎片，还特别煞费苦心地撕碎了有西奥朵拉亲笔题写的充满爱意、诙谐幽默的言辞的那一页。这些举动当然是令人难以忘怀的，要等时光慢慢流逝之后，她们才有可能重新握手言欢，对这些行为一笑了之。西奥朵拉就是在这天晚上写回信给蒙塔古博士，表示愿意接受他的邀请的，而且第二天就凛若冰霜、默不作声地出发了。

　　卢克·桑德森是一个满嘴谎话的人。他还是一个窃贼。他姑妈，希尔山庄的庄主，喜欢逢人就说，她的这个侄儿虽然受过最好的教育，穿

---

[1] 阿尔弗雷德·德·缪塞（Alfred Louis Charles de Musset，1810—1857），法国著名戏剧家、小说家、诗人。除了诗歌创作、诗歌理论和作品的现代性之外，缪塞的自传体小说《一个世纪儿的忏悔》（*La Confession d'un enfant du siècle*，1836）也闻名遐迩，备受历代读者喜爱，小说描写了他与法国著名女作家乔治·桑（George Sand，1804—1876）的恋爱经历。

着最考究的衣服，言谈举止也最有品位，然而结交的却是一帮最下三滥的朋友，她从没见过世上竟然有这号人。她只要一逮住机会就想支开他，打发他外出几个星期，免得他在家里胡作非为。那位家族律师受人之托，前来奉劝蒙塔古博士说，他若真想把这幢别墅租下来用以实现他既定的目的，就必须在租用期内始终有这个家族的一名成员在场，否则免谈。然而，也许在他们初次见面的时候，这位博士就已看出，卢克的身上似乎暗藏着一种蓄势待发的力量，或者说，有一种像猫一样善于自我保护的本能，这一点不免使他产生了几分顾虑，那种惴惴不安的心情几乎一点儿也不亚于桑德斯太太，桑德斯太太只要一看到卢克待在家里就会感到惴惴不安。不管到头来结果如何，反正卢克觉得这事儿很有趣，他姑妈也因此而感激不尽，蒙塔古博士更是感到如愿以偿。桑德斯太太对那位家族律师说，那幢别墅里反正也没有什么真正值钱的、卢克有可能会来偷窃的东西。屋子里的那些古老的银器倒是货真价实的，她对那位律师说，但是卢克要想把那些银器偷到手却是难上加难，几乎办不到：要想把那些银器偷到手，再把它们置换成现钱，得花费很大的周折才行。桑德斯太太这样说卢克，倒也有些委屈了他。卢克根本就不大可能去偷家里的那些银器，或者偷蒙塔古博士的手表，或者偷西奥朵拉的手镯。他的不端行为，大体说来，也不过仅限于从他姑妈的手提包里偷点儿小钱，以及在打牌的时候耍手腕作弊而已。据他姑妈的那些朋友们说，他把人家馈赠给他的那些手表和香烟匣子拿出去变卖的时候也很有一手，装出一副天真烂漫的样子，连面孔也羞得通红。总有一天卢克会继承希尔山庄的，但是他怎么没有想到自己竟然会住进这幢别墅里来。

"我只是觉得她不该把那辆车带走，别的话我也不想多说了。"伊莲娜的姐夫还在固执地说。

"那辆车我也有一半的使用权啊，"伊莲娜说，"当初买这辆车子的时候，我也是出了钱的。"

"我只是觉得她不该把那辆车带走，别的话我也不想多说了。"她姐夫说。他求助似的把目光转向了他妻子。"这辆车她要用整整一个夏天呢，而我们却不得不迁就她，过那种没有车的日子，这样做不大公平吧。"

"这辆车一直是嘉丽在开，我一次也没碰过，甚至都没有把车从车库里开出来过，"伊莲娜说，"再说，你们整个夏天都到山里避暑去了，你们在山里也用不着这辆车呀。嘉丽，你心里有数，你们在山里用不着开车的，你说是吧。"

"可是，万一可怜的小琳妮生病了，或者出什么事了，那该怎么办？我们总该有一辆车带她去看医生吧？"

"这辆车有我一半的份额，"伊莲娜说，"我是一定要带走的。"

"万一嘉丽自己生病了呢？万一我们找不着医生，需要去医院呢？"

"我要用车。我拿定主意了，一定要把这辆车带走。"

"我看不一定吧，"嘉丽不紧不慢、字斟句酌地说，"我们还不知道你到底要去哪儿呢，对不对？你自己都还没有弄明白究竟合不合适，就急着来跟我们大谈特谈这件事，对不对？我觉得我看不透这里到底有什么名堂，不能平白无故地让你借走我的车。"

"这辆车有一半属于我。"

"不行，"嘉丽说，"你不能带走这辆车。"

"说得对。"伊莲娜的姐夫连连点头。"我们需要这辆车呀，就像嘉丽说的那样。"

嘉丽微微笑了笑。

"要是我同意把这辆车借给你用，万一出了什么事儿，伊莲娜，我永远也不会原谅我自己的。我们怎么知道这位博士能不能信得过呢？不管怎么说，你毕竟还是一个涉世不深的年轻女子啊，再说，这辆车子也还值一大笔钱呢。"

"好吧，是这样，嘉丽，我确实打电话去问过教务处的霍默，他说此人在念大学的时候名声很好，是个正人君子，他就读的学院好像是——"

嘉丽依旧面带微笑地说："当然，我们可以找出充分的理由来推测，他是一位很有教养的正派人。可是，伊莲娜为什么偏偏不肯告诉我们她到底要去哪儿呢，或者让我们知道，要是我们在家里需要用这辆车的时候，怎样才能找到她。保不定会出什么事儿呢，而我们很可能什么也不知道。即使伊莲娜，"她还在娇声娇气地接着往下说，两眼望着自己手里的茶杯在说,"即使伊莲娜早有思想准备,愿意接受不知是哪个男人的邀请,要不顾一切地跑到天涯海角去找他,我们还是找不出任何理由允许她带走我这辆车。"

"这辆车有一半是我的。"

"万一可怜的小琳妮生病了呢,恰好又待在那边的大山里,周围连一个朋友也没有,怎么办?附近连一个医生也没有,怎么办?"

"不管怎么说吧,伊莲娜,我可以肯定,要是妈妈还在世,她也会认为我这样做是最稳妥的。妈妈在世的时候最相信我了,她肯定不会赞成我由着你自己的性子胡来,开着我这辆车,跑到天晓得什么地方去的。"

"再说,万一连我自己也病倒了呢,待在那边的——"

"我可以肯定,妈妈会赞成我这样做的,伊莲娜。"

"还有,"伊莲娜姐夫的脑子里忽然冒出了一个念头,便接着说,"我们怎么知道她还能不能完好无损地把车子开回来呢?"

凡事都得有开头第一次嘛,伊莲娜暗暗告诫自己。她下了出租车,时辰还早,天还没亮呢,她禁不住浑身哆嗦起来,因为此时此刻,她姐姐和姐夫说不定正在为小荷尖尖刚刚露出了一点儿苗头的悬疑感到愤愤不平呢,也许是吧。她飞快地从出租车里拉出她的手提箱,司机帮她把放在前排座位上的那只纸板箱提出车来。伊莲娜加倍付了他小费,心里却在犯嘀咕,不知她姐姐和姐夫是否尾随而来了,他们这时也许刚刚走上这条马路,正在相互说着话儿呢,"瞧,她在那儿,果然不出我们所料啊,她就是来做贼的,瞧,她就在那儿。"她急匆匆地拐过街角,径自朝本城那家规模宏大的车行走去,他们家的那辆车就停放在这个车行里,一边走,一边神色慌张地朝大街两头左右扫视着。她一不留神,跟一个非常不起眼的小老太婆撞了个满怀,把一个个包装盒撞得四处乱滚,接着便惊愕地看到了一只被撞翻了的袋子,袋子已经裂开了口,摔落在人行道上,从袋子里滚出了一块破碎的奶酪饼、几片切好的番茄片、还有一块硬邦邦的面包卷儿。

"你这该死的,你这该死的!"那小老太婆尖声叫骂着,仰起脸来冲着伊莲娜的脸。"这些都是我要带回家的呀,你这该死的,你这该死的!"

"实在对不起。"伊莲娜说。她弯下腰去,可是,要想把那些摔得七零八落的番茄和奶酪饼聚拢起来,再一点点儿捧回那只摔破了的袋子里,看来是办不到了。那小老太婆满脸怒容地狠狠瞪着她,见她吓得不敢再做声了,便赶忙抢在前面去收拾另外那几个包装盒,没容伊莲娜插手,直到她收拾好了之后,伊莲娜才终于站起身来,满怀歉意地朝她笑了笑。"真的很对不起。"她说。

"你这该死的,"那小老太婆说,但是口气要比刚才缓和多了,"我是要把它带回家充当一顿小小的午饭的。可是,现在倒好,由于你这——"

"我出钱赔你大概总可以吧?"伊莲娜拿起手提包来,却见那小老太婆一动不动地站在那里,一副若有所思的样儿。

"我不可能要钱的,这事儿就这样算啦,"她终于说道,"这些东西并不是我花钱买来的,你也看得出来。这几样东西全都是人家吃剩了不要的。"她气呼呼地咂了咂嘴唇。"他们丢下的那块火腿明明是你先看见的,"她说,"可是那玩意儿却被另外某个人抢先拿走了。还有那块巧克力蛋糕。还有那些土豆色拉。还有放在那些小纸碟子里的玲珑剔透的水果糖。我来晚了一步,所以什么都没拿到。可是,现在倒好……"她和伊莲娜两人都低下头去望着人行道上已是一派狼藉的杂物,随后,那小老太婆说:"所以,你明白了吧,我是不可能要钱的,不可能从你手里要钱的,更不可能让你掏钱来赔这些残羹剩菜。"

"那么,我给你买点儿东西来略表心意,赔偿你的这个损失,行不行?我真的急着要赶路呢,不过,我们可以先去找一家已经开门营业的地方——"

那小老太婆心怀鬼胎地笑了笑。"不管怎么说,我还有这个呢。"她说,说罢便抱紧了她怀里的那只包装盒。"你不妨帮我把回家的出租车费付了吧,"她说,"这样一来,随便什么人也不大可能再把我撞倒啦。"

"只要两三块钱就行了,"那小老太婆说,"当然,付给这位先生的小费不包括在内。对于像我这样身材瘦小的人来说,"她轻言巧语地解释说,"偶然吃一下亏也是常有的事,偶然吃一下亏真的是常有的事,人家很容易就把你撞倒了。不过,话说回来,能遇到一个像你这样愿意赔付的人倒也不失为一件大快人心的事情。有时候，那些把你撞倒的人，根本连头也不回一下就溜之大吉了。"在伊莲娜的搀扶下，她抱着那几个包装盒钻进了出租车，随后，伊莲娜从自己的手提包里掏出了两块钱和一枚五十美分的硬币，把钱递给了那小老太婆，那小老太婆接过钱来，紧紧地攥在她那只小手里。

"行啦，小甜心，"出租车司机说，"我们去哪儿呢？"那小老太婆咯咯儿地笑了一声。"等我们上路了，我再告诉你，"她说，接着又扭过头去对伊莲娜说，"祝你好运，亲爱的。这下你可要当心了，瞧你是怎么把人家撞倒的。"

"再见。"伊莲娜说，"真的非常抱歉。"

"没关系，就这样吧。"那小老太婆说，出租车缓缓从人行道边开走的时候，那小老太婆朝她挥了挥手。"我会为你祈祷的，亲爱的。"

这是夏季里的第一个真正风和日丽、阳光明媚的日子，一到每年的这个时节，伊莲娜总是会心如刀绞地回想起自己的童年时代，那时候的日子好像全年都是夏天似的。她父亲是在一个阴冷、潮湿的日子里去世的，在这之前，她不记得是否曾有过一个冬天。她近来老是感到很纳闷，在这些如白驹过隙、来不及细想的岁月里，不知道自己在那些白白浪费的夏日里究竟都干了些什么。她怎么能这样虚度年华，任凭时光流逝呢？我太傻啦，每年的初夏时节来临时，她都会扪心自问，我真是傻得很啊。如今我已经长大成人了，也懂得人世间许多事情的价值了。其实也算不上真的在虚度年华呀，她总是这样善解人意地认为，即使是一个人的童年时代，也谈不上是虚度过来的呀，于是，年复一年，在某个夏日的清晨，当温煦的风儿吹拂到本城她所居住的这条街道上时，她总是感到怦然心动，那个让人心寒的小小念头便会油然而生：我又让大好时光白白流逝了。然而，今天早晨，驾驶着这辆她和她姐姐共同拥有的小汽车时，她心中还是有些疑惧，但愿他们仍旧有这种意识，她终究会回来的，只不过开车外出兜了一趟罢了，她正在规规矩矩地沿着这条街道向前行驶呢，在顺着车流前进，该停就停，该转弯就转弯。想到这里，她微微一笑，望着车窗外斜斜地洒落在大街上的阳光，心里暗暗思忖着，我要走啦，我要走啦。我终于迈出了这一步。

以前总是这样，每当她得到姐姐的允许后把这辆小汽车开出来时，她总是开得分外谨慎，一路上都极其小心翼翼，唯恐留下哪怕是一丁点儿的划痕或者剐蹭，否则，她姐姐会非常恼火的。但是，今天不一样啦，她的纸板箱就放在后排座位上，手提箱就搁在座位旁的地面上，手套、手提包、薄风衣都摆在身边的副驾驶座位上，这辆车彻头彻尾归她所有了，成了一个包罗万象、完全属于她自己的小天地了。我真的要走啦，她暗暗思忖道。

到了本城最后一个有红绿灯的路口时，趁着还没有转弯驶上出城的那条宽阔的高速公路的当儿，她把车停了下来，一边等着放行，一边从手提包里抽出蒙塔古博士的那封信。我甚至连地图都用不着看嘛，她想，他准是一个非常仔细的人。"……由三十九号公路朝艾什顿方向行驶，"信上说，"然后再左转，驶上五号公路，一路向西走。沿这条路行驶大约不到三十英里，就走到那个叫做希尔斯代尔的小山村了。径直穿过希尔斯代尔，走到村头，左边是加油站，右边有一座教堂，就在这儿向左转，驶上那条看上去像是一条狭窄的乡间小路的马路，这条路直通山里，但是路况很差。沿着这条路一直走到头——大约有六英里——前方映入你眼帘的便是希尔山庄的两扇大门。我之所以把线路指南写得如此详细，是因为在希尔斯代尔停车问路是很不可取的。那个地方的人对待陌生人的态度很不礼貌，尤其对前来打听希尔山庄的人，不管是谁，他们都一律毫不掩饰地充满了敌意。

"我非常高兴你能来希尔山庄加入我们的行列，我也深感荣幸能在六月二十一日星期四这天与你相见、面谈……"

交通灯变绿了，她转弯驶上高速公路，彻底甩开了这座城市。到了现在这个时候，她心里在想，谁也别想再看见我啦，他们甚至都不知道我在朝哪个方向开呢。

她以前从来没有独自一人驾车走过这么远的路。想把这美妙无比的旅程划分成英里数和小时数，无疑是十分愚蠢的念头。她非常精确地驱车行驶在公路线与公路两旁蔚然成行的树木之间，把这段旅程当成了她体验一个个激动人心的时刻的一次经历，每一个时刻都是一种新的体验啊，就让这一个个新的体验裹挟着她一路向前驶去吧，载着她从一条新奇得让人难以置信的路段驶向又一个让人耳目一新的地方去吧。这次旅行本身就是她毅然采取的一次充满自信的行动，然而她最终的目的地却很不明确，无法想象，或许根本就不存在。她的本意就是想好好欣赏旅途中每转过一道弯时的风景线，眼前的道路、树木、房舍，以及那些丑劣不堪的小城镇，都让她感到留恋不舍，旅途中还自我解嘲地想象着那个时不时地会在她脑海中油然而生的念头，随便在什么地方停下来，永远不再离开得啦。她真想在高速公路上靠边停下车来——尽管这是不允许的，她暗暗告诫自己，倘若她果真这样做了，她肯定会受到重罚的——把车就丢在那儿，然后悠闲地离开公路，漫步穿过那片树林，走到前方那片柔美、喜人的原野中去。她真想怡然自得地徜徉在那儿，直到玩得筋疲力尽，四处追蝴蝶，或者顺着一条小溪一直走下去，然后，等到夜幕降临的时候，来到某个穷苦的伐木工人家的茅屋前，他一定会为她提供栖身之所的。她真想把东巴林顿，或者德斯蒙德，或者博尔科的那个混合型的村落当作她永久的家园。她真想永远也不离开这条公路，就这样行色匆匆、永不停息地一路开下去，直到车轮被磨损得彻底报废，她也走到了世界的尽头。

要不，她暗暗寻思，我干脆就这样一路开到希尔山庄去吧，那里有人在翘首企盼地等着我来呢，人家已经在那里为我安排好了住处、房间、膳食，还有一小笔象征性的薪水呢，想必可以让我暂且抛开那些做不尽的义务，抛开城里的那些躲不开的纷扰吧，也免得我老想着要逃奔出去看世界了。我真想知道蒙塔古博士长得怎么样。我真想知道希尔山庄到底是什么模样。我真想知道除我之外还有什么人会来。

此时，她已经远远离开了她所熟悉的那座城市，正在密切注视着该转向三十九号公路的那条弯道，这条神奇的线路是蒙塔古博士特意为她挑选的，完全不同于这世上所有的公路，这条路会安然无恙地把她引导到他的身边，引导到希尔山庄来的。世上再没有任何别的道路能够指引她从原来她所在的地方走向她一心想去的地方了。蒙塔古博士的指南是经过反复核实的，绝对不会出任何差错，在那个指向三十九号公路的路标的下方还有一条标识：艾什顿，一百二十一英里。

此时此刻，这条公路已然成了她亲密无间的朋友，公路蜿蜒曲折，千回百转，每转过一道弯，都会有一片让人意想不到的风景在迎接着她——有时会遇到一头奶牛，从栅栏边探出脑袋认真打量着她，有时会碰见一只漫不经心的狗儿——公路逶迤向前，时而峰回路转，通向山下的一条又一条深谷，深谷里坐落着一个又一个小镇，时而会穿过一片片田野和一座座果园。行驶到一个村落的主街上时，她看见了一座蔚为壮观的豪宅，雕梁画栋，围墙高耸，窗户上镶着百叶窗帘，一对石狮守卫在门前的台阶上。她暗暗寻思，她不妨可以生活在这个地方呀，每天清晨为那对石狮扫除灰尘，每天晚上拍拍石狮的脑袋道一声晚安。在六月里的这个清晨，时代已经开始变样啦，她暗暗宽慰自己说，然而，这是一个新得出奇、独具特色的时代，在这短短的几秒钟内，我已经在一幢门前有两尊石狮的屋子里度过了一生的时光。每天早晨，我在清扫门廊，拂去石狮身上的灰尘，每天晚上，我拍拍石狮的脑袋道一声晚安，而且我要每周一次用温水和苏打为石狮洗脸、擦身、洗爪，用药棉签为它们刷牙。在这幢屋子里，个个房间都高大宽敞、井井有条，地板光洁照人，窗户明净透亮。有一个体态轻盈的小老太婆负责照料我，每天晚上用托盘端着一套银茶具款款朝我走来，给我送来一杯接骨木果酒，为我补补身子。在那间长条形的、气氛祥和宁静的餐厅里，我独自一人坐在那张晶莹闪亮的餐桌前用餐，在那些高大的窗户之间，用洁白的木板镶拼而成的墙壁在烛光的照耀下熠熠生辉。我吃的是一份燕窝，还有从花园里采来的四季小萝卜，以及家里自制的梅子酱。我睡觉时，床上罩着用洁白的蝉翼纱做成的帐幔，过道里有一盏夜灯在守护着我。走在本镇的大街小巷里，人人都朝我鞠躬作揖，因为大家都为我那两尊石狮感到无比骄傲。等我去世的时候……

没过多久，她就把那座小镇远远抛在了身后，正穿行在那些污秽不堪、已经关闭的卖快餐的摊位和破破烂烂的招牌之间。附近这一带有一个地方曾经是一个很热闹的集市，那是很久以前的事儿了，是因为经常在这一带举办摩托车拉力赛而形成的。那些招牌上依然还残留着当年的字样。**胆大**，其中有一副招牌上的字迹依然清晰可辨，另一个字迹是，**妄为**，看到这里，她自我解嘲地笑了笑，心里明白，她怎么处处看到的都是这些凶吉未卜的预兆呢。这两个字样合在一起就是**胆大妄为**啊，伊莲娜，那是在警告那些胆大妄为的司机呢，于是，她放慢了车速，因为她开得实在太快了，也许会过早地抵达希尔山庄的。

行驶到下一处景点时，她索性把车停靠在路边，两眼凝望着前方，心里既不敢相信,又充满惊奇,映入眼帘的是沿着这条公路大约有四分之一英里长的路段,她刚刚从这个路段走过,边走边观赏着沿途的景致,沿途是一排灿烂无比、花团锦簇的夹竹桃,盛开的粉红色和白色的花朵争奇斗艳,一眼望不到头。此时,她已经来到这个由夹竹桃守护着的门户了,穿过这个门户,那些夹竹桃树依然绵延不断。这个门户充其量不过是一对颓败的石柱而已,两尊石柱之间有一条大路从中穿过,通向对面空旷的田野。她看得出,大路边的夹竹桃树是经过修剪的,而且齐整整地一路延伸向一个面积巨大的广场的两侧,她放眼望去,能够远远看到广场的另一侧,那边也是一排整齐的夹竹桃树,看上去是沿着一条小河边生长的。环绕着夹竹桃树的广场内什么也没有,既没有房屋,也不见有任何建筑设施,什么也没有,只有那条笔直的大路从中横穿而过,在那条小溪边戛然而止。哎呀,这个地方从前是派什么用场的呢,她心里在遐想着,这个地方曾经有过、而现在却不见踪影的究竟是什么呢,或者说,这儿从前本该发生、却又压根儿没有发生的究竟是什么呢?难道是准备用来盖房子、造花园、建果园的吗?他们究竟是被永久性地驱逐走的,还是如今又打算重新杀回来了?夹竹桃是有毒的,她想起来了,它们驻守在这儿难道是为了保护什么秘密?我要不要,她暗暗寻思,我要不要从车里下来,从那个破败的大门当中走过去,然后,一旦我置身在那个神奇的被夹竹桃环绕着的广场上,我会不会意外地发觉,自己竟漫步走进了一片仙境,因为被有毒的夹竹桃庇护着而躲开了来来往往的世人的眼睛?一旦我从那两个神奇的门柱之间走了过去,我会不会觉得我已经突破了那道起保护作用的屏障,那道符咒也就从此被破解了呢?我会走进一个美轮美奂的花园的,花园里有许多喷泉,有一条条低矮的长凳,有爬满凉亭的玫瑰花,接着会看到一条小径——用无数宝石镶拼而成的小径,也许是吧,有红宝石,有祖母绿,柔和得足以让一个国王的女儿穿着软底鞋的小脚踩在上面款款走来——顺着这条小径,我可以径直走向处于符咒的魔力镇压之下的那座宫殿。我会一步步登上低矮的石阶,从那两尊守护神般的石狮旁边走过去,走进宫廷的一个后花园,后花园里泉声叮咚,皇后在那儿潸然泪下,在等候她的公主归来。她一见到我,便立即扔下了手中的刺绣,高声吆喝起宫殿里的那些佣人——他们终于从漫长的沉睡中苏醒了,气氛顿时活跃起来——吩咐他们立即去准备一顿丰盛的宴席,因为魔法已被破除,宫殿又恢复了它原来的本色。而且,从今往后我们将永远过着幸福美满的生活。

当然不是这样啦,她一边遐想着,一边转过身去,把车子又发动起来,一旦这座宫殿显现出来了,那道符咒也就被破除了,整个魔法也就会随之而土崩瓦解,夹竹桃外面的整个这一大片乡野也将恢复原貌,随着魔咒的渐渐消失,村镇、路牌、奶牛,也将幻化为童话故事里的一幅柔美的、郁郁葱葱的画面。紧接着,群山中将会有一位白马王子策马奔下山来,全身亮闪闪地披挂着黛青色和银白色的饰物,跟随在他身后的是一百名骑在马上的弓箭手,锦旗在迎风飘舞,骏马在昂首嘶鸣,珠宝照耀得人眼花缭乱……

她哈哈一笑,扭过头去,面带微笑朝那些神奇的夹竹桃树说了声再见。改日吧,她对那些夹竹桃说,改日我会回来破了你们的魔法的。

驱车行走了一百零一英里之后,她停下车来,准备吃午饭。她找了一家颇有野趣的农家饭店,这家饭店打出的招牌是,它本身就是一家历史悠久的磨坊。于是,她便自己找了个座位坐下来,心里还有些将信将疑,坐在一处阳台上凭栏眺望着那条水流湍急的小溪,俯瞰着下方湿漉漉的岩石和奔腾的溪水激起的令人陶醉、波光粼粼的浪花,她面前的餐桌上摆着一只盛满农家自制奶酪的雕花玻璃碗,还有几只玉米棒裹在一块餐巾布里。由于是在这样一种时刻,在这样一种地方,那些千变万化的魔法会迅速形成,也会迅速瓦解,因此,她想在这顿午饭上不慌不忙地多消磨一些时间,她心里明白,希尔山庄总归会等着她在白天将尽的时刻赶来的。餐厅里唯一的另一桌人是一大家子,一对父母带着一双年幼的儿女,他们在相互交谈,声音很轻,也很文雅,有一回,那个小女孩忽然扭过头来,用十分好奇的目光打量着伊莲娜,看了一会儿之后,小脸蛋上露出了笑容。阳台下那条溪流星星点点的波光映照在天花板上,映照在擦得锃亮的餐桌上,流光溢彩地衬托着小女孩的一头鬈发,只听那小女孩的妈妈说道:

"她想要她那只有星星的杯子呢。"

伊莲娜吃了一惊,抬起头来,只见那小女孩退缩在她的座椅上,绷着脸就是不肯喝那杯牛奶,她爸爸生气地皱起了眉头,她哥哥在一旁咯咯儿地笑着,她妈妈却心平气和地说道:"她想要她那只有星星的杯子呢。"

对呀,可不是嘛,伊莲娜想道,就是嘛,我也想要呢。满满一杯星星,当然想要啦。

"她的那只小杯子。"母亲面带微笑,十分抱歉地对那个女服务生解释着,那女服务生像遭了雷击似的,一脸的惊愕状,还以为本磨坊自制的这么上等的乡下牛奶营养不够丰富,不对这小姑娘的口味呢。

"她那只杯子的底部有星星,她平时在家里也总是用那只杯子喝牛奶的。她说那是她的有星星的杯子,因为她在喝牛奶的时候能够看见星星。"女服务生点点头,心里大不以为然,却听那做母亲的对那小女孩说:"等我们今天晚上到家了,你还用你那只有星星的杯子喝牛奶。可是,现在也只能这样啦,要做一个好听话的乖女孩才对呀,你就用这个玻璃杯喝一点儿牛奶吧,好不好?"

别那么听话,伊莲娜在心里对那个小女孩说,坚持住,一定要用你那只有星星的杯子。一旦他们哄得你上了当,把你变成了跟别人没什么两样的人了,你就永远也别想再看见你那只有星星的杯子啦。别那么听话。这时,那小女孩恰好也朝她看过来,还朝她微微一笑,那是一种非常微妙、带着两个小酒窝儿、完全心领神会的微微一笑,接着便固执地对着那只玻璃杯连连摇头。真是个勇敢的女孩呀,伊莲娜暗暗想道,聪明、勇敢的女孩。

"都是你把她宠坏的,"那位做父亲的说,"她不该被宠得满脑子都是这些稀奇古怪的念头。"

"就宠她这一回吧。"做母亲的说。她放下那杯牛奶,温柔地抚摸着小女孩的手。"吃你的冰激凌呀。"她说。

他们离开的时候,那小女孩向伊莲娜挥手告别,伊莲娜也朝她挥了挥手,怀着喜悦的心情孤零零地一个人坐在那儿喝完了她那杯咖啡,阳台下的那条欢快的小溪在浪花奔涌地向前流淌着。我已经没有多少路要急着赶啦,伊莲娜暗暗寻思,到那儿去的路我已经走完了一大半。旅程就要结束啦,她遐想着,然而在她的脑海深处,思绪就像这条小溪一样活蹦乱跳,宛如一首乐曲尾声部的旋律飘过了她的脑际,从遥远的天边给她捎来了一两句话。"岁月蹉跎,来日无多,"她暗暗思忖,"岁月蹉跎，来日无多呀。"[1]

她差点儿就在艾什顿镇外停下来永远不走了，因为她看到了一间掩映在一座园林深处的小别墅。我可以独自一人无牵无挂地住在那儿嘛，她一边遐想着，一边放慢车速，顺着园子里那条蜿蜒曲折的步道向前望去，看到了那扇并不太起眼的蔚蓝色的前门，更加美不胜收的是，有一只白猫恰好正站在门前的台阶上。同样如此，谁也想不到我会住在那儿，住在那么一大片玫瑰花的后面，而且仅仅为了稳妥起见，我还要在路边种满夹竹桃树。每当凉意袭人的夜晚来临时，我会点燃一堆篝火，在我自家的壁炉边烤苹果。我会饲养好那些白猫，亲手缝制出白色的窗帘，我偶尔也会走出家门，到那家商店去买一些肉桂、茶叶、针线之类的东西。人们会来找我帮他们算命的，我也会为那些伤心的姑娘们熬制出爱的汤药。我要养一只歌鸲……不过，那间小别墅此时已经远远落在了身后，现在该来查找一下那条新路啦，蒙塔古博士在线路图上如此仔细标出的那条新路。

"左转，驶上五号公路，一路向西走。"他的信上是这样写的，而且，一切都那样高效、那样及时，仿佛他始终在引导着她从某个十分遥远的地方一路走来，一直在亲手指挥着她驱车向前行驶似的，一切都是事先安排妥当的。她已经走上了五号公路，正在一路向西行进，她的旅程差不多就要走完啦。但是，尽管他在信中交待得明明白白，她暗暗寻思道，我还是想在希尔斯代尔稍作停留，至少要在那儿喝一杯咖啡，因为我不能容忍我这趟长途旅行这么快就宣告结束了。不管怎么说，这样做其实也算不上故意违抗他的意思吧，信中说，在希尔斯代尔停车问路是很不可取的，但是信中也没有不许人家停下车来喝杯咖啡呀，再说，要是我不提希尔山庄，我大概总不至于还会做错什么事儿吧。不管怎么说吧，她朦朦胧胧地思索着，反正这是我的最后一次机会。

还没有等她来得及弄明白是怎么回事，希尔斯代尔就已呈现在眼前。房屋肮脏不堪，街巷歪歪扭扭，全然是一派乱七八糟、混乱无序的景象。这个地方小得很嘛。只要走上那条主干道，她就能看见位于村头拐角处的那个加油站和教堂了。这儿似乎只有一个地方可以让人停下来

---

[1] "岁月蹉跎，来日无多。"（"In delay there lies no plenty."）此句出自莎士比亚剧作《第十二夜》第二幕第三场。

歇歇脚，喝杯咖啡，而且还是一个很不起眼的饮食店。不过，伊莲娜是注定要在希尔斯代尔稍作停留的，于是，她把车开到了那家饮食店的门前，在残破不全的路缘边停下来，下了车。她略微思考了一下，默默地朝希尔斯代尔方向点了点头，然后锁好车门，她有些不放心她放在座位下的那只手提箱和摆在后排座位上的纸板箱。我不会在希尔斯代尔花太多时间的，她一边想，一边东张西望地打量着这条街，不管怎么看，即使在这光天化日之下，这条街道都显得很幽暗、很丑陋。有一条狗烦躁不安地卧伏在墙脚边的阴影里；有一个女人站在马路对面的一个门洞里，在那儿打量着伊莲娜；有两个小青年在一处栅栏边来回溜达着，故意装作若无其事的样子默不作声。伊莲娜，由于生性怕见到怪模怪样的狗，怕见到乜斜着眼睛看人的女人，也怕遇到行为不端的小流氓，便赶紧走进了那家饮食店，手里紧紧地攥着她的手提包和车钥匙。进了店铺，她看见里面有一个柜台，柜台后站着一个没有下巴、一脸倦容的姑娘，柜台的那一头有一个男人正坐在那儿吃饭。她看了看那灰暗的柜台，看了看放在一盘炸面圈上的脏兮兮的玻璃碗，心里不禁有些疑惑，总觉得那人一定是饿得不行了，才跑到这家饮食店来吃饭的。"来杯咖啡吧。"她对柜台后的那个姑娘说。只见那姑娘懒洋洋地转过身去，从货架上一摞摞的杯子里随便拿下一只杯子来。这杯咖啡我是非喝不可的，因为我说了我要喝咖啡的，伊莲娜冷峻地告诫自己说，但是下一次我得听蒙塔古博士的。

正在吃饭的那个男人和站在柜台后面的那个姑娘两人之间好像总在说着一些居心叵测的玩笑话。那姑娘把伊莲娜的咖啡端上来时，还在朝他抛媚眼，一副似笑非笑的样子，那个男的耸了耸肩膀，随后，那姑娘竟哈哈大笑起来。伊莲娜抬眼望去，却见那姑娘在埋头察看着自己的手指甲，而那个男人则在用面包抹着他盘子里的汤汁。说不定伊莲娜的那杯咖啡已经被下过毒了。看那样子肯定错不了。伊莲娜暗暗下定决心，把这个叫做希尔斯代尔的村镇隐藏得最深的秘密查个水落石出，于是，便对那姑娘说，"我也想要一份那种面包圈，请给我也来一份吧。"只见那姑娘朝那男人斜了一眼，不动声色地拿起一块面包圈放在一只碟子上，把它端过来放在伊莲娜面前，接着又朝那男人瞥了一眼，哈哈一笑。

"这个镇子小得很啊，"伊莲娜对那姑娘说，"这镇子叫什么名字？"

那姑娘狠狠瞪了她一眼,也许迄今为止还没有一个人胆敢说希尔斯代尔是一个小得很的镇子呢。过了一会儿,那姑娘又朝那男人瞥了一眼,仿佛想得到确认似的,然后才说:"希尔斯代尔。"

"你已经在此地生活了很久吧?"伊莲娜问道。我不会提及希尔山庄的,她暗暗向远不在眼前的蒙塔古博士保证说,我只不过想消磨一点儿时光罢了。

"没错。"那姑娘说。

"生活在这样一个小镇里,日子一定过得很舒心。我是从城市来的。"

"是吗?"

"你喜欢这儿吗?"

"还行吧。"那姑娘说。她又朝那个男人看了一眼,只见他听得很专心。"没有多少事情可做嘛。"

"这是一个多大规模的镇子?"

"规模很小的。你还要再来一杯咖啡吗?"这句话是针对那个男人说的,他在用咖啡杯轻轻敲打着托盘呢,伊莲娜这才第一次胆战心惊地抿了一口她自己的那杯咖啡,心里在疑惑,那人怎么可能再要一杯咖啡呢。

"你们这一带有不少访客吧?"她问道,这时,那姑娘已经为那个男的斟满了咖啡,回到靠在货架边的躺椅上了。"我是说,来过不少游客吧?"

"来干什么呢?"过了一会儿,那姑娘横了她一眼,那是一种十分茫然的表情,比伊莲娜迄今所见过的任何人的表情都要茫然得多。"人家干吗偏要到这种鬼地方来呢?"她满脸愠色地朝那个男人看了看,接着又补了一句,"这地方连一个电影院也没有。"

"可是,这山里的景色多好看啊。在大多数情况下,像这个小镇一样地处偏僻的小城镇,你会看到城里人跑到山里来为自己建起的家园比比皆是。为了图个清静嘛。"

那姑娘没好气地哈哈一笑。"他们才不会到这种鬼地方来呢。"

"或者改建老宅——"

"图个清静。"那姑娘说,话音刚落,又是哈哈一笑。

"只不过看起来让人觉得挺惊奇的。"伊莲娜说,感觉那个男的正在打量着她。

"可不是嘛,"那姑娘说,"哪怕他们在这儿盖一座电影院也好啊。"

"我本来想,"伊莲娜仔细斟酌着说道,"我不妨可以在这一带四处看看。老宅通常都很便宜,你说是吧,把老宅翻修得焕然一新也是挺有趣的事情呀。"

"附近这一带不行。"那姑娘说。

"这么说,"伊莲娜说,"附近这一带没有老宅吗?山里也没有吗?"

"没有。"

那个男的站起身来,从口袋里掏出了零钱,直到现在才第一次开口说话。"人家都纷纷离开本镇了,"他说,"他们不到这儿来。"

等他走出店外,店门关上之后,那姑娘又朝伊莲娜白了一眼,简直满腹怨恨地朝她翻着白眼,仿佛是伊莲娜喋喋不休的废话把那人赶走的。"他说得对。"她终于说了一声。

"他们都远走高飞了,那帮幸运的家伙。"

"你为什么不逃离这儿呢?"伊莲娜问道,却见那姑娘耸了耸肩。

"离开这儿我就会好起来吗?"她问道。她兴趣索然地接过伊莲娜的钱,把找给她的零钱递给了她。接着,她又恨恨地白了她一眼,然后朝柜台那头的几只空盘子望去,脸上差点儿就绽开了笑容。"他每天都来的。"她说。当伊莲娜对她报以微笑,刚要开口说话时,那姑娘却转过身去不再理会她,自顾忙着收拾她货架上的杯子去了,伊莲娜见状,顿时有一种如释重负的感觉,便趁机忙不迭地放下她没喝完的咖啡站起身来,并顺手抓起了她的车钥匙和手提包。

"再见。"伊莲娜说。那姑娘,此时依然背对着她,头也不回地说:"祝你好运。但愿你能找到你想要的房子。"

公路从加油站这边向前伸展开去,然而那座教堂确实也破败得不成样子,裂缝纵横,摇摇欲坠。伊莲娜的小轿车一路坎坷不平地颠簸着向前驶去,勉勉强强开进了这些毫无美景可言的山岭中,穿行在道路两旁浓荫蔽日、昏沉压抑的树木下,白昼似乎在迅速走向尽头。看来从这条路上走的车辆确实并不多呀,伊莲娜一边苦着脸思索着,一边敏捷地打着方向盘,以免撞上前方的一块格外吓人、险象环生的岩石。要是在这条路上行驶六英里，这辆车就绝不会有什么好结果了。数小时来，她心里第一次想起了她姐姐，不禁哈哈一笑。到了这个时候，他们肯定知道她已经开着这辆车扬长而去了，但是，他们却无从知道她究竟去了哪儿，他们一定在满腹狐疑地相互埋怨呢，因为他们从来就没有料想到伊莲娜竟然会做出这种事情来，我也从来没有料想到自己会做出这种事情来呀，她暗暗思忖，还在乐呵呵地笑着。一切全都变了样儿啦，我现在是一个脱胎换骨的新人啦，背井离乡远走高飞啦。"岁月蹉跎，来日无多……当欢笑时则放声笑……"[1] 紧接着，她倒吸了一口冷气，只听"咔嚓"一声，汽车撞在了一块岩石上，车身猛然一震，歪歪斜斜地穿过马路朝对面方向连连倒退着，车身下传来一连串凶吉难卜的刮擦声，幸好不一会儿就顽强地慢慢平稳下来，恢复了原来的狗爬式。树枝横七竖八地抽打着车前的挡风玻璃，天色也越来越昏暗了，看来希尔山庄喜欢人家来一个入场式呀，她暗自寻思，真不知道阳光究竟能不能普照到这个地方。最后，费尽了九牛二虎之力，汽车总算从纠缠不清的枯枝败叶堆中冲杀出来，穿过马路驶上对面的车道，开进了希尔山庄大门前的一片开阔地。

我为什么要上这儿来？她忽然无可奈何地想道，我为什么要到这儿来呢？这道人门倒是很雄伟，却有不祥之兆，而且显得很沉重，牢固地镶嵌在一堵石砌围墙中。围墙一路延伸开去，掩隐在那片树林之中。即使坐在车子里，她也能清楚地看见那把挂锁，看见那道弯弯曲曲环绕在门栅上的铁链。透过大门，她唯一能看到的是一条路，那条路蜿蜒曲折通向山庄的纵深处，整个路面都笼罩在两旁静悄悄、黑幽幽的树木中。

既然大门这样明明白白地紧闭着——上了锁，而且上了两道锁，还用层层铁链环扣着，弄得如此壁垒森严，有谁还想如此迫不及待地贸然闯进去呢？她沉吟道——她并没有要下车的打算，却把车喇叭按得连声响，树木和那道大门在喇叭声中瑟瑟发抖，被震得畏畏缩缩。隔了一会儿，她又一次按响了车喇叭。片刻之后，只见一个男人从大门内匆匆朝

---

[1] 出自莎士比亚剧作《第十二夜》第二幕第三场的这段诗的上下文为："试问情为何物？此去别无觅处；当欢笑时则放声笑；未来仍吉凶仍难料；岁月蹉跎，来日无多；快来吻我吧，甜心，二十丽妹，青春如草木，红颜难永驻。"

她奔来。他黑沉着脸,态度也很不友好,活像那把挂锁,而且人还没走到大门边,他就隔着铁栅栏虎视眈眈地窥视着她,满脸怒容。

"你这人想干什么?"他的声音很严厉,也很难听。

"我想进来,请开门吧。请你把大门上的锁打开。"

"谁说的?"

"怎么——"她犹豫不决起来。"我应该进来呀。"她终于说道。

"进来干什么?"

"是人家请我来的。"真是人家请我来的吗?她心里突然咯噔了一下,有些疑惑起来,难道这就是我跑了这么远的路要找的地方吗?

"谁请你来的?"

她心里当然很明白,他是在自鸣得意地大肆滥用他手里的权限呢,仿佛他一旦走上前来打开了门锁,他就会丧失他自以为高人一等的那么点儿暂时性的优越感似的——可是,我又有哪点儿优越感呢,她扪心自问。不管怎么说,我眼下还待在大门外面呢。她已经看出苗头了,假如她发一顿脾气的话,那只会适得其反,他会转身就走,而自己却依然被拦在大门外,隔着铁栅栏干着急,何况她平时也是难得发一下脾气的,因为她老是担心,生怕发了脾气也不起作用。她甚至都能预见到,他日后要是因为现在这种无知的表现挨了训斥,他准会摆出一副很无辜的样子来——脸上挂着那种不怀好意地假装出来的茫然无知的讪笑,瞪着一双大而无光的眼睛,用那种叽叽咕咕的诉苦的腔调为自己辩解说,他本该让她进来的,他本来也打算请她进来的,可是他怎么知道是什么情况呢?他也是在奉命行事啊,对不对?他也得听从主人的吩咐才行啊,是不是?要是他贸然把不该放进门的人放进来了,他势必会惹下大麻烦,成了罪魁祸首了,对不对?她估计得到他会耸耸肩膀,做出一副很无奈的样子,随后,由于已经在脑海里想象到了他的举止,她便哈哈一笑,大概这是她所能做出的最为过分的举动吧。

他乜斜起眼睛打量着她,然后从大门口退了回去。"你还是过些时候再来为好。"他说,话音刚落,便转身扬长而去,一副不可一世、稳操胜算的样子。

"你听好了,"她在他身后喊道,还在竭力克制着自己尽量不说气话,"我是蒙塔古博士请来的客人中的一个,他一定在屋子里恭候我到来呢——请你听清楚我说的话！"

他转过身来，裂开嘴朝她笑了笑。"人家不可能这么巧待在屋子里恭候你来的，"他说，"因为他们知道，到目前为止，你是唯一的一个应约赶来的人。"

"你的意思是说，这屋子里一个人也没有吗？"

"据我所知，一个人也没有。也许我妻子除外，她正在忙着收拾屋子呢。所以说，人家不可能老老实实地待在屋子里恭候你来的，这时候他们会这样做吗？"

她颓然仰靠在车座位上，接着又闭上了眼睛。希尔山庄，她想道，你可真难进啊，简直像登天一样难呢。

"我估计，你知道你图的是什么吧，到这儿来？我估计，他们告诉过你了，在你还远在城里的时候？你了解这是个什么样的地方吗？"

"我早就了解清楚了，我是作为蒙塔古博士的一名客人被邀请到这儿来的。只要你打开这两扇大门，我就进去。"

"我会把门打开的，我这就来开门。我不过是想弄清楚，你究竟是不是知道在这儿等待着你的是什么。你以前就来过这儿吗？难道是这个家族里的人？"他这时才拿正眼看她，透过铁栅栏凝视着她，那张含讥带讽的面孔又增添了一道障碍，不亚于门上的挂锁和铁链。"我得先问清情况才能放你进来呀，对不对？请你说说，你叫什么名字？"

她叹了一口气："伊莲娜·万斯。"

"这么说，你不是这个家族的人吧，我猜想。你真的了解这是个什么样的地方吗？"

机会来了，我估计，她暗暗寻思道，这是我眼下得到的最后一个机会。我不妨可以当场在这两扇大门前调转车头，马上离开这个地方，谁也不会因此而怪罪于我的。任何人都有逃离险境的权利。她把脑袋探出车窗外，非常生气地说道："我的全名是伊莲娜·万斯。我是希尔山庄请来的客人。马上把门锁打开！"

"没问题，没问题。"他装模作样，做了个完全没有必要的非常夸张的动作，炫耀似的将钥匙插进锁眼，旋转了一下，然后打开挂锁，解下铁链，把两扇大门拉开，其宽度恰好可让这辆车开进来。伊莲娜车开得很慢，但他还是动作敏捷地闪身一跃，避让在路边，这个动作不禁让她心念一动,原来他早已看出掠过她心头、眼看就要发作的不快了。她笑了,随即把车停了下来,因为他正快步朝她迎上来。

"你不会喜欢这儿的,"他说,"你会后悔我真的打开了这道大门。"

"请让一让,"她说,"你已经阻拦了我这么久啦,还不够啊。"

"你以为还有谁会来开这道门啊?除了我和我老婆,你以为还有谁愿意围绕着这个地方一住就是这么久?既然我们围绕着这个地方住了这么久,负责打理这幢房子,为你们这些自以为天下事无所不知的城里人开门,你以为我们就不会按照我们的处事方法来应对各种情况吗?"

"请别挡着我的车。"她内心里不敢承认他真让她感到很害怕,唯恐他能看出这一点来。他近在眼前的那副嘴脸,他斜靠在车身上的那副模样,都显得非常丑恶,而且他的满腹怨恨也让她感到十分困惑。毫无疑问,是她逼迫着他为她打开这道大门的,可是,难道他以为这幢别墅以及别墅里的这些花园都是他自己的私有财产吗?她忽然想起蒙塔古博士在信中提到过的一个人的名字,于是,她便好奇地问道,"你就是达德利,那位负责照看这幢空房子的管家吧?"

"没错,我就是达德利,那个负责照看这幢空房子的管家。"他鹦鹉学舌地模仿着她说话的腔调。"除了我,你以为还有谁会愿意围着这个地方转啊?"

这个忠心耿耿的老家仆,她暗暗想道,派头倒不小,也忠于职守,却彻头彻尾地令人生厌。"单单只有你们夫妻两个负责照看这幢别墅吗?"

"还会有谁啊?"这是一句他引以为豪的话、他狠狠诅咒的话、他反复使用的口头禅。

她烦躁不安地挪了挪身子,不敢过于明显地躲开他,然而心里却又巴不得能赶紧躲开他,便发动起车子一点儿一点儿地向前挪动着,迫使他让在了一边。"我相信你们会有办法让我们过得很舒心的,你们夫妻两个。"她说,故意加重了说话的口气,把话说得毫无商量的余地:"都什么时候啦,我很着急,想尽快进屋呢。"

他很不以为然地窃笑了一声。"我也一样,都这个时候了,"他说,"我也一样啊,我可不想天黑之后在这儿溜达。"

他咧开嘴笑了笑,似乎对自己的做法很满意,随后便站在一旁让开了车子,伊莲娜也感激不尽,虽然开着车子走在他警惕的目光下还是让人觉得很不自在。在这条车道上，他说不定随时都会不知从什么地方突然冒出来扑向我呢，她暗暗思忖，简直就是一只咧嘴傻笑的柴郡猫[1]嘛，每次朝我扑过来时，都会嚷嚷着说，不管怎么样，只要能找到某个愿意在周围这个地方闲逛到天黑的人，什么人都行，我应当会过得很开心的。为了表明自己绝不会一想到管家达德利的那副嘴脸突然从两旁的树丛中冒出来时会吓得花容失色，她开始吹起了口哨，却又有点儿恼火地发觉，回荡在脑海中的居然还是同样那首曲调。"当欢笑时则放声笑……"于是，她没好气地暗暗告诫自己，一定要实实在在地花点儿心思去想想别的什么事情。她很清楚，另外那几句台词肯定是老大不合适的，不如就牢牢地把它藏在自己的记忆深处吧，再说，要是刚到希尔山庄就被人家发现自己在唱歌，说不准也会名誉扫地呢。

越过那片树林，偶尔抬眼望去，在树木和山岭之间，她时不时地瞥见的那些影影绰绰的东西准是屋顶，也许还有一座塔楼吧。他们当初在建造希尔山庄的时候，就把房屋盖得这么奇形怪状啊，她暗暗想道，他们在屋顶上加盖了塔台、角楼、女儿墙和木刻雕饰，甚至偶然还能看到不少哥特式的尖塔和怪兽滴水嘴，样样东西都无一遗漏地经过精心装饰。希尔山庄大概也有一座塔楼，或者一间密室，甚至有一条通向山里的密道，而且说不定已经被那些走私者利用上了——可是，那些走私者能够在周围这一带杳无人迹的山里找到什么值得走私的东西呢？说不定我会意外碰见一个相貌堂堂、英俊潇洒的走私者呢，而且……

她驱车转弯，驶上了最后这段笔直的车道，最后这段路，面对面地，直通希尔山庄，于是，她不再胡思乱想，径直朝前开去，但随后又踩下了刹车，把车停下来，人坐在车子里，瞪大眼睛凝望着。

这座山庄有邪气。她不禁打了个寒噤，暗暗寻思起来，脑海中油然冒出的念头是，希尔山庄有邪气，像得了瘟疫一样很不正常，还是马上离开这儿为好。

---

[1] 咧嘴傻笑的柴郡猫（Cheshire Cat），源出《爱丽丝漫游奇境记》（Alice in Wonderland，1865）。后者是英国作家、数学家、逻辑学家、摄影师查尔斯·道奇森（Charles Lutwidge Dodgson，1832—1898，笔名刘易斯·卡罗尔）所创作的一部家喻户晓的童话小说，柴郡猫是该小说中的一只神出鬼没、经常咧嘴傻笑着嘲弄人的猫。

第二章

面对一幢隐隐约约透着邪气的屋子时，没有任何人的目光会把这个由线条和平面互不协调地叠合在一起的建筑物孤立开来看的，然而，不知何故，一种疯狂的在结构上胡乱拼凑而成的建筑格调，某个十分难看的倒行逆施的转角，屋顶和天空貌似巧合的相连，却将希尔山庄变成了一个绝望之地，甚至比绝望之地还要令人恐怖，因为希尔山庄的脸面似乎是醒着的，从那一扇扇无遮无拦的窗棂里渗透出的是一种高度戒备的气氛，而飞檐的眉宇间则又暗藏着一丝欣喜。几乎任何一幢屋子，无论是人们意想不到地看见的，还是从一个奇怪的角度看过去，都会换成一副意味深长的诙谐幽默的表情来面对一个在凝眸观望的人；哪怕是一个调皮的小烟囱，或者是一个像小酒窝儿似的老虎窗，都会以友好的态度注视着朝它观望的人；但是一幢妄自尊大、心怀仇恨的屋子，一幢从不放松警惕的屋子，必定只会充满邪气。这幢屋子，也不知究竟是什么原因，看上去似乎独有其自成一体的风格，在其建造者的手下飞快地拔地而起，构成了它所特有的强大格局，顺其自然地形成了由一系列线条和角度所构成的独具一格的建筑风格，桀骜不驯地高昂着它那颗硕大无朋的头颅直指苍穹，决不肯向人类屈服。这是一幢毫无仁爱之心的鬼屋，建造的目的绝不是用来居住的，绝不是一个适合人居住、让人爱恋、让人充满希望的去处。纵然用驱除邪魔的符咒，也不能改变这幢房屋的狰狞面目。希尔山庄将会我行我素、岿然不动地屹立在这儿，直到它有朝一日被彻底摧毁。

我刚才真该在大门外掉头走掉才对啊，伊莲娜暗暗思忖着。由于心里在翻江倒海，出现了一种有如返祖现象的转变，这幢屋子还是引起了她的兴趣，于是，她顺着屋顶的轮廓线一路看去，处心积虑地想看看那儿究竟埋伏着什么坏兆头，到底有没有什么东西盘踞在那儿，结果却一无所获。她两手紧张得发颤，变得冷冰冰的，于是，她胡乱翻找了一通，想掏出一支香烟来，然而首当其冲、令她最为担忧的事情还是，听着内心深处那个令人懊丧的声音在悄声对她说，赶紧离开这儿，离开这儿。

可是，我大老远儿跑来，目的不就是为了查清这一点嘛，她对自己说，我不能就这样回去。再说，要是我当真从这道大门里退出去一走了之的话，他准会笑话我的。

尽量别再端详这幢屋子吧——其实，她甚至连这幢房屋是什么颜色都没有看清，更说不清它是什么建筑风格，它有多大的规模，只觉得这幢古宅十分庞大，黑咕隆咚，在虎视眈眈地俯视着她——她再次把车子发动起来，开上了环形车道直通门前台阶的最后剩下的一点儿路，这段路笔直向前，再无别的出口，直通门前的游廊，终端为别墅的正门。车道在正门前向两边分开，环绕着这座房屋，她日后也许可以开着她这辆车绕着这条车道走一遍，找到某个可当车库的房子把这辆车停进去。但是眼下还不行，她心里还在忐忑不安呢，因而不可能过于周全地顾及到怎样抄近路去停好她随时准备离开此地的这辆交通工具。她调转车头，幅度恰好可以使她把车靠路边停下来，免得挡了后来到达的车辆——要是有谁想先看一眼这幢屋子，却看到有这样一辆充满人情味的汽车如此令人宽慰地停泊在房屋的正前门，那该多遗憾啊，她一本正经地想道——接着便走下车来，并随手取出了她的手提箱和外套。好吧，她并非底气很足地想道，我来啦。

她敢于抬脚踏上第一级台阶的举动，靠的就是一股大义凛然的精神力量，因此，她暗暗思忖，她当初讳莫如深，根本不愿意提及希尔山庄的那种做法，就直接产生于那种活灵活现、总也挥之不去的情感。她总觉得希尔山庄一直在翘首企盼地等待着她的到来，虽说充满邪气，却也很有耐心。旅程结束之际，便是情侣们的相会之时[1]，她沉吟着，终于想起了一直萦绕在心间的那首歌，不由得呵呵一笑，人已站在希尔山庄门

---

[1] 此句源自莎士比亚剧作《第十二夜》第二幕第三场。

前的台阶上，旅程结束之际，便是情侣们的相会之时呢，于是，她迈开坚实的脚步毅然登上台阶，朝游廊走去，朝那扇大门走去。刹那间，希尔山庄悄然朝她合围过来，她整个人都笼罩在黑暗之中，她踩踏在游廊木质地板上的脚步声在这寂静的氛围中不啻为一种蛮横莽撞的侵犯，仿佛很久以来从来还没有人如此脚步沉重地在希尔山庄的木地板走过似的。她抬手拍向那只雕刻着一张娃娃脸的沉重的铁门环，拿定主意要把门拍得更响，要闹出更大的动静来，这样，希尔山庄也许就会十分确切地知道，她终于来了。果然，在没有任何先兆的情况下，那扇大门悄无声息地打开了，她赫然面对的是一个女人，这个女人，倘若真有物以类聚、惺惺相惜之说的话，只能是大门外遇见的那个人的老婆。

"是达德利太太吗？"她说，人却紧张得屏住了呼吸，"我是伊莲娜·万斯。我是应约而来的。"

那女人默不作声地让在一边。她身上的围裙还算干净，头发也梳得整整齐齐，然而她给人的印象却是一种难以形容的邋里邋遢的模样，与她丈夫十分般配，而且她脸上的那种怀疑、阴沉的表情，比起她丈夫脸上的那种恶毒、粗野的表情，也一样不相上下。不会吧，伊莲娜暗暗告诫自己说，这种情况一部分是因为这里的一切看上去似乎都那么黑的缘故，还有一部分是因为我先入为主地以为那人的老婆一定长得也很难看的缘故。假如我没看见过希尔山庄，我用这样的态度来对待这些人，是不是太不公平了？不管怎么说，他们毕竟只是来照看这座古宅的。

她们此时所在的这个过道里满满当当到处都是黑压压的木材和沉甸甸的雕刻品，在厚重的楼梯下显得朦朦胧胧，楼梯从远远的另一端一直延伸到这边。楼上似乎还有一个过道，过道的走向与这间屋子的宽度相平行。她可以看见一段很宽阔的楼梯的平台，接着又清楚地看见，在那段楼梯的对面，楼上沿过道的那排房间的门都是紧闭的。此刻，她左右两边全是高大的两扇式的房门，门上雕刻着各种水果、谷物和活灵活现的动物。她在这幢屋子里所能看见的所有的门全都是紧闭的。

等到她费劲儿地想说句话的时候，声音却被湮没在这朦朦胧胧、无声无息的寂静之中，她只好又努力了一次，总想能发出一点儿声音来。"请你领我到房间里去吧，行吗？"她终于开口问道，并做了个手势，朝放在地板上的那只手提箱指了指，一边注视着她那只犹豫不决、动作迟缓的手一点儿一点儿地慢慢沉了下去,伸进了被打磨得平平整整的地板上的沉沉黑影里。

"我猜想,我是第一个到这儿来的人吧。你——你刚才的确说过,你就是达德利太太,是吗?"我想,我要哭啦,她暗自寻思,像个孩子似的抽抽搭搭、甚至嚎啕大哭啦。我根本不喜欢这个地方……

达德利太太转过身去,径直登上了楼梯,伊莲娜只好提起自己的手提箱急忙跟了上去,脚步匆匆地紧随在她身后,因为除了她,这屋子里恐怕再也没有别的活人了。不行,她想,我根本就不喜欢这个地方。达德利太太走到楼梯的顶端,接着又转身朝右边走去,到了这里,伊莲娜发觉,大概是由于某种常人所难以理解的原因,这幢别墅的建造者们竟断然放弃了对优雅的建筑风格的追求——或许是因为他们已经察觉到了这幢别墅将来会派什么用场,无论他们喜欢与否,都已别无选择——因此,在二楼这个楼层上,他们把它设置成了一条狭长、笔直的通道,目的是为了给这一间间卧室提供方便之门。于是,她心中立即萌生出这样一种印象,那些建造者们当初在营造这幢别墅的第二层和第三层时是草草收场的,似乎匆忙得不成体统,连装饰也无暇顾及,迫不及待地想尽早收工,以便能尽快从这儿逃离出去,这才按照最简单不过的样式来建造这些房间的。过道左侧的尽头是二楼的另一个楼梯,很可能是从三楼的那些佣人们的房间延伸下来的,经过二楼这层楼面,再通向楼下的那些服务室;过道右侧的尽头另设了一个房间,或许是吧,由于那个房间位于过道的尽头,大概是为了最大限度地采光和吸收阳光。远远望去,过道的两侧,除了连绵不断的木质构建,以及乍看上去似乎是一系列工艺水平拙劣的雕刻品,而且排列得也参差不齐、十分难看的东西之外,没有任何东西打破这条过道笔直的整体性,只有那一扇扇房门除外,所有房门全都是紧闭的。

达德利太太从过道的一侧走到另一侧,打开了一扇门,也许是随意挑了一间吧。"这间就是蓝室。"她说。

伊莲娜从楼梯的拐角处望去,觉得这个房间应当位于别墅的正面。圣母玛利亚,圣母玛利亚啊,她想了想,然后心存感激地迎着房间里透出的光线慢慢走了过去。

"真好。"她站在房间的门口说,只不过按常理觉得自己应该说句客气话罢了。这地方其实一点儿也不好,只是说说而已,简直让人难以忍受呢。封闭在这房间里的同样也是令人心悸的不和谐,这是整个希尔山庄的一大特点啊。

达德利太太转身站在一边,好让伊莲娜进屋来,然后才开了口,而且明显是对着墙壁说的。"我六点整把晚饭放在餐厅里的餐具柜上,"她说,"你可以自己动手。我上午打扫卫生,九点钟帮你做好早饭。这是我当初答应干这份差事的条件。我不可能按照你所喜欢的样子整理房间的,不过,你也根本找不到任何别的人肯来帮我。我是不伺候人的。我答应做这份差事,但不等于我就要侍候人。"

伊莲娜点点头,依然忐忑不安地站在门口。

"我做好晚饭之后马上就走,"达德利太太接着说,"绝不会等到天开始黑下来之后才走。我天黑之前一定走。"

"我知道。"伊莲娜说。

"我们住在那边的镇子里,离这儿有六英里远呢。"

"是啊。"伊莲娜说,想起了希尔斯代尔镇。

"所以,如果你有事需要帮忙,附近这一带不会有任何人来帮你。"

"我明白。"

"我们甚至都听不到你的叫喊声,在夜里。"

"我还不至于——"

"没有一个人能听得见。住得比那个镇子再近一点儿的人一个没有。除了我们之外,也没有一个人愿意走得那么近。"

"我知道啦。"伊莲娜疲惫地说。

"到了夜里,"达德利太太说,接着又放肆地笑了笑,"等到天黑下来之后。"她说,话音刚落便顺手关上门走了。

伊莲娜差点儿没有咯咯儿地笑出声来,满以为自己会情不自禁地大喊一声:"啊,达德利太太,天黑下来之后,我倒真需要你的帮助呢。"想到这里,她不寒而栗。

她孤零零地伫立在手提箱旁边,外套依旧还搭在胳膊上,感觉已经彻底陷入了悲惨的绝境,心里在无助地念叨着,旅程结束之际,便是情侣们的相会之时,我真恨不得能马上回家呀。她身后就是那个处于黑暗中的楼梯,那条被打磨得光可照人的过道,那个富丽堂皇的正门,达德利夫妇在大门外的笑声，大铁门上的挂锁，希尔斯代尔镇，鲜花丛中的那座小别墅，小客栈里遇到的那一家人，夹竹桃环绕的那座花园，以及门前有两尊石狮的那幢豪宅，然而，在蒙塔古博士目光犀利、毫无偏差的指引下，她竟鬼使神差地来到了这个地方，来到了希尔山庄的这间蓝室。简直是荒唐啊，她想，却迟迟不肯挪动一步，因为脚步一迈，也许就意味着自己心甘情愿接受这个现实了，就是一种愿意进屋的表示，真是荒唐啊，我根本不想待在这儿，然而眼下却又没有任何别的地方好去。蒙塔古博士的区区一封信就把她带到了这么远的地方，远得不可能再远啦。过了一会儿，她叹了一口气，摇摇头，走过去把手提箱搬到床上放下来。

瞧，我已经走进希尔山庄这间蓝色的房间啦，她差点儿没喊出声来，尽管眼前的一切都真实得很，毫无疑问，这就是一间地地道道的蓝色的房间。房间里有两扇窗户，蓝色的条格麻纱窗帘把两扇窗户遮挡得严严实实，窗外就是那条通向草坪的游廊的平顶，地板上铺的是蓝色的花格地毯，床上覆盖着蓝色的床罩，床脚边放着一床蓝色的棉被。墙壁上镶着齐肩高的色泽阴暗的护墙板，护墙板的上方贴着蓝色的花格墙纸，墙纸上是别具一格的一朵朵蓝色的小花，有的呈花环状，有的呈花束型，都很雅致。也许有人一度曾满怀希望地想用这种优雅精美的墙纸来改善一下环境，为希尔山庄的这间蓝室增添一点儿轻松愉快的气氛吧，殊不知在希尔山庄，这种希望会蒸发得无影无踪，只剩下一丝淡淡的微乎其微的痕迹尚可表明它的存在，犹如那微弱得几乎听不见的哭泣声飘飘渺渺地从远处传来……伊莲娜禁不住浑身哆嗦了一下，转过身来仔细查看着整个房间。房间在设计上存在令人难以置信的严重缺陷，使得整个房间无论从哪个维度看过去，都大有问题，让人毛骨悚然，因此，所有的墙壁，倘若沿着这个方向看，似乎总是比人的眼力所能看到的地方稍微长出了那么一点儿，倘若换一个方向看，其长度似乎又总是略嫌短缺了那么一点儿，简直让人怵目惊心。这就是他们刻意安排给我睡觉的地方呀，伊莲娜暗暗寻思，心中充满疑团。都会有什么样的噩梦在等待着我呢，影影绰绰的，暗藏在那些高大的角落里的都是什么呢——我会没头没脑、脱口喊出什么样的惊呼声来啊……想到这里，她情不自禁地又打了个哆嗦，果真是这样呢，她暗暗告诫自己，果真是这样啊，伊莲娜。

她打开放在高高的床铺上的手提箱，脱下了脚上那双硬邦邦的在城里穿的鞋子，顿时感觉轻松了许多。她动手把手提箱里的衣物拿出来，而脑海深处油然冒出的是那种女人味儿十足的坚定信念：要想平复慌乱的心态，最好的办法就是换上一双舒适的鞋。昨天，在城里打包装箱的时候，她精心挑选了一些衣服，自认为在一个与世隔绝的乡间别墅里，穿着这些衣服还是很合适的。她甚至在动身前的最后一刻还冲出家门去买了——现在回想起自己私下里的这种大胆举动还感到兴奋不已呢——买了两条宽松的休闲长裤，这种休闲长裤她都不记得有多少年没穿过了。母亲若是知道了准会大发雷霆的，她当时一边想，一边把这两条休闲长裤放在了手提箱的最下面，这样，她就不必再把它们拿出来，也根本没必要让任何人知道她有这种裤子，以防万一她没了这份勇气穿出来。此时此刻，到了希尔山庄，这些衣服反而显得不那么新颖了。她漫不经心地把手提箱里的衣物都取了出来，把几条连衣裙歪歪扭扭地挂在衣架上，把两条休闲长裤扔进了那个高高的大理石台面的梳妆台抽屉的底部，把那双在城里穿的鞋子甩进了大衣柜的角落里。至于她随身带来的那些书籍，她已经厌倦得不想再看了。不管怎么说，反正我还是有可能不在这儿待下去的，她暗暗寻思，并随手关上了已经空空如也的手提箱，把它放进了大衣柜的角落里。即使再重新打包装箱，也要不了我五分钟的时间。她忽然发现，自己在放下手提箱时的动作很小心，没有弄出一点儿声响，于是才注意到，刚才在从手提箱里往外拿东西时，她脚上一直穿着长筒袜，为的是尽可能在走动时不发出任何声响，仿佛保持肃静在希尔山庄是头等重要的大事似的。她记得达德利太太在行走时也是悄无声息的。等到她一动不动地站在屋子中央时，希尔山庄所特有的那种令人压抑的寂静气氛又重新团团环绕在她周围。我就像一只可怜的小动物，已经被一头巨大的怪物整个儿吞进了腹中，她暗暗寻思，而且这头怪物能够感觉到我在它肚子里的每一个微小的动作。"不！"她情不自禁地说出声来，只听这个字眼儿在四处回荡着。她急忙奔向房间的对面，一把拉开了窗前蓝色的条格麻纱窗帘，然而，透过厚厚的窗玻璃照进屋来的阳光却只有那么微弱的一点点儿，而且她也只能看到那条游廊的平顶和远处的那片草坪。她的小轿车就停在草坪那边的某个地方,那辆车可以再次载着她离开这儿,逃得远远的。旅程结束之际,便是情侣们的相会之时,她暗自沉吟着。可是,到这儿来是我自己做出的抉择呀。接着,她发觉自己真的很害怕再走回到屋子对面去了。

她伫立在那儿,背对着窗户,细细端详着整个房间,从房门看到大衣柜,再看到梳妆台,再从梳妆台看到那张床,心里在默默地为自己壮胆,告诫自己根本用不着害怕。就在这时,她忽然听见,在远远的楼下,一辆轿车的车门"砰"的一声被关上了,声音很响,随后便传来一阵急促的脚步声,几乎像在跳踢踏舞一般,只听那脚步声冲上了台阶,穿过了游廊,紧接着,令人心惊肉跳地,传来了门上那只大铁环被拍得震天响的哐当声。哎呀,她想,莫不是又有其他人来了吧,我不会再孤身一人待在这儿啦。她几乎要笑出声来,快步穿过房间,冲进了过道,低头望着楼梯,朝下面的过道里望去。

"谢天谢地,你终于来啦,"她说,透过朦朦胧胧的光线凝望着,"谢天谢地,总算有人来啦。"她发觉自己是在自言自语地说话,却一点儿也没有感到惊讶,仿佛达德利太太不可能听见似的,尽管达德利太太此时人就站在过道里,身板僵直,脸色苍白。"快上来吧,"伊莲娜说,"你自己的手提箱你得自己拿着呢。"她呼吸急促,一连声地说着,似乎没法停下来不说,她向来羞怯腼腆的性格因为心情得到了宽慰而冰雪消融了。"我叫伊莲娜·万斯,"她说,"你终于来了,我感到非常高兴。"

"我叫西奥朵拉。就单单一个西奥朵拉。这该死的山庄——"

"楼上这儿也好不了多少。快上来吧。让她把我隔壁的房间给你。"

西奥朵拉跟在达德利太太身后登上了厚重的楼梯,一边走,一边满腹狐疑地打量着楼梯平台边的彩色玻璃窗,打量着神龛里的那尊大理石骨灰瓮,打量着脚下的花格地毯。她的手提箱比伊莲娜的要大得多,也华丽得多,于是,伊莲娜便迎上前来帮她搭把手,暗自庆幸她自己的物品都已妥善收拾好,免得让人看见。"等你看到那些卧室就知道了,"伊莲娜说,"我以前住的房间总是香气四溢的,不瞒你说。"

"这就是我一直梦寐以求的家园呢,"西奥朵拉说,"一个稍许有些僻静的地方,我可以独自一人待在这儿胡思乱想。尤其是,如果我碰巧胡思乱想到了什么谋杀呀、自杀呀,或者——"

"这间就是绿室。"达德利太太冷若寒冰地说,随着一阵突如其来的恐惧感掠过心头,伊莲娜察觉到,这番对希尔山庄大不恭敬,或者说三道四的话,已经在一定程度上得罪了达德利太太。她大概认为这山庄能够听得懂我们的谈话呢,伊莲娜暗暗思忖,但随即又为自己竟然有这种想法而感到很后悔。也许是她浑身哆嗦了一下的缘故吧,因为西奥朵拉立即转过身来,朝她嫣然一笑,还轻轻地、令人宽慰地抚摸了一下她的肩膀。她真可爱呀,伊莲娜想,一边也朝她报以嫣然一笑,她根本就不是那种人,不应该待在这让人意气消沉、不为人知的地方,可是,话说回来,我也不是那种应该待在这鬼地方的人啊,我可不是那种天生就适合来希尔山庄的人,可是,我也想不出什么样的人会适合于待在这种地方。随后,她注视着西奥朵拉站在那间绿室门口时脸上的那种表情,忍不住笑了起来。

"老天爷啊!"西奥朵拉惊呼了一声,斜着眼睛朝伊莲娜看了看。

"多么完美、多么迷人的地方啊。一间地地道道的闺房呢。"

"我六点整把晚饭放在餐厅里的餐具柜上,"达德利太太说,"你们可以自己动手。我上午打扫卫生。我九点钟帮你们做好早饭。这是我当初答应干这份差事的条件。"

"你很害怕嘛。"西奥朵拉说,一边注视着伊莲娜的表情。

"我不可能按照你所喜欢的样子整理房间的,不过,你也根本找不到任何别的人肯来帮我。我是不伺候人的。我答应做这份差事,但不等于我就要侍候人。"

"起先以为这儿只有我一个人,还是挺害怕的。"

"我不会等到六点钟以后才走。绝不会等到天开始黑下来之后才走。"

"现在有我在这儿啦,"西奥朵拉说,"所以,情况就大不一样啦。"

"我们有一间彼此相通的浴室呢,"伊莲娜怪腔怪调地说,"房间全都一模一样。"西奥朵拉房间里的窗户上挂的是绿色的条格麻纱窗帘,墙纸上点缀着绿色的花环和花束,床罩和被褥也是绿色的,大理石台面的梳妆台和大衣柜也是清一色的绿色。"我一辈子也没见过这么吓人的地方。"伊莲娜说,说话的声音也高了起来。"很像最豪华的顶尖级的大宾馆呢,"西奥朵拉说,"或者像条件很好的女孩子的营地。"

"我在天黑之前一定走,"达德利太太还在接着往下说,"万一你在夜里尖叫起来，没有一个人能听见。"伊莲娜对西奥朵拉说。她发觉自己正下意识地紧紧握着门把手，接着，在西奥朵拉充满疑惑的目光下，她松开手指，不慌不忙地走进了房间。"我们得想个法子把这些窗户打开呀。"她说。

"所以，如果你需要帮忙，附近是找不到人的，"达德利太太说，"我们不可能听见你们的叫喊声，哪怕在深夜里。没有一个人听得见。"

"现在行了吗？"西奥朵拉问道，伊莲娜点了点头。

"住得比那个镇子再近一点儿的人一个没有。除了我们之外，也没有一个人愿意走得那么近。"

"你大概刚刚感到肚子饿吧，"西奥朵拉说，"可是，本小姐已经饿坏啦。"她把手提箱放在床上，脱下脚上的鞋子。"没有哪样事情，"她说，"能把我搅得心烦意乱，我最受不了的就是饿着肚子，我会大喊大叫、破口大骂、又哭又闹的。"她从手提箱里拎出一条质地柔软、做工考究的休闲长裤。

"到了夜里。"达德利太太说。她笑了笑。"等到天黑下来之后。"她说，话音刚落便顺手关上门走了。过了一会儿，伊莲娜说："她走路也是无声无息的。"

"好一个讨人喜欢的老东西啊。"西奥朵拉转过身来，端详着她这间屋子。"我收回刚才说的那句话，说它像最豪华的大宾馆的那句话，"她说，"这地方有点儿像我曾经待过一阵子的一所寄宿学校。"

"过来看看我的房间吧。"伊莲娜说。她打开那间浴室的门，领着西奥朵拉走进了自己的蓝室。"我已经把所有东西都拿出来了，正准备要重新打包装箱的时候，恰好你到了。可怜的宝贝啊。你肯定饿坏了吧。我当时在大门外一看到这个地方时，脑子里所能想到的只有一个念头，人站在大门外的那个地方，望着这屋子失火烧掉，那该多好玩啊。也许我们在动身离开之前……"

"要是孤零零的一个人待在这儿，那可就让人受不了啦。"

"要是你见过我在假期里去念书的那所寄宿学校就好了。"西奥朵拉转身走进了她自己的房间，由于两个房间里的人都能感觉到彼此走动的声音和说话声，伊莲娜的心情更加轻松起来。她把大衣柜里挂在衣架上的衣服重新整理了一遍，把她随身带来的那些书籍端端正正地放在床头柜上。"你知道么，"西奥朵拉在隔壁房间里大声说，"这样子还真有点儿像头一天上学时的情景呢。一切都很丑陋、很陌生，而且你一个人都不认识，你很担心人人都会来嘲笑你身上的这套衣服。"

伊莲娜这时恰好刚把梳妆台的抽屉拉开，想拿出一条休闲长裤，听了这话愣了一下，随即便哈哈大笑起来，把那条休闲长裤扔在床上。

"你说我理解得对不对，"西奥朵拉接着说，"要是我们在深夜里尖叫起来，那个达德利太太肯定不会过来的？"

"这不属于她答应干的事情嘛。你见过那个看大门的和蔼可亲的老管家没有？"

"我们聊了好一阵子呢。他说我不可以进来，我偏说我可以进来，到后来，我真忍不住要用我那辆车子去撞死他了，但是他连蹦带跳地逃开了。喂，你是不是觉得我们只能老老实实坐在自己的房间里干耗着啊？我想换一身舒适点儿的衣服呢——除非我们是穿戴得整整齐齐去赴宴的，你觉得呢？"

"只要你不干，我就不干。"

"只要你不干，我就不干。他们打不过我们两个人的。不管怎么样，我们还是从这儿出去吧，到外面去实地查看一下。我真想把我头顶上方的这块屋顶掀翻。"

"天黑得很早的，在这山里，有这么多的树挡着。"伊莲娜再次走到窗前，没想到外面依然是阳光明媚，阳光斜斜地照耀着那片草坪。

"差不多还有将近一个钟头的时间天才会真正黑下来。我想到外面去，躺在草地上打滚儿。"

伊莲娜挑了一件红色针织紧身套衫，总觉得在这个房间里，在这个山庄里，这件针织紧身套衫的红色，再加上那双特意买来搭配的浅帮休闲鞋的红色，几乎可以肯定，彼此之间绝对是水火不相容的，尽管昨天在城里的时候，这两个红色搭配在一起还是很相称的。反正活该我倒霉呗，她想，谁让你想穿这些东西呢，我以前从来就没有这样打扮过。然而，等她站在大衣柜门上的那面长条穿衣镜前打量自己时，她觉得自己的模样看上去虽然有点儿怪，但还是很漂亮的，至少在她自己眼里，心里觉得很舒坦。"你知道还有什么人会来吗？"她问道，"或者什么时候到？"

"蒙塔古博士呗，"西奥朵拉说，"我还以为他比谁都来得早呢。"

"你认识蒙塔古博士很久了吧？"

"跟他素不相识，"西奥朵拉说，"你呢？"

"素不相识。你差不多准备好了吧？"

"早就准备好啦。"西奥朵拉穿过那间浴室的门走进伊莲娜的房间。她真好看呀，伊莲娜想，转过身来打量着，但愿我也很好看。西奥朵拉穿的是一件活泼鲜亮的黄色衬衫，于是，伊莲娜笑着说："你真让我满屋生辉呀，比这窗户还要亮堂呢。"

西奥朵拉走了过来，在伊莲娜的镜子前满心欢喜地打量着自己的形象。"我觉得，"她说，"在这种沉闷乏味的地方，我们有责任把自己打扮得越鲜亮越好。我也很羡慕你这件红色针织紧身套衫呢，我们两个人在希尔山庄无论走到哪里都会很惹眼的。"她还在镜子里左顾右盼地打量着自己，一边问道："我估计蒙塔古博士给你写过信吧？"

"是的，"伊莲娜被问得有些不好意思，"起初，我也不知道这是不是一个玩笑。不过，我姐夫调查了他的来历。"

"你知道吗，"西奥朵拉不紧不慢地说，"直到最后一刻——直到我来到那个大铁门前的那一刻，我猜想——我其实根本就不相信世上真有这样一个希尔山庄。你走到哪里也想不到居然会发生这样的事情。"

"可是，我们总有些人走到哪里都满怀希望的。"伊莲娜说。

西奥朵拉笑了，从镜子前猛然转过身来，一把拉着伊莲娜的手。"真是个涉世不深，容易受骗上当的人啊，"她说，"我们去实地查看一下吧。"

"我们不能走得离这房子太远——"

"我保证，你说走到哪里就走到哪里，决不多走一步。你觉得我们进出都得找达德利太太登记吗？"

"不管怎么说，她也许在严密监视着我们的每一个举动呢。这也许就是她答应干的一部分工作呢。"

"答应谁的呢，我还真想知道呢。答应德雷库拉伯爵的？"

"你认为他现在真的住在希尔山庄吗？"

"我觉得他的周末都是在这儿度过的。我发誓，我看见放在楼下那个楼梯角落里的球拍了。跟我来，跟我来。"

她们奔下楼来。在黑沉沉的木质结构和楼梯边被遮挡得朦朦胧胧的光线的衬托下,她们的身影显得色彩鲜艳、充满活力,她们纷乱的脚步声在嘎嘎作响,而达德利太太此时正站在楼下,无声无息地密切监视着她们的一举一动。

"我们打算去实地查看一下,达德利太太。"西奥朵拉轻蔑地说。

"我们想到外面去看看。"

"我们很快就回来。"伊莲娜补了一句。

"我六点整把晚饭放在餐具柜上。"达德利太太态度明确地说。

伊莲娜使劲儿拉着,才勉强把那扇沉重的大门拉开。果然沉得跟它的外表一样啊,她想,我们真的要找出一个简易的办法才能回得来呢。

"让门开着吧,"她扭过头来对西奥朵拉说,"这扇门沉得不得了呢。把那些大花瓶搬一个过来,撑着门,让它开着。"

西奥朵拉吃力地从大厅角落里把其中一只很大的石头花瓶移了过来,随后,她们便把那花瓶竖在门口,用它撑着门。屋外渐渐淡去的阳光也比屋内的黑暗明亮多了,而且空气清新,让人心旷神怡。在她们身后,达德利太太再次把那花瓶搬开,只听那扇大门砰然一声,又死死地关上了。

"好你个老东西。"西奥朵拉朝着紧闭的大门说。一时间,她竟气得脸色很难看,伊莲娜心想,但愿她永远也别用这种脸色看我才好。随即又感到惊讶起来,她记得自己在面对生人时向来总是很腼腆的,既很尴尬,又很羞怯,然而来了才半小时不到的工夫,她就把西奥朵拉看得如此亲密和重要了,这个人发起脾气来还是挺吓人的。"我想,"她有些犹豫不决地说,但接着便松弛下来,因为她刚刚开口说话的时候,西奥朵拉就转过身来,脸上又露出了笑容,"我想,在大白天这段时间里,趁达德利太太还在这儿的时候,我得自己找点儿什么非常有趣的事情做做,离这屋子越远越好。也许可以去打理一下那片网球场,或者在温室里侍弄葡萄。"

"也许你还可以去协助达德利看大门呢。"

"要不就去那片荨麻地查找无名的坟墓。"

她们此时正站在游廊的栏杆边。从这儿,她们可以看到那条环形车道,一直看到车道转弯的地方,然后车道便再次消失在那片树林中了;

还可以眺望绵延起伏的远山，看到远处那条蜿蜒的曲线，或许就是那条主干道吧，那是返回城里的公路，她们就是沿着那条公路从城里来的。除了从那片树林中的某个地方延伸出来通向这幢别墅的那些电线之外，没有任何迹象可以表明希尔山庄与这个世界有任何联系。伊莲娜转身顺着游廊走去，很明显，游廊的走向是环绕着这座山庄的。"啊，快看。"她说，此时刚好走过那个拐角。

别墅的背后，群山峰峦叠嶂，蔚为壮观，时值夏季，充沛的雨水把山林浇灌得郁郁葱葱，枝繁叶茂，一派宁静的景象。

"这就是他们之所以把这座别墅称为希尔山庄的原因吧。"伊莲娜底气不足地说。

"这座山庄整个儿也就是维多利亚时代的风格而已，"西奥朵拉说，"他们只不过自甘堕落地沉迷在这种貌似声势浩大、实则过于张扬的事物之中，固步自封地沉浸在这种由层层叠叠的天鹅绒呀、流苏呀、紫色长毛绒呀所构成的奢靡之风中罢了。任何一个在他们之前或者在他们之后的人，都会把这座山庄直接建造在那些山峰上，那才是它名至实归的理想之地，而不是舒适地蜗居在山脚下这个地方。"

"要是建造在山顶上，岂不是人人都能一眼就看见它啦。我倒是赞成把它建造在像这样十分隐蔽、世人看不见的地方。"

"要是我一直待在这儿，我会感到很恐惧的，"西奥朵拉说，"会老是提心吊胆，生怕有一座山会轰然倒塌下来，压在我们身上。"

"那些山才不会轰然倒塌下来压在你身上呢。山体只会滑坡，来得无声无息，神不知鬼不觉，泥石流朝你滚滚而来，你只好拼命奔逃。"

"谢谢你，"西奥朵拉小声说，"达德利太太吓唬你的那一套，已经被你发挥得这么淋漓尽致啦。我马上就去打包回家。"

伊莲娜一时信以为真，连忙回过身来瞪大眼睛望着她，但随即便看出，她脸上浮现出的居然是诙谐幽默的乐呵呵的表情，心里便暗暗寻思，她比我要勇敢多啦。真没想到——尽管这种表情后来竟成了她十分熟悉的一大特征，成了伊莲娜心目中的"西奥朵拉"形象的一大显著标志——西奥朵拉一眼就看透了伊莲娜的心思，而且回答了她的疑问。"别老是担惊受怕的。"她说，说罢还伸出一根手指头在伊莲娜的脸蛋上刮了一下。

"我们根本就不知道自己的勇气是从何而来的。"话音刚落，她便飞快地冲下了台阶，径直朝那片草坪急奔而去，草坪的两边是错落有致的参天大树。"快来呀，"她回头喊道，"我想去看看附近某个地方是不是有一条小溪。"

"我们不能跑得太远。"伊莲娜一边说，一边追了上去。她们像两个孩子一样在草地上奔跑着。虽然在希尔山庄才待了这么一小会儿，两人却对蓦然呈现在眼前的这片明净、开阔、令人心旷神怡的空间感到欣喜不已，她们走在草地上的脚步远比走在硬邦邦的地板上的脚步欢快得多。凭着一种简直近乎于动物的本能，她们循着潺潺流水声、嗅着水的气息向前奔去。"在那边，"西奥朵拉说，"有一条小径。"

她们兴致勃勃、欲罢不能地循着这条小径向前走去，离那水声越来越近了，小径蜿蜒曲折穿行在树林间，她们偶然能瞥见山下的景色，瞥见那条环形车道，她们沿着小径绕来绕去，走出了那座山庄的视线，穿过了一片乱石嶙峋的草甸，始终走在下山的路上。等她们走得离希尔山庄越来越远，走出了树林，来到阳光依然还能照耀到她们的地方时，伊莲娜这才感到自在多了，尽管她看得出，残阳正在令人不安地渐渐西沉，距离重峦叠嶂的山峰越来越近了。她朝西奥朵拉喊了一声，然而西奥朵拉只是回应了一声"快跟上，快跟上"，却只顾顺着小径直奔下去。突然间，她猛然收住了脚步，娇喘吁吁、摇摇欲坠地站在那条小溪的边缘，因为那条小溪是在几乎毫无任何先兆的情况下陡然出现在她眼前的。伊莲娜因为跟在她身后走得稍慢些，急忙上来一把拉住她的手，硬把她拖了回来，随后，两人都哈哈大笑起来，一齐倒在小溪的岸边，只见溪岸的坡度十分陡峭，坡下就是溪水。

"他们这一带的人喜欢搞突然袭击呀。"西奥朵拉说，还在大口喘着粗气。

"要是你一头扎进了水里，那也是你活该，"伊莲娜说，"谁叫你那样乱跑呢。"

"瞧这景色多美啊，是吧？"小溪水流湍急，荡漾着波光粼粼的涟漪，小溪对岸芳草萋萋，青青河边草一直长到溪水边，草丛中探头探脑地生长着许多黄色和蓝色的花儿。那边有一座圆圆的、线条柔和的小山丘，小山丘的那边大概是更加辽阔的草甸，放眼望去，远方是巍峨峻拔的群山，依然沐浴着夕阳的余晖。"景色真美啊。"西奥朵拉不容置辩地说。

"我敢肯定，我以前来过这儿，"伊莲娜说，"大概是在哪本童话故事里。"

"这我相信。你会跳石头房子吗？"

"这是公主与神奇的金鱼相会的地方，那条金鱼其实是一位王子的化身——"

"他不可能吸掉多少水的，你那条金鱼。这条小溪至多不过三英寸深。"

"小溪里有踏脚石可以让人走过去，还有许多小鱼儿在游呢，小不点儿的鱼——是小鲦鱼吧？"

"是王子的化身呢，那些小鱼儿全都是。"西奥朵拉沐浴着阳光躺在岸边伸了个懒腰，接着又打了个哈欠。"是小蝌蚪吧？"她提示说。

"是小鲦鱼。你傻哩，小蝌蚪到这个时候才出来未免也太晚啦，不过，我敢打赌，我们肯定能找到青蛙下的籽。我以前就喜欢用两只手把小鲦鱼从水里捧上来玩儿，然后再把它们放走。"

"多好的一个农妇啊，你不妨可以试试呢。"

"这是一个挺适合野炊的地方呢，午餐就在这小溪边吃，带一些煮得很老的鸡蛋。"

西奥朵拉哈哈大笑起来。"还有鸡肉色拉、巧克力蛋糕呢。"

"把柠檬汽水装在一只热水瓶里。撒些盐。"

西奥朵拉无比快意地翻了个身。"人们关于蚂蚁的说法是错误的，你知道么。从前世上几乎根本就没有蚂蚁。有奶牛，也许吧，可是，我觉得我从来就没有在哪次野餐的时候看见过一只蚂蚁。"

"从前的田野里总归有公牛吧？人家从前不是经常说，'我们不能穿过那片田野，那是公牛待的地方'？"

西奥朵拉睁开一只眼。"你小时候曾经有过这样一位爱说笑话的叔叔吗？人人都会开怀大笑，不管他说了什么？他有没有教你不怕公牛——要是公牛来追你，你只要抓住穿在它鼻子上的那个环，把它拉得围着你团团转就行了？"

伊莲娜把一块鹅卵石抛进小溪，望着它清清楚楚地沉到了水底。"你小时候有好多叔叔吗？"

"成千上万。你呢？"

过了一会儿，伊莲娜说："哦，对了。有大个子叔叔，有小个子叔叔，有胖叔叔，也有瘦叔叔——"

"你小时候有没有一个叫埃德娜的婶婶？"

"有缪里埃尔婶婶。"

"瘦瘦的？戴着一副没有边框的眼镜？"

"喜欢戴着一枚石榴石胸针。"伊莲娜说。

"她是不是总爱穿一件深红色的连衣裙来参加家庭聚会？"

"袖口镶着花边的那种——"

"这样看来，我觉得我们还真的有些沾亲带故呢，"西奥朵拉说，"你小时候戴着畸齿矫正钢丝架吗？"

"没有。小时候脸上有雀斑。"

"我上的是那所私立学校，那里的人逼着我学会了怎样行屈膝礼。"

"我一到冬天就老是感冒。我母亲总是要我穿上羊毛长筒袜。"

"我母亲总是让我哥哥带我去参加各种舞会，而我总是像人来疯似的见谁都行屈膝礼。我哥哥至今都还对我恨之入骨呢。"

"我在举行毕业典礼的游行时摔了一跤。"

"我在轻歌剧演出时忘了台词。"

"我过去喜欢写诗。"

"叫不是嘛，"西奥朵拉说，"我可以肯定，我们是表姊妹。"她坐了起来，放声大笑着，过了一会儿，伊莲娜忽然说："别出声，那边好像有什么东西在动。"她俩顿时吓得浑身僵直，肩膀紧紧地贴在一起，瞪大眼睛凝望着，密切注视着小溪对面山坡上的那个黑点。只见那里的草丛在不住地晃动着，密切注视着那个看不见的东西慢慢移动着越过那座翠绿色的山丘，连阳光都让人感到阵阵发冷，连那条欢快的小溪都变得寒气逼人了。"那是什么东西？"伊莲娜喘息了一声说，西奥朵拉随即把一只强有力的手按在她的手腕上。

"已经走啦。"西奥朵拉非常肯定地说，太阳又重新出来了，阳光还是那样温暖宜人。"是一只兔子。"西奥朵拉说。

"我没看出来。"伊莲娜说。

"你开口说话的那会儿我就看见了,"西奥朵拉执拗地说,"那就是一只兔子。它翻过了那个山丘,已经跑得无影无踪了。"

"我们已经离开得太久啦。"伊莲娜说着,抬起头来,惴惴不安地望着夕阳在抚摸着绵延起伏的山巅。她迅速站起身来,不料却发觉,由于一直盘膝坐在潮湿的草地上,两条腿已经僵硬得不听使唤了。

"真难想象,像我们两个这样光彩照人、特别喜欢野餐的大美女,"西奥朵拉说,"居然会怕一只兔子。"

伊莲娜俯下身子,伸出一只手把她扶了起来。"我们真的该赶紧回去了,"她说,然而,由于她自己也不明白为什么会这样情不自禁地感到焦虑不安,便又补了一句,"另外那几个人说不定这时候都到齐了呢。"

"我们要尽早回到这儿来搞一次野餐才对。"西奥朵拉一边说,一边小心翼翼地沿着小径走去,小径一路通向山上。

"我们真的得在小溪边举行一次像模像样的老式野餐会才行。"

"我们可以要求达德利太太把鸡蛋煮得老一点儿。"伊莲娜头也不回地在小径上停下脚步。"西奥朵拉,"她说,"我觉得我做不到,你知道的。我觉得我真的没这个本事。"

"伊莲娜,"西奥朵拉伸出一只胳膊搂着她的肩膀,"你愿不愿让他们把我们暂时分开?既然我们已经弄清楚了,我们是表姊妹?"

第三章

夕阳顺顺当当地躲进了群山的背后，几乎是迫不及待地悄然溜走的，到最后，终于消失在宛如枕头般的崇山峻岭之中。等到伊莲娜和西奥朵拉沿着小径走上来，走向希尔山庄侧面的游廊时，草坪上已经出现了两条长长的人影，幸好，在越来越黑的天色的掩护下，希尔山庄已经把它那张疯狂的嘴脸隐藏起来。

"那边好像有人在等着我们呢。"伊莲娜一边说，一边加快了脚步，于是，不一会儿就与卢克第一次邂逅相遇了。旅程结束之际，便是情侣们的相会之时啊，她想，然而却只是怯生生地说道："你在找我们吗？"

他早已来到游廊的护栏边，一直站在暮色中俯视着她俩呢，这时，他深深鞠了一躬，接着又做了个深表欢迎的手势。"'这些人都已万劫不复'，"他说，"'我也必死无疑'[1]。女士们，如果你们就是希尔山庄的如幽灵般神出鬼没的居民，我愿意永远守在这儿。"

他这人真有点儿荒谬，伊莲娜正颜厉色地想道，西奥朵拉却说："对不起，我们没想到会在这儿碰见你。我们在实地查看呢。"

"迎接我们的是一个脾气乖戾、满脸皱纹、相貌凶恶的丑老太婆呢，谢谢你，"他说，"'你好，'她对我说，'但愿我明天早晨回来的时候，看见你还活着，你的晚饭放在餐厅里的餐具柜上。'她说完这句话就走了，坐的是一辆最新款式的有折篷的汽车，车上坐着一号和二号凶手[2]。"

---

1 引自莎士比亚悲剧《国王理查德三世的生与死》(The Life and Death of King Richard III, c. 1591)。
2 语出莎士比亚悲剧《国王理查德三世的生与死》。

"是达德利太太,"西奥朵拉说,"一号凶手肯定是看大门的达德利;我估计另一个人就是德雷库拉伯爵。好一个身心健康的家族啊。"

"既然我们在列数这些形形色色的人物,"他说,"我也说说我的名字吧,我叫卢克·桑德森。"

伊莲娜大吃一惊,脱口说道:"这么说,你是这个家族的人喽?拥有希尔山庄产权的那家人?不是蒙塔古博士请来的一名客人?"

"我的确是这个家族的人,有朝一日,这座巍峨的大厦会归我所有的。不过,在这一天到来之前,我依然是蒙塔古博士请来的一名客人。"

西奥朵拉咯咯儿地笑了起来。"我们,"她说,"是伊莲娜和西奥朵拉,两个小姑娘,刚才正在山下那条小溪边筹划着要在那儿举办一次野餐会的事儿呢,却被一只兔子吓得跑回家来了。"

"你不妨可以带着你的尤克里里琴[1]来,在我们吃鸡肉三明治的时候,也好为我们弹奏些曲子呀。蒙塔古博士来了吗?"

"他已经在屋里了,"卢克说,"正在心满意足地察看他这幢老是闹鬼的屋子呢。"

一时间,她俩都默不做声了,只想彼此靠得再紧密些,过了一会儿,西奥朵拉声音微弱地说:"这话听上去一点儿也不好玩,因为天已经越来越黑了,对不对?"

"女士们,欢迎你们。"随着话音,那道厚重的大门蓦然打开了。"请进屋来吧。我就是蒙塔古博士。"

他们这一行四人,萍水相逢的四个人,都站在希尔山庄那宽阔、幽暗的入口处的门洞里。这座山庄已然把他们的命运牢牢维系在一起,已然锁定了他们彼此之间的关系。黑压压的群山在睡眠中也高度警惕地俯瞰着他们,阵阵阴风、四下里的各种声音和动静,有如一个接一个的小漩涡,时而响声大作,时而蓄势以待,时而又轻吟低语,不知何故,反正大家意识的焦点都集中在他们此刻所站立的这片空间很小的地方,这四个貌合神离的人儿,正在深信不疑地相互打量着呢。

"我非常高兴大家都安全、按时到达了,"蒙塔古博士说,"欢迎你们大家的到来,欢迎你们来到了希尔山庄——虽然这份情谊应当由你来

---

1 尤克里里琴(ukulele),一种吉他形的四弦琴。

表达才更加合适，是吧，我的小伙子？不管怎么说，欢迎，欢迎。卢克，我的小伙子，麻烦你自己去斟一杯马丁尼酒，好吗？"

蒙塔古博士端起酒杯，满怀希望地啜了一口，接着又叹息了一声。

"这样才公平，"他说，"只要公平就行啦，我的小伙子。不管怎么样吧，为了我们在希尔山庄的成功，干杯。"

"我们该怎样衡量成功呢，确切地说，在面对这样一桩事情时？"卢克好奇地问道。

博士哈哈一笑。"这个嘛，不妨这样说吧，"他说，"我希望我们所有人的本次来访都能过得很愉快，我也希望我的专著会使我的同行们感到震惊，使他们能踮起脚来对我刮目相看。我不能说你们此行的目的就是来度假的，尽管在某些人看来似乎的确如此，因为我对你们的工作成效是寄予厚望的——虽然这份工作，当然喽，在很大程度上还得取决于日后完成得怎么样，对不对？记笔记，"他如释重负地说，仿佛在一片充满迷雾的世界里总算把一个不可动摇的既定目标确定下来了，"记笔记。我们要记笔记——对某些人来说，这也算不得一件承担不下来的任务。"

"既然谁也没有诙谐地把烈酒与鬼魂这个双关语联系在一起[1]。"西奥朵拉说着，举起自己的酒杯朝卢克递过去，让他把杯子斟满。

"鬼魂？"博士费解地瞪着眼睛朝她看了看。"鬼魂？没错，的确如此。当然，我们大家谁也没有……"他迟疑了一下，皱起了眉头。"肯定没有。"他说，紧接着便急火攻心似的连喝了三大口鸡尾酒。

"一切都是那么地不可思议，"伊莲娜说，"我是说，今天早晨我还在纳闷儿呢，不知道这个希尔山庄究竟是个什么模样，而现在呢，我简直不敢相信这是真的，可是我们已经身在其中了。"

他们此时都坐在一间面积很小的房间里，那是蒙塔古博士特意挑选的，也是他领着他们进来的，起先是沿着一条狭窄的过道跌跌跄跄地一路摸索着走来的，走了一会儿他才摸准了方向。可以肯定地说，这并不是一间温馨舒适的屋子。房间里的天花板实在高得让人觉得很不对劲儿，屋里虽然有一个又窄又小、用瓷砖砌成的壁炉，可是看上去却让人

---

[1] 此处原义为"spirits"。在英语里，"spirits"这个词既有"烈酒"的意思，又有"鬼魂"的意思。

感到浑身发冷，尽管卢克一进屋就点燃了炉火。他们就坐的那几把椅子都是圆弧形的，很滑溜，而透过镶着一串串彩珠的那几盏灯罩照出的灯光，则把一个个模糊不清的人影投射在房间的各个角落里。房间给人的总体感觉是紫色的；他们脚下的地毯泛着红光，依稀可以看出地毯上那些纷繁复杂的图案，四壁都贴着墙纸，像镀了金似的闪闪发光，壁炉架上有一个大理石的丘比特像，在傻乎乎地笑着俯视着他们。只要他们稍许沉默一小会儿不说话，山庄那无声无息的沉甸甸的气氛就会从四面八方朝他们压来。伊莲娜，由于心里还在纳闷儿，不知自己究竟是不是真的已经置身在此地，而不是在做梦，不是待在某个遥远得不可企及的平安无事的地方遐想着这座希尔山庄，便开始不慌不忙、仔仔细细地打量起这个房间来，并暗暗告诫自己说，看来这一切都是真实的，这些物件都实实在在地呈现在眼前呢，从壁炉四周的瓷砖，到那个大理石的丘比特像，这几个人眼看就要成为她的朋友了。这位博士也算通情达理，面色红润，蓄着小胡子，看上去仿佛更像一个已经功成名就的人，坐在一间面积虽小、却很有情调的起居室里的炉火前，有一只猫咪蜷伏在他的膝头上，一个面色红润、娇小可爱的妻子给他送来了涂满果酱的烤饼，然而，不可否认的是，眼前这个人就是蒙塔古博士，是他把伊莲娜引导到这儿来的，一个既学识渊博，又固执己见的小个子男人。从博士这边望过去，在壁炉的对面，是西奥朵拉，西奥朵拉早已瞅准了差不多是最舒适的那张椅子，不管怎么说，反正她早已抢先摇首摆臀地走过去在那张椅子上坐了下来，两条腿搭在扶手上，脑袋蜷缩着，正舒舒服服地仰靠在椅背上呢；她多像一只猫咪啊，伊莲娜想，而且还是一只显然在等着进餐的猫咪呢。卢克没有一分钟安静过，不停地在人影和灯影间晃来晃去，忙不迭地一会儿给大家续杯，一会儿去拨弄炉火，一会儿又去抚弄那尊大理石丘比特像，在炉火的映照下，他显得既神采奕奕，又有些坐立不安。他们这会儿都默然无语，都在出神地望着炉火，几番旅程下来，都有些懒洋洋的，于是，伊莲娜想，在这个房间里，我算第四号人物，我是他们中的一分子，我确实有一种归属感呢。

"既然我们大家全都在这儿聚齐了，"卢克冷不防地说道，仿佛他们之间的交谈从来就没有间断过似的，"我们不妨就来相互认识一下吧？到目前为止，我们只不过知道彼此的名字罢了。我知道，这位就是伊莲娜,坐在这儿的这位,身穿一件红色针织紧身套衫,因此,这位肯定就是西奥朵拉,身穿一件黄色——"

"蒙塔古博士有胡子,"西奥朵拉说,"所以,你一定是卢克。"

"你呢,你是西奥朵拉呀,"伊莲娜说,"因为我叫伊莲娜嘛。"好一个伊莲娜呀,她心里在洋洋得意地对自己说,你居然找到归属感了,你说话也自如了,你正陪着你这几位朋友坐在这炉火前呢。

"所以,你才穿着这身红色针织紧身套衫的。"西奥朵拉表情严肃地对她解释说。

"我没留胡子,"卢克说,"所以,他一定是蒙塔古博士。"

"我是有胡子呀。"蒙塔古博士说道,觉得这话很受用,于是便满面春风、喜笑颜开地朝他们逐一看过来。"我妻子,"他对众人说,"就喜欢男人留胡子。也有许多女人,从另一方面看,觉得留胡子的男人很倒胃口。一个把胡子刮得干干净净的男人——请原谅我这么说,小伙子——是绝不会充分显示出男人气质的,我妻子时常这样对我说。"他举起手中的玻璃酒杯朝卢克递了过去。

"既然我已经知道我们当中哪个是我了,"卢克说,"那就让我来进一步认识一下我自己吧。我是,在私生活中——我认为这是社交生活,除此之外的世界才是真正的私生活——让我想想,我是一名斗牛士。没错。一名斗牛士。"

"我喜欢我的爱人留胡子,"伊莲娜不由自主地说道,"因为他天生就长胡了嘛。"

"非常正确,"卢克朝她点点头,"这样就能把我造就成蒙塔古博士了。我住在曼谷,我的业余爱好是纠缠女人。"

"根本不是这回事儿,"蒙塔古博士抗议说,觉得这话很好笑,"我住在贝尔蒙特[1]。"

西奥朵拉哈哈大笑起来,接着又心领神会地朝卢克飞了个媚眼,她早先也曾用这种眼神打量过伊莲娜。伊莲娜看在眼里,心里却大不以为然地想道,要是同一个这么喜形于色、这么目光敏锐的人长期朝夕相处地待在一起,比方说像西奥朵拉这样的人,有时候难免也会让人压抑得

---

[1] 贝尔蒙特(Belmont),美国加州一城市,位于旧金山湾。

受不了的。"从职业角度说，我是一位画家的模特儿，"为了让自己静下心来不再胡思乱想，伊莲娜急忙说，"我过的是一种疯疯癫癫、放荡不羁的生活，身上胡乱披着一条披肩，从一间阁楼奔向另一间阁楼。"

"你是个没心没肺、顽皮任性的人吗？"卢克问道，"要不，你就是那种感情脆弱的尤物，会爱上某个贵族人家的公子哥儿，并且为伊消得人憔悴？"

"直到你美貌不再、成天咳嗽个不停？"西奥朵拉补充说。

"我倒觉得我有一颗金子般的心呢。"伊莲娜若有所思地说。

"不管怎么样，反正我的风流韵事也不过就是那种人们在咖啡馆里蜚短流长地嚼舌头的话罢了。"天哪，她暗暗思忖，我的天哪。

"哎呀，"西奥朵拉说，"我可是一个出生在贵族人家的女儿呢。一般情况下，我走到哪里都穿着绫罗绸缎，衣服上绣着花边，镶满了金首饰，可是，我却借来了我的女佣最好看的衣服，目的就是为了能跟你们这些人打成一片。当然，我说不定也会十分迷恋这种平民生活，永远也不肯再回去了，而且，这可怜的女孩还得自己想办法去寻找新衣服。你呢，蒙塔古博士？"

只见他在火光的映照下微微一笑。"一个四海为家的漂泊者。一个无家可归的流浪汉。"

"果然是一小群志同道合的人啊。"卢克赞许地说。

"事实上，我们是一群命中注定要结为死党的人呢。一名放荡不羁的交际花，一名四海为家的漂泊者，一名出身高贵的公主，还有一名斗牛士。希尔山庄肯定从来就没见过我们这号人。"

"我会给希尔山庄带来荣耀的，"西奥朵拉说，"我还从没见过像它这样的地方呢。"她站起身来，端着酒杯，去仔细查看着一碗玻璃花。"人家当初把这个房间派什么用的，依你们看？"

"会客室，大概是吧，"蒙塔古博士说，"也许是一间闺房。我原以为，我们待在这儿要比待在其他房间里舒服些的。实事求是地说，我现在倒觉得，我们应该把这个房间当作我们的活动中心，当作一间公用的房间。这个房间也许不那么令人心情愉快——"

"当然令人心情愉快呀，"西奥朵拉语气坚定地说，"世上没有什么东西能比这绛紫色的椅套和橡木墙护板更让人感到精神振奋了，那边那个角落里的东西是什么呀?是一台轿子吗?"

"明天你们会看到其他房间的。"博士对她说。

"要是我们能把这个房间当作一间娱乐室就好了,"卢克说,"我建议,我们去搬些可以坐的东西来吧。我不能老是在这儿随便找个什么东西蹲在上面呀,我都快站不住啦。"他私下里推心置腹地对伊莲娜说。

"明天吧,"博士说,"明天,老实说,我们要把整个山庄都仔细勘查一遍,把样样事情都安排妥当,好让我们自己住得舒心呀。至于现在嘛,要是你们都说完了,我建议,我们去看看达德利太太为我们的晚宴做了什么样的饭菜吧。"

西奥朵拉立即拔脚就走,但随即又停下了脚步,一副茫然不知所措的样子。

"必须有个人在前面给我带路才行,"她说,"我根本就辨别不清那个餐厅究竟在什么地方。"她用手指了指。"那扇门是通向那条长长的过道的,从那儿再走下去就走进前厅了。"

博士嘿嘿一笑。"你搞错啦,亲爱的。那扇门是通向花房的。"他站起身来,走在前面给大家引路。"这座山庄有一份示意图,我已经研究过啦,"他自鸣得意地说,"因此,我认为,我们只能走这边这扇门,顺着那条过道走下去,进入前厅,再穿过前厅,从那间台球房里走过去,就能找到餐厅了。一点儿也不难找,"他说,"只要你习惯了就行。"

"他们为什么要把自家的事情弄得这么错综复杂呢?"西奥朵拉问道,"他们为什么要造出这么多古里古怪的小房间呢?"

"也许他们喜欢有自己的小天地,彼此互不干扰吧。"卢克说。

"我真不明白他们为什么要把样样事情都弄得这么神神秘秘的。"西奥朵拉说。她和伊莲娜两人此刻正跟在蒙塔古博士的身后顺着过道向前走去,而卢克则走在她们后面,一边磨磨蹭蹭地走着,一边朝一张长条桌的抽屉里窥视着,嘴里在自言自语地连声嘀咕着,对黑黢黢的大厅里雕刻在板壁上方的成排的丘比特头像和成捆的绶带浮雕啧啧称奇。

"这些房间有一些完全属于只对内、不对外的私人密室,"博士走在众人前面说,"根本没有窗户,没有任何通向户外的路径。不过,话说回来,对于这个时期所建造的宅邸来说,有那么几间全封闭式的密室也算不得什么十分令人惊奇的事情,尤其是,你们只要回想一下就知道了，他们即使有窗户，也从里面用厚厚的窗帘和布幔严严实实地遮上了，而且窗外也没有栽种任何灌木。啊哈。"他推开过道的门，把众人领进了前厅。"瞧。"他一边说，一边打量着对面的几扇门，只见中间是一道巨大、厚重的双开门，双开门的两侧各有一扇稍小些的门。"瞧，"他说，并特意选了离他身边最近的那扇门，"这幢房屋的确有不少别有洞天、稀奇古怪的小地方呢。"他接着说，并用手撑着那扇门，好让大家鱼贯而入，走进前方那间黑乎乎的房间。"卢克，过来一下，撑着这扇门，让门开着，好让我腾出身来找到那个餐厅。"他小心翼翼地摸索着，穿过这间暗室，打开了一扇门，随后，大伙儿都跟着他走进了那间令人欢欣鼓舞的房间，这是他们到目前为止所见过的最令人赏心悦目的房间，甚至比他们所想象的还要舒心可意，这是理所当然的，因为有灯光，有映入眼帘的实物，有扑鼻而来的饭菜的香味嘛。"我先自我庆贺一下吧，"他一边说，一边开心地搓着双手，"我终于带领你们顺利穿过了希尔山庄这些没有任何标示的历史古迹，来到了这片环境舒适的文明之地。"

"我们应该把这一点作为一个惯例，让每一扇门都大大地敞开着，"西奥朵拉忐忑不安地扭过头来看了看，"我很讨厌像这样在黑暗中没头没脑地到处乱窜。"

"要是那样的话，你得去搬个东西来撑着门，才能让门开着，"伊莲娜说，"这座古宅里的每一扇门，只要你一松手，就砰地一声关死了。"

"明天，"蒙塔古博士说，"我来做一个记号，挂在门上。"他高高兴兴地拔脚朝餐具柜那边走去，达德利太太早已在那儿安放了一架热乎乎的烤箱，摆好了一大排非常诱人的盖着盖子的菜肴。餐桌是为四个人准备的，桌上点着好几支蜡烛，铺着产自大马士革的织花台布，摆放着沉甸甸的银餐具，好一派奢华的派头。

"我知道的，饭菜没有限量，大家尽管放开吃吧。"卢克说罢，拿起一把叉子扬了扬，岂料这个动作恰好证实了他姑妈对他最深恶痛绝的猜疑。"我们有成套的银餐具呢。"

"我觉得，达德利太太对这幢古宅还是深感自豪的。"伊莲娜说。

"不管怎么说吧，反正她并没有打算把我们安排在一张破烂不堪的餐桌上就餐。"博士一边说，一边探头探脑地朝那热气腾腾的烤箱里窥视着。"我觉得,这是一个极好的安排。这样一来,达德利太太既可以在天黑之前不慌不忙地离开这儿,也能让我们好好享用晚餐,不必让她讨人嫌地陪着我们。"

"也许,"卢克两眼盯着自己的食盘说,他已经毫不吝啬地把自己的盘子堆满了食物,"也许我真的该好好善待达德利太太——我为什么偏偏老是这样看待她,故意跟她过不去呢,应该把达德利太太当作好人才对吧?——也许我过去对她的看法确实不公平。她说她希望明天早晨来时看到我还活着,而我们的晚餐已经放在烤箱里了。我现在怀疑她大概是想把我活活撑死吧。"

"是什么原因让她舍不得离开此地呢?"伊莲娜向蒙塔古博士问道,"她和她丈夫为什么要一直留在这儿,孤零零地守着这幢古宅呢?"

"据我所知,达德利夫妇看管希尔山庄已经有多年了,谁也记不清是从什么时候开始的。当然,桑德森家族的人也乐得让他们继续看管下去。不过,明天——"西奥朵拉忽然咯咯儿地笑了起来,"达德利太太说不定就是实际拥有希尔山庄的这个家族唯一真正幸存下来的人呢。我倒是觉得,她只是在等待时机,等待整个桑德森家族的后裔有人来继承——那个人就是你呀,卢克——你会有各种各样非常可怕的死法呢,到那时,她就把这座山庄弄到手了,把埋藏在地窖里的那些财富和珠宝弄到手了。要不然,大概是因为她和达德利把他们的金子偷偷藏在那个不为人知的密室里了,或者是因为这座山庄的地下蕴藏着石油。"

"希尔山庄压根儿就没有什么不为人知的密室,"博士斩钉截铁地说,"当然,这种可能性以前也有人提出来过,因此,我认为,我可以很有把握地说,这种富有浪漫色彩的设计理念在这儿是根本不存在的。不过,明天——"

"不管怎么样,反正石油绝对是老掉牙的旧帽子了,如今这年头,人们在房地产上根本不会有任何新发现的,"卢克对西奥朵拉说,"达德利太太有可能会冷血谋杀我的原因,无论如何也不会是为了铀。"

"要不然就是纯粹以谋杀为乐的。"西奥朵拉说。

"对,"伊莲娜说,"可是,我们为什么要来这儿呢?"有好大一会儿,其余三个人都愣愣地望着她,西奥朵拉和卢克两人都是一脸的疑惑,博士则带着严肃的表情。过了一会儿,西奥朵拉说:"这也正是我本来想问的问题呢。我们为什么要来这儿？希尔山庄究竟有什么问题？接下来到底会发生什么事情？"

"明天——"

"不行，"西奥朵拉说，口气简直有些蛮横无理了，"我们是三个有头脑的成年人。我们都是从很远的地方赶来的，蒙塔古博士，就为了到希尔山庄这个地方来见你。伊莲娜想知道究竟是为什么，我同样也想知道。"

"我也想知道啊，"卢克说，"你为什么要把我们召集到这儿来，博士？你自己为什么要来这儿？你是怎么打听到希尔山庄的事情的？还有，希尔山庄为什么有这么大的名气？还有，这儿究竟发生了什么情况？接下来还会出什么事儿？"博士很不高兴地皱起了眉头。"我不知道，"他说，话音刚落，却见西奥朵拉气急败坏地挥了挥手，他连忙又接着说，"我对这座山庄的情况了解甚少，只不过比你们知道得稍微多一点儿罢了，当然，我本来就打算把我所知道的情况全都毫无保留地告诉你们的，至于接下来究竟会发生什么事情，我要等你们开始工作时才能逐步加以了解。不过，明天很快就到了，我认为，这事儿明天再谈也为时不晚。大白天——"

"这话对我没有任何作用。"西奥朵拉说。

"我向你保证，"博士说，"希尔山庄今晚肯定会太平无事的。这类事情的形成还是有一定模式的，超自然的心灵感应现象仿佛是受某种非常特殊的法则支配的。"

"我真的认为，我们应当今晚就把这件事详细谈一谈才对。"卢克说。

"我们不怕。"伊莲娜说。

博士又叹了口气。"万一，"他慢条斯理地说，"你们听了希尔山庄的传说之后，决不肯在这儿再待下去了，那可怎么办？你们会采取什么方式离开这儿呢，今天晚上？"他再次环顾四周，飞快地朝众人扫了一眼。"大门已经锁上了。希尔山庄的一大名声就是强留客人接受它的盛情款待。它好像很不喜欢让自己的客人逃走呢。最后那位试图趁着黑夜逃离希尔山庄的客人——那是十八年前的事情了，姑且就算你们猜对了吧——就是在那个环形车道的拐弯处死于非命的，在那个地方，他的坐骑突然脱缰狂奔起来,把他活活摔死在那棵大树上。万一我给你们讲了希尔山庄的事情,你们当中有人想逃走,那可怎么办?明天,至少可以这样说,我们能够确切地弄明白,你们怎样才能安然无恙地走到那个村子里去。"

"可是,我们并没有打算逃走啊,"西奥朵拉说,"我不会逃走的,伊莲娜也不会,卢克当然也不会的。"

"意志坚强着呢,要誓死保卫这座堡垒呢。"卢克附和道。

"你们真是一群冥顽不化的助手啊。那就等我们吃完晚饭之后再说吧。我们要撤退到我们那间小小的会客室里去,在那儿喝杯咖啡,再来点儿上等的白兰地,那瓶优质白兰地就藏在卢克的手提箱里,那时候,我会把我所知道的有关希尔山庄的事情毫无保留地告诉你们的。但是,现在嘛,我们还是来谈谈音乐,或者谈谈油画吧,哪怕谈谈政治方面的问题也好。"

"我还拿不定主意呢,"博士一边说,一边晃动着他杯中的白兰地,"不知该让你们这三个人做好什么样的心理准备,才能来听我讲述希尔山庄的传奇故事。我当然不可能把它写下来给你们看,况且我现在也很不情愿完完整整地交待出这件事的来龙去脉,免得影响你们大脑的思维,要等你们有机会亲眼看到之后才行。"他们这时已经回到那间小小的会客室里,人人都感到温暖舒适、昏昏欲睡。西奥朵拉再也不想坐在椅子上去施展她的个人魅力了,便独自一人在壁炉前的地毯上坐了下来,盘起两腿,打起了瞌睡。伊莲娜,原本也想就近在身边壁炉前的地毯上坐下来的,由于没有及时想到去占领这个地方,便只好委屈自己坐在一张滑溜溜的椅子上,此时也不愿搔首弄姿去吸引别人的注意力了,不料却不知不觉地从椅子上滑了下来,尴尬地跌坐在地板上。达德利太太的这顿丰盛的晚宴,再加上长达一个钟头的平心静气的相互交谈,那种既很不真实、又令人十分拘谨的虚幻缥缈的气氛早已荡然无存。他们已经开始相互了解起对方的底细了,已经能辨别出各自说话的声音和癖性特点,辨别出彼此的面部表情和笑声了。伊莲娜因为这出乎意料的情景而颇有些惊讶地想道,她来到希尔山庄只不过才四五个小时呀,于是,便朝着炉火笑了笑。她能感觉到夹在自己指缝间的玻璃酒杯那细细的杯柄，能感觉到压在她后背上的那张椅子的硬邦邦的压力，能感觉到吹进房间里来的那一阵阵微弱的风儿，让人几乎察觉不出的阵阵风儿把那些流苏和珠串吹得微微颤动着。沉沉黑夜笼罩着每一个角落，那尊大理石丘比特雕像在面带微笑俯视着他们，那张胖乎乎的脸蛋上总是一副好心情的样子。

"真是个讲述鬼怪故事的绝好时机呀。"西奥朵拉说。

"只要你们愿意听就行。"博士依然腰板笔直。"我们又不是那些企图用鬼怪故事来你吓唬我、我吓唬你的小孩子。"博士说。

"对不起，"西奥朵拉仰起脸来朝他笑了笑，"我只是想让自己适应这里的一切。"

"在语言表述方面，"博士说，"我们还是多加小心为妙啊。在我们头脑里先入为主的那些鬼魂和幽灵——"

"'那只伸进汤里的无形之手，'"卢克在一旁帮腔似的说。

"我亲爱的小伙子啊。请你别打岔行不行。我是想说明一下我们来这儿的目的呢，由于这是一项具有科学考察和理论探索性质的工作，应该不受任何影响，大概也应该不被曲解才对，那些被人们传得残缺不全、让人感到阴森恐怖的鬼怪故事，更加贴切地说，应当属于那种——让我想想——属于那种像烤棉花软糖一样的东西。"他对自己的这个比喻感到很得意，便朝众人环视了一眼，想知道大家是否都觉得他这话很风趣。"实事求是地说，我在过去几年里所做的各项研究，已经迫使我去关注某些有关超自然心灵感应现象的学说了，我现在头一回有机会来检验这些理论了。当然喽，最理想的状态是，你们应当对希尔山庄的情况一无所知才好。你们应该什么都不知道，对一切都全盘接受。"

"而且还要记笔记。"西奥朵拉咕哝了一声。

"记笔记。说得对，确实如此。要记笔记。不过，话说回来，我也意识到了，要是在没有任何背景知识的情况下完全放手让你们去工作，那也是非常不切实际的，主要是因为，你们并不是那种习惯于不作任何准备也能应对某种处境的人。"他狡黠地朝大伙儿粲然一笑。"你们三个就是那种十分任性、被宠坏了的孩子，只会缠着我给你们讲临睡前的故事。"西奥朵拉咯咯儿地笑了起来，博士也开心地朝她点了点头。他站起身来，走过去站在壁炉前，摆出一副俨然像在课堂上讲课的姿势，他似乎觉得身后还缺少一块黑板,因为有一两次,他半转过身来,一只手举在半空,仿佛想找支粉笔去图解某个观点似的。

"注意听,"他说,"我们先来讲解一下希尔山庄的历史由来。"要是我手头有一本笔记本和一支钢笔就好了,伊莲娜心想,总该让他有如鱼得水的感觉呀。她朝西奥朵拉和卢克瞥了一眼,发觉他俩的脸上都本能地露出了那种如痴如迷、全然像在课堂上听课时的表情,高度认真的态度呢,她想,我们已经进入本次历险的另一个阶段啦。

"大家应该能回想起来,"博士拉开架势讲解起来,"在《圣经·利未记》中,房屋指的是'有大麻风的灾房'[1],是'*tsaraas*'[2],再者说,在荷马的笔下,房屋的意思是'阴曹地府':是'*aidao domos*'[3],是'冥王哈德斯的宫殿'[4];至于某些房屋是'不洁净之地',或者是'禁地'——或许还是'圣地'——这是一个由来已久的概念,如同人脑的思维一样源远流长,我觉得,这一点我就不需要再提醒大家了。毫无疑问,世上如今还存在这样一些古迹,这些古迹本身必定也带有某种神圣和善德的气氛。但是,如果说某些房屋生来就有邪气的话,这种说法也不算过于荒诞的奇谈怪论。希尔山庄,无论是什么原因造成的,这二十年多来都不适合供人居住。至于这座古宅从前是什么模样,其个性特征究竟是不是由居住在这里人所形成的,或者由他们所做的那些事情所形成的,或者它是不是从落成之日起就充满了邪气,这些都是我目前无法回答的问题。我当然希望我们在离开希尔山庄之前能对它有更多的了解。即便这样,谁也说不清,人们为什么会把有些房屋称作'鬼屋'。"

"你还能不能找到别的什么说法来称呼希尔山庄?"卢克问道。

---

1 在《圣经·旧约全书·利未记》中,"耶和华晓谕摩西亚伦说,你们到了我赐给你们为业的迦南地,我若使你们所得为业之地的房屋中,有大麻风的灾房,房主就要去告诉祭司说,据我看,房屋中似乎有病……"(详见《圣经·旧约全书·利未记·第十四章第三十三至第五十七节》)

2 "*tsaraas*",希伯来语。在希伯来语的《圣经·利未记》中,该词出现了多达20余次,专用于描写在人的皮肤、布匹、皮革,以及房屋的墙壁上出现的鳞片状"大麻风灾病现象"。

3 "*aidao domos*",古希腊语,意为"阴曹地府"。在古希腊神话中,它是"冥王哈德斯的领地",是"人死亡之后,人的灵魂最终的安息之地",是一个昏暗、阴凄的界域,脱离了躯体的灵魂在长满常春花的灰色田野里随风飘荡。

4 在荷马史诗《伊利亚德》中,"冥府"既非天堂,也非地狱,所有人死后的灵魂,包括那些大英雄的灵魂,最终都会走进哈德斯的地界,即潮湿、发霉的阴间。所有的亡灵都会渡过冥河,穿过由猎犬把守的大门,主动向冥王哈德斯和冥后珀尔塞福涅报到,向他们顶礼膜拜。

"唔——'心理失常者病房',大概可以这样说吧。'麻风病屋'。'病房'。凡是可以用来表达'精神错乱现象'的任何通俗易懂的委婉语都行。精神失常者的住所往往是一个充满奇思幻想的去处。但是,如今也流行着这样一些颇得人心的理论,这些理论对那些引起人恐慌的怪异现象,对那些不可思议的神秘事物是持怀疑态度的。如今也有这样一些人,他们会对你说,那些导致人精神失常的事物,我称之为'超自然心灵感应现象',其实不过是由地下水所引起的,或者是由强电流所引起的,或者是由空气污染所造成的幻觉引起的。在那些持怀疑论者中,支持对大气压力、太阳黑洞、地震等自然现象进行研究的人,都大有人在。人们,"博士很伤感地说,"总是怀着十分焦虑的心情想搞清楚诸般事物的奥秘,并公之于众,这样一来,他们就能给这些事物冠以某个名称,即使是一个毫无意义的名称,只要有那么一点儿科学光环就行。"他叹息了一声,松弛下来,然后朝众人嘲弄般地笑了笑。"一幢经常闹鬼的屋子呢,"他说,"大家都笑啦。临来之前,我还情不自禁地对我大学里的那些同事们说,我今年夏天打算去露营呢。"

"我对我的朋友们说,我是去参加一项科学实验的,"西奥朵拉善解人意地说,"当然,我没告诉他们去什么地方,去做什么。说不定你的那些朋友对科学实验的执着态度还不如我呢。"

"是啊。"博士又叹息了一声。"露营。我都这个年纪啦。虽然如此,我这句话他们还是信以为真了。好吧。"他再次挺直了腰板,在身边摸索着,也许是在找一把直尺吧。"我是一年前才第一次听说希尔山庄的事情的,是以前的一个房客告诉我的。他起先还安慰我说,他之所以离开希尔山庄,是因为他家人不肯住在这么偏远的乡下,但是他最后却说,在他看来,这幢古宅真该一把火烧精光,再在这块地基上洒上盐。我还向其他人了解过,这些人都曾租用过希尔山庄,结果却发现,他们当中没有一个人在这儿住过几天以上的,肯定也压根儿就没有住满租赁期,他们给出的理由也是五花八门的,有的是嫌这个地方太潮湿——顺便说一下,这个理由根本就不是实话,这幢房屋干燥得很呢——有的是急需迁往别处去,是出于经商的需要。也就是说,每一个急匆匆离开希尔山庄的房客,都煞费苦心地为自己要离开此地编造了一套合情合理的借口,反正他们最后一个个都走了。当然,我也努力想从以前的这些房客身上多了解一些情况，可是，无论我怎样劝说都没有用，他们就是不肯谈论这座古宅。他们似乎都讳莫如深，不肯向我提供任何信息，事实上，他们是不愿回顾他们在那短短几天里的详细情况。唯独在一个看法上他们的口径是统一的。无一例外，每一个曾经在这古宅里住过的人，不论时间长短，都极力劝我躲得越远越好。以前的这些房客没有一个人会自己站出来承认，说希尔山庄是个闹鬼的地方，不过，等我去了希尔斯代尔，查阅了报纸上记载的——"

"报纸？"西奥朵拉问道，"有没有报道过什么丑闻？"

"啊，有啊，"博士说，"有一条无比生动、精彩绝伦的丑闻呢，因为其中有人自杀了，有人疯掉了，以及一系列的官司。后来，我才渐渐了解到，当地人对这座古宅并没有任何顾虑。当然，我听到的是十多个各不相同的传说——要想打听到关于一座鬼屋的确切情况实在很困难啊，难得简直让人没法相信呢。你们要是知道我经历了多少艰难困苦，最终只不过才了解到现在这么一点儿情况，准会感到很吃惊的——于是，我就去找桑德森太太了，就是卢克的姑妈，跟她商谈租用希尔山庄的事宜。她倒是非常坦率地谈到了希尔山庄的诸多不尽人意的地方——"

"要想烧掉一座房子比你所想象的要难多啦。"卢克说。

"——不过，最后还是谈成了，允许我短期租用一段时间，用来开展我的研究，条件是，这个家族的一名成员必须成为我团队里的一员。"

"他们寄希望于，"卢克态度庄重地说，"我会说服你不要去挖掘那些可爱的令家族蒙羞的旧家底呢。"

"说得对。瞧，我已经解释清楚我怎么会到这儿来的原因啦，也交待了卢克为什么会来的原因了。至于你们两位女士嘛，我们现在都很清楚你们怎么会来这儿的，因为是我写信请你们来的，你们也欣然接受了我的邀请。我希望你们两位，各自都能以自己的方式，增强在这座古宅里的工作力度。西奥朵拉已经显示出，她本身就具有一定的心灵感应能力，而伊莲娜过去也亲身体验了那种制造噪音乱扔东西闹恶作剧的鬼怪显灵的现象——"

"我吗？"

"当然是你啦。"博士用奇怪的眼光望着她。"许多年以前，在你还是个小孩子的时候。那些石头——"

伊莲娜眉头紧蹙，连连摇头。她握着杯柄的手指头在不住地颤抖，过了一会儿，她说："那是邻居们干的。我母亲说，是那些邻居们干的。人们向来爱嫉妒。"

"也许是吧。"博士心平气和地说，接着又朝伊莲娜微微一笑。

"当然，那个事件人们早就忘了。我只不过是旧事重提罢了，因为这正是我之所以希望你来希尔山庄的原因。"

"在我还是个小孩子的时候，"西奥朵拉懒洋洋地说，"——'许多年以前'，博士，就像你刚才十分巧妙地说的那样——我挨过一顿痛打，因为我扔了一块砖头，砸破了人家温室的屋顶。我至今还记得，这件事我当时想了很久，一边回味着那顿痛打，一边也回味着那非常好听的砸碎玻璃的哗啦声，非常认真地思考了一番之后，我跑出去又干了一回。"

"我真记不大清了。"伊莲娜捉摸不定地对博士说。

"可是，为什么会这样呢？"西奥朵拉问道，"我的意思是，假如希尔山庄真的闹鬼的话，我能承受，你要我们来这儿的目的，蒙塔古博士，是要我们帮忙把这儿所发生的事情都记录下来——我保证，除非你是因为不愿意孤零零地一个人待在这儿——可是，我还是不明白。这是一座让人很恐怖的老宅，要是我把它租下来，一看到前厅那个模样，我准会大嚷大叫地把我的钱要回来了，可是，这儿到底有什么呢？究竟是什么东西让人那么害怕呢？"

"我不会给没有名称的东西乱定名称的，"博士说，"我也说不清。"

"他们从来就没有告诉过我究竟发生了什么事儿，"伊莲娜急切地对博士说，"我母亲说，那都是邻居们干的，他们老是跟我们过不去，因为我母亲不愿跟他们搅合在一起。我母亲——"

卢克插进来打断了她的话，语气缓慢，字斟句酌，"我认为，"他说，"我们大家需要的是证据。我们能够理解、能够统一思想的证据。"

"首先，"博士说，"我想问大家一个问题。你们想走吗？你们是不是想建议我们现在就整理好行李，然后一走了之，希尔山庄就由它去了，而且从此不再与它有任何牵连？"

他朝伊莲娜看了看，伊莲娜双手合十紧握着，这又是一次可以逃离这儿的机会呢，她在暗暗寻思着，随后，她说："不。"接着又不好意思地朝西奥朵拉瞥了一眼。"我今天下午表现得真像个小傻妞儿,"她自我解嘲地说,"我的确没来由地把自己给吓坏了。"

"她说的并不全是真话,"西奥朵拉忠诚地说,"她受到的惊吓哪儿有我那么厉害啊。见了远处的一只兔子,我们彼此都吓得要死呢。"

"可怕的生灵啊,兔子。"卢克说。

博士哈哈大笑起来。"不管怎么说,我估计,我们今天下午统统都紧张得不行呢。一拐过那个弯道,一眼清清楚楚地看见了希尔山庄,心里就猛然吓了一大跳。"

"我当时觉得他的车眼看就要一头撞向那棵树了。"卢克说。

"我现在其实勇敢得很呢,待在一间暖融融的房间里,有壁炉,而且还有人陪着。"西奥朵拉说。

"我觉得,即使我们想走,我们现在也走不了啊。"伊莲娜还没来得及清楚地意识到自己想要表达的是什么,也没意识到自己的话其他几个人听了会有什么感觉,话就脱口而出了。她看到大家都在瞪大眼睛望着她,便呵呵一笑,接着又蹩脚地补了一句:"达德利太太绝不会原谅我们的。"她心里犯起了嘀咕,不知大伙儿是不是真的会相信她说的这番话全都是心里话,接着又想道,说不定我们现在已经落入魔窟了,这座古宅,也许它不肯放我们走呢。

"我们再来一点儿白兰地吧,"博士说,"然后,我再接着给你们讲有关希尔山庄的故事。"他又回到了他课堂讲课的位置,站在壁炉前,慢条斯理地讲述起来,如同在讲解那些早已作古的列代君王的传说,在讲解那些早已结束了的战争一样。他说话的声音控制得很好,并不掺杂个人感情。"希尔山庄建造于八十多年前,"他开门见山地说,"是一位名叫休·克莱恩的人为他的家人所建造的一座家园,一座乡间别墅,他希望能看到他的儿孙们都居住在这里,过着舒适而又华贵的生活,他也满怀信心地期盼着能够在这里安安静静地度过自己的晚年。不幸的是,希尔山庄几乎从落成之日起就是一座伤心的宅邸。休·克莱恩的年轻貌美的妻子,在只差几分钟就能第一次亲眼看到这座别墅时却死去了,她乘坐的那辆车在那条环形车道上突然发生了翻车事故,这位太太是被人抬进来的——哦,已经没有生命体征了,我相信,人们当时使用的就是这个词——她是被人抬进她丈夫为她营造的这座家园的。他成了一个伤心、痛苦的人，休·克莱恩，只剩下两个尚且年幼、需要他抚养成人的女儿，但是他并没有离开希尔山庄。"

"孩子们是在这里长大的？"伊莲娜难以置信地问道。

博士微微一笑。"这幢房屋很干燥，这一点我刚才已经说过。这一带没有任何沼泽地，因而不会导致她们生病发烧，乡间的空气应该有益于她们的身心健康，况且这幢别墅本身也应当十分奢华。那两个年幼的女儿完全可以在这儿玩耍，也许会有些寂寞吧，但是不会感到不愉快的，这一点我毫不怀疑。"

"但愿她们去趟过那条小溪。"西奥朵拉说。她深情地凝视着炉火。"可怜的小家伙啊。但愿有人会领着她们在那片草甸上奔跑，采摘野花。"

"她们的父亲又结婚了，"博士接着说，"事实上，又结过两次婚。他似乎在娶太太这方面一直运气不佳。第二位克莱恩太太是跌了一跤摔死的，尽管我一直无法确定究竟是怎么死的，或者死亡的具体原因。她的死亡似乎和她的前任一样，也是一起意外的悲剧。第三位克莱恩太太死于当时人们称为肺痨病的疾病，死在欧洲的某个地方。那儿有一大摞明信片，珍藏在书房里的某个地方，是她们的父亲和继母从欧洲各地寄给这两个留在希尔山庄的小女孩的。她们的父亲和继母一直在外奔走，从一个疗养胜地赶往另一个疗养胜地。两个小姑娘则被留在此地，同她们的家庭教师生活在一起，直到这位继母去世。此后，休·克莱恩便把他想关闭希尔山庄的意图公之于众了，而且一直漂泊在国外，他的两个女儿也送走了，与他们生母的一位堂兄生活在一起，她们就这样一直生活在亲戚家，直到她们长大成人——"

"要是妈妈的堂兄比老休稍许活泼开朗一些，那该多好啊，"西奥朵拉说，她依然在深沉地凝视着炉火，"一想到孩子是在黑暗中像蘑菇一样长大的，就让人感到很不爽。"

"她们的感觉倒不是这样的，"博士说，"这两个同胞姐妹为了希尔山庄的事宜争争吵吵了一辈子呢。休·克莱恩把他要建立起一个王朝的一切崇高的希望都集中到此地之后，他自己却死在欧洲的某个地方了，死在他太太刚刚去世不久之后。于是，希尔山庄就遗留给这两个同胞姐妹了，作为两人的共同财产，那时候，这两个姐妹一定还是非常幼稚的少女呢。那个做姐姐的,不管怎么说,也才初长成,刚刚踏入社交界。"

"而且盘起了头发,继而又学会了喝香槟酒,学会了拿着一把扇子……"

"希尔山庄有好多年一直是空关着的,但是却始终保持着原貌,一切都应有尽有,可以让这家人随时前来入住。起初是在期待着休·克莱恩有朝一日会重返家园,到后来,在他去世之后,那两姐妹中的随便哪一个都可以前来居住,只要她乐意住在这儿就行。大约就在这段时间里,这两姐妹之间显然达成了一致意见,希尔山庄应当成为姐姐的财产,妹妹已经出嫁了——"

"啊哈,"西奥朵拉说,"年龄小的妹妹倒嫁人啦。一定是夺走了她姐姐的情郎吧,我敢肯定。"

"据说,姐姐在恋爱中是遇到了挫折,"博士赞同地说,"尽管差不多任何一位宁愿独身的女子,无论出于何种原因,都会说这种话的。不管怎么说吧,反正回到这儿来住的人是姐姐。她好像长得特别像她父亲。她孤身一人在这里生活了好些年呢,差不多一直是深居简出的,虽然希尔斯代尔村的人都认识她。尽管在你们听来也许是难以置信的,但她确实真心实意地热爱希尔山庄,把它当作自己的家园。她后来终于收养了村子里的一个小姑娘,让她和自己生活在一起,也好有个伴儿。根据我目前所能了解到的情况来看,那时候,村民们似乎对这座山庄并没有强烈的反感情绪,因为老小姐克莱恩——人们势必都认识她——就在这个村子里雇请佣人,况且她收养村里那个小姑娘给她做伴儿这件事,也被人们认为是一件大好事。老小姐克莱恩在山庄财产的继承权上与她妹妹始终意见不合,妹妹坚持认为,她已经放弃了对房屋的继承权,作为交换条件,她应该得到家族祖传下来的一些宝物,由于其中有几样东西是价值连城的,姐姐便坚决不肯给她。古宅里还有一些珠宝首饰,有好几件古董家具,以及一整套镶着金边的餐具,这些餐具似乎比别的任何东西都更让妹妹感到气恼。桑德森太太让我翻阅过一箱家族的文件,所以,我有缘看见过克莱恩小姐收到的她妹妹寄给她的部分信件,在所有这些信件中,那些餐具都占有重要位置,是反复提及的口气十分恼火的话题。不管怎么说吧,姐姐最终是得肺炎死的,就死在这座山庄里,身边只有那个陪伴她的小姑娘在侍候她——后来出现了不少传闻，说去请的医生来得太晚了，说老太太躺在楼上没人管，而那个小女子却在花园里跟村里的一个乡巴佬打情骂俏，不过，我怀疑这些全都是恶意诽谤，是捕风捉影捏造出来的谣言。我当然找不到任何蛛丝马迹来证明，人们那时候是否就普遍相信这种鬼话，事实上，这些传闻绝大部分似乎都直接来自那个妹妹恶毒的报复心理，她的忿恨从来就没有停息过。"

"我不喜欢那个妹妹，"西奥朵拉说，"首先，她夺走了她姐姐的心上人，其次，她一心想盗取她姐姐的餐具。不，我不喜欢她。"

"希尔山庄有一系列扣人心弦的悲情故事，这些悲情故事无不与这山庄有关，不过，话说回来，大多数古宅也都有这类事情。人嘛，生也好，死也罢，毕竟得有个去处才行，再说，一座已经有八十年历史的庄园，总归免不了要见证几个栖身在此的人死在这高墙大院里的。姐姐去世之后，这里发生过一起争夺这座山庄的诉讼案。那个女伴儿一口咬定说，这座山庄是姐姐遗赠给她的，但是妹妹和妹夫却言辞激烈地坚持认为，这座山庄从法律上说应当归他们所有，而且还言之凿凿地说，那个女伴儿是采用不正当的手段欺骗姐姐签下遗嘱，把房产奉送给外人的，这份房产姐姐本来是一直打算让自己的亲妹妹来继承的。这是一场令人不快的官司，其特点与所有的家庭纠纷完全一样，而且也像所有的家庭纷争一样，彼此针锋相对，什么难听、狠毒得让人难以置信的话，双方都能说得出口。那个女伴儿竟然在法庭上破口大骂——顺便提醒一下，我认为，这是了解希尔山庄的真实面目的第一条线索——她骂那个妹妹常在夜间潜入山庄来偷东西。等到她被要求对这一控告详细举证时，她却变得惶恐不安起来，连说话也语无伦次了，直到最后，她才迫不得已地拿出了几条证据来证明她的指控，说屋里有一枚银质勋章不见了，还有一套价值连城的珐琅工艺品也失踪了，除此之外，那套闻名遐迩的镶着金边的餐具也失窃了。其实，要想偷走这些物品是一件很难办到的事，你们想想也就明白了。就妹妹这一方而言，她的指控更加不着边际，甚至都提到蓄意谋杀的程度了，并且强烈要求对老小姐克莱恩的死亡展开调查，甚而还首次披露了一批线索，这些线索涉及种种有关玩忽职守和处置不当的传闻。我发现，对于这些提法，人们当时压根儿就没有认真加以对待。无论是哪方面提出的线索，反正都没有任何历史记载,除了那份最合乎规范的文书——姐姐的死亡通知单。当然,村民们也许是首先做出反应的人,他们也许已经产生了疑惑,很想弄明白老小姐的死亡到底是否另有蹊跷。那个女伴儿最终打赢了这场官司,而且,以我之见,一定也顺带着打赢了关于诽谤罪的官司,于是,这座庄园,从法律上说,就变成了她的合法财产,尽管那个妹妹始终都没有放弃要夺回这个庄园的努力。她一直在追踪那个倒霉的女伴儿,不停地写信骚扰她、威胁她,还到处散布极其难听的指摘她的言论,在当地警察局的记录中,至少有一起被立案调查的事件。当时,那个女伴儿在万般无奈之下,只好请求警方来保护她,阻止她的仇敌用扫帚攻击她。从表面上看,那个女伴儿似乎终日都生活在惊恐之中。她的庄园里夜间老是有盗贼闯进来——她总是不厌其烦地唠叨,逢人必说,人家老是来偷她家的东西——我阅读过她的一封写得很凄惨的信,她在信中抱怨说,自从她的恩人去世之后,她在这座山庄里从来就没有哪一个晚上太平过。非常奇怪的是,全村人的同情心居然一边倒地都偏向了那个妹妹,也许是因为那个女伴儿,从前不过是一个村姑,如今摇身一变,竟成了那座大庄园的女主人。村民们认为——依我看,他们现在还这样认为呢——那个妹妹被人坑了,她的继承权是被一个诡计多端的小女子骗走的。他们固然不信她会谋害自己的恩人,你们明白吧,但是他们却乐于相信她是个不诚实的人,当然,那是因为他们自己也不诚实,一旦机会来临,他们也有使诈的本事。得啦,说闲话向来是大敌呢。那个可怜的人儿后来自杀身亡——"

"自杀身亡?"伊莲娜吓得脱口问道,人差点儿没直立起来,"她不得不自杀啦?"

"你的意思是,还有什么别的办法能帮助她摆脱那个折磨她的人吗?她好像肯定不是这么看的。当地人普遍认为,她之所以选择了自杀,是因为她问心有愧,是负罪感促使她走上这条路的。我倒更倾向于另一个观点,她属于那种意志顽强,但不够聪明的年轻女子,这类女子能够不顾一切地坚持自己的信念,至于别人会怎么看,那是他们自己的事,然而在精神上,却经受不住某种绵绵不断、无休无止的烦恼的困扰。毫无疑问,她没有任何武器来还击那个妹妹充满仇恨的强大攻势,她自己在村子里的那些朋友也已背弃了她,她似乎已经被成见折磨疯了，认定多少铁锁和门闩都无济于事，挡不住那个趁着夜色潜入她屋子里来行窃的仇敌——"

"她完全可以逃走啊，"伊莲娜说，"离开这座庄园，逃得越远越好。"

"从实际情况来看，她的确这样做了。我真的觉得，这个可怜的姑娘已经被人恨得要死了。顺便说一下，她是自缢而死的。流言蜚语说，她是在那座塔台的角楼上悬梁自尽的，可是，如果你拥有一座像希尔山庄这样有塔台、有角楼的庄园，流言蜚语还能让你在别的地方上吊自杀吗？她死之后，这座庄园被合法转移到了桑德森这户人家的手里，因为姓桑德森的这户人家是她的远房亲戚，但是他们也一样逃不过那个妹妹戳他们脊梁骨的恶言恶语，那时候，她大概也被气得有些疯癫了。我听桑德森太太说，当他们家——那应该是她丈夫家的长辈吧——头一次来看这座庄园时，那个妹妹突然现身了，恶狠狠地辱骂了他们一顿，她当时就站在大路上，他们从她身边走过去时，她还在指着他们厉声嚎叫着，结果却被人家当场绑了起来，送到当地警察局去了。于是，有关那个妹妹的这部分传说好像也在此戛然而止了：从桑德森一世把她绑起来送走之日起，到几年后接到她的简短的死亡通知单为止，她的日子似乎都是在默默地检讨自己的错误行为中度过的，但是却再也不想见到桑德森这家人。十分奇怪的是，无论她怎样慷慨陈词、咆哮怒骂，有一点她始终都没有改口——她从来就没有，永远也不会，为了偷东西，或者出于别的原因，在夜里进入过这座山庄。"

"有没有什么东西真的被人偷走了呢？"卢克问道。

"我刚才告诉过大家，那个女伴儿直到最后关头才迫不得已地说，好像有一两件东西不见了，但是却没法把话说得那么肯定。你们可以想象得出，传说中的那个天天在月黑风高之时夜闯山庄的家伙，倒是为进一步提高希尔山庄的知名度做出过很大贡献呢。此外，桑德森这家人根本就没在这儿住过。他们只在别墅里待了几天，告诉村民们说，他们打算把屋子修缮一下，马上就搬过来住，然而后来却突然一走了之，把庄园原封未动地关闭了。他们在村子里见人就说，公务紧急，他们身不由己，只能住在城里了，可是村民们觉得这种苦衷他们心里知道得更清楚。打那以后，从来没有哪个人能在这山庄里一住就超过几天的。长期以来，这幢别墅一直挂在房市上，既可以出售，也可以租用。哎呀，这个故事说来话长啊。我需要再来点儿白兰地。"

"那两个可怜的小姑娘啊。"伊莲娜一边说，一边注视着炉火。

"我怎么也忘不了她们，在这些黑洞洞的房间里走来走去，只能抱着洋娃娃玩儿，也许是吧，不是待在这儿，就是待在楼上的卧室里。"

"如此说来，这座古宅一直就干坐在这儿呀。"卢克试探性地伸出一根手指头，诚恐诚惶地摸了摸那尊大理石丘比特雕像。"屋里没有一样东西有人碰过，没有一样东西有人用过，这儿没有一样东西还会有人要啦，只是干坐在这儿想心思啊。"

"也在等待呀。"伊莲娜说。

"是在等待。"博士肯定地说。"从本质上看，"他慢条斯理地接着说道，"我认为，祸根是这庄园本身。它禁锢了这里的人以及他们的生活，同时也摧残了这些人和他们的生活，它是一个恶毒之心被压制着的地方。得啦。明天你们会看到全貌的。桑德森这家人起初想住在这儿的时候，解决了这里的供电，添加了抽水马桶，还安装了一部电话，此外，一切都原封未动。"

"好吧，"一阵沉默之后，卢克说，"我相信，我们大家都会心安理得地待在这儿的。"

伊莲娜意外地发觉自己竟情不自禁地欣赏起自己的这双脚来。西奥朵拉在冲着炉火如痴如梦地幻想着，就在她脚趾尖的那一边，于是，伊莲娜带着深深的满足感暗暗想道，她这双脚穿着红色的浅帮鞋还真好看呢。我是个多么完美而又与众不同的人啊，她暗暗寻思着，从我那红色的脚趾头到我的脑门心，好一个具有鲜明的个性特征的我啊，具有只属于我个人的气质特点呢。我有红鞋子啦，她暗暗想道——红鞋子配我伊莲娜，那才是伊莲娜的本色呢。我不喜欢吃龙虾，也不喜欢朝左边侧着身子睡觉，也不喜欢一紧张就把指关节扳得嘎嘎响，也不喜欢积攒纽扣。我手里正端着一杯白兰地呢，这杯酒是我的，因为我人就在这儿，我在用这只酒杯呢，这间屋子里有我的一席之地。我有红鞋子，明天我会早早醒来的，我依然还留在这儿。"我有红鞋子。"她声音非常轻柔地说，一听这话，西奥朵拉立即扭过脸来，还朝她笑了笑。"我本来还打算——"博士说着,两眼放光地朝他们一个个看过来,脸上挂着急切、乐观的笑意——"我本来还打算问问你们,大家是不是都会打桥牌啊?"

"当然会啊。"伊莲娜说。我打桥牌的,她暗暗想道,我从前养过一只猫,名叫舞蹈家,我会游泳。

"我恐怕不会。"西奥朵拉说,于是,其他三个人都一齐扭过头来望着她,个个脸上都毫不掩饰地露出了失望的表情。

"一点儿也不会吗?"博士问道。

"我每星期打两次桥牌,已经有十一年了,"伊莲娜说,"陪我妈妈打,同桌的是妈妈的律师和他的妻子——我相信,你一定能打得那么好的。"

"你可以教教我吗?"西奥朵拉问道,"我聪明着呢,不管玩什么游戏,我一学就会。"

"哦,天哪。"博士说,伊莲娜和卢克都笑了。

"既然这样,我们来玩点儿别的吧。"伊莲娜说。我会打桥牌,她暗暗想道,我喜欢吃带酸奶油的苹果派,而且我是自己开车到这儿来的。

"玩十五子棋吧。"博士一脸苦相地说

"我象棋下得还行。"卢克对博士说,博士马上高兴起来。

西奥朵拉倔犟地抿紧了嘴。"我认为,我们不是到这儿来玩游戏的。"她说。

"放松放松嘛。"博士含糊其辞地说,西奥朵拉满脸不快地耸了耸肩膀,扭过头去,再次出神地凝望着炉火。

"我去拿棋子吧,只要你告诉我去哪儿拿就成。"卢克说,博士微微一笑。

"还是我去拿为好,"他说,"记得吧,我研究过这座山庄的平面图。如果我们让你走开,由你个儿去漫无目的地到处乱走,我们很可能就再也找不到你啦。"门在他身后关上时,卢克带着异样的神情飞快地朝西奥朵拉瞥了一眼,随后便走过去站在伊莲娜身边。

"你不感到紧张吧,是吗?刚才那个故事吓着你了吗?"

伊莲娜很坚决地摇了摇头,于是,卢克说:"你刚才的脸色看上去很苍白呢。"

"大概我该上床睡觉去啦,"伊莲娜说,"我还不习惯开车走这么远的路，像今天这样。"

"喝白兰地吧，"卢克说，"白兰地会让你睡得更安稳的。你也是。"他冲着西奥朵拉的后脑勺说。

"谢谢你，"西奥朵拉冷冰冰地说，连头也没回一下，"我难得有睡不着觉的时候。"

卢克咧开嘴朝伊莲娜会心一笑，随即转过身去，因为博士这时恰好推开门进来了。

"我这无比丰富的想象力啊，"博士一边说着，一边把棋盘放了下来，"这是个多么怪异的庄园啊！"

"有什么情况吗？"伊莲娜问道。

博士摇摇头。"我们也许现在就该达成一致意见，绝不单独一人在这庄园里漫无目的地四处溜达。"他说。

"出什么事儿了？"伊莲娜问道。

"是我自己的想象力太丰富了，"博士坚定地说，"这张桌子行吗，卢克？"

"这棋盘是个老古董呢，真漂亮，"卢克说，"我就纳闷儿了，那个妹妹怎么偏偏就对它视而不见呢。"

"有一点我可以告诉你，"博士说，"假如深夜时分在这古宅里鬼鬼祟祟地四处行走的人是那个妹妹的话，那她必定有钢铁般的意志力。它在看着呢。"他冷不丁地又补了一句："这座古宅。它在密切监视着你所做出的每一个举动。"接着又说："当然，纯属是我自己想象出来的。"

在壁炉火光的映衬下，只见西奥朵拉面有愠色，脸蛋绷得紧紧的，她喜欢有人去关注她呢，伊莲娜自作聪明地揣度着。于是，她想也没想，就款步走了过去，站在西奥朵拉身边的地板上。她能听见背后棋子落在棋盘上的轻微嚓嚓声，听见卢克在快意地轻轻移动棋子，听见博士在与他切磋棋艺，壁炉中有火苗在窜动，有小火花在翻飞。她等了一会儿，想让西奥朵拉先开口，过了一会儿才和颜悦色地说："还是很难相信你真的来到这儿了吗？"

"我不知道会这么无聊。"西奥朵拉说。

"我们明天上午就会发现，可做的事情多得很呢。"伊莲娜说。

"在家里的时候，周围哪儿都是人，到处都欢声笑语，灯火辉煌，热闹非凡——"

"我觉得我不需要这些东西，"伊莲娜说，话语中几乎带着歉意，"我的生活中从来就没有多少热闹非凡的事情。当然，我得陪伴在母亲身边。等她睡着了，我常常要么一个人玩玩纸牌，要么就听听收音机，好像已经习惯啦。到了晚上，我就什么书也看不下去了，因为我每天下午要大声念两小时的书给她听呢。爱情故事——"说到这里，她笑了笑，凝望着炉火。可是，实际情况并不止这些呀，她暗暗寻思道，对自己的表现感到很吃惊，即使我很想诉诉苦衷，可是这番话并没有道出那时候的真实情景呀，我为什么要说这些呢？

"我是不是不讲理呀？"西奥朵拉急忙回过身来，伸手按着伊莲娜的手，"我坐在这儿生闷气，是因为这儿实在没有什么让我觉得有趣的事情，我这个人自私得很呢。说说看，我到底有多蛮不讲理吧。"在火光的映衬下，她两眼炯炯有神，闪动着快乐的光芒。

"你是蛮不讲理呀。"伊莲娜顺着她的话说，西奥朵拉按在自己手上的那只手让她感到很不自在。她不喜欢跟人有肌肤接触，然而，一个看似漫不经意的肢体动作，却很可能是西奥朵拉别出心裁的惯用伎俩，用来表达悔悟，或者欢乐，或者同情。真不知道我的指甲是不是干净，伊莲娜暗暗寻思，随即把手轻轻抽了出来。

"我蛮不讲理，"西奥朵拉说，心情又好了起来，"我非但蛮不讲理，我还野性十足呢，谁也受不了我的。行啊。现在该说说你自己啦。"

"我蛮不讲理，野性十足，谁也受不了我。"

西奥朵拉放声大笑起来。"别取笑我啦。你那么漂亮，性情又温柔，人人都很喜欢你呢。卢克已经疯狂地爱上你啦，都让我吃醋了。说说吧，我想多了解点儿你的情况呢。你真的照料你母亲好多年吗？"

"是啊。"伊莲娜说。她的手指甲果然很不干净，她那只手的模样也很不好看，人们老是拿爱情开玩笑，因为爱情有时候的确很可笑。"整整十一年呢，直到她三个月前去世。"

"她去世的时候，你很悲痛吗？我是不是该说声对不起？"

"谈不上。她过得并不是很开心。"

"那么，你也不很开心喽？"

"我也很不开心。"

"那么，后来情况怎么样？等你终于解脱了之后，你后来都做了些什么？"

"我把房子变卖了，"伊莲娜说，"凡是我们想要的东西，我姐姐和我都各取所需分掉拿走了，都是些微不足道的东西。其实也没有多少家产，只不过是一些我母亲生前积攒下来的小东西——我父亲的手表，还有一些旧珠宝首饰。根本比不上希尔山庄的那两个姐妹。"

"你把别的东西也都变卖了吗？"

"所有的东西。以最快的速度出手的。"

"于是，你就理所当然地开始过起了一种逍遥快活、放浪不羁、逢场作戏的生活，也使你身不由己地来到了希尔山庄？"

"也不一定吧。"伊莲娜哈哈大笑起来。"可是，那些年全都是白白虚度了青春岁月啊！你有没有乘过邮轮，寻找过让人怦然心动的年轻男子，买过新衣裳……？遗憾的是，"伊莲娜嗓音干涩地说，"压根儿就没有那么多钱啊。我姐姐把她分得的那部分钱存进了银行，供她那个小姑娘将来上学用。我的确买了几件衣服，然后就到希尔山庄来了。"人们都喜欢回答有关他们自己的问题吧，她暗自寻思，这是个多么奇怪的乐趣啊。不管是什么问题，我都会马上回答的。

"你回去以后打算干什么呢？你有工作吗？"

"没有，目前没工作。我也说不清我以后打算干什么。"

"我很清楚我打算干什么。"西奥朵拉无比惬意地伸了个懒腰。"我要把我们那个公寓里的每一盏灯都打开，然后就舒舒服服地待在那儿。"

"你们的公寓是什么样儿的？"

西奥朵拉耸了耸肩。"很好看，"她说，"我们找了一所老房子，然后我们自己动手把它整修了一番。有一个大房间，两间小卧室，厨房很漂亮——我们自己刷的漆，红白两色，然后又搬来了好多旧家具，都是我们亲自从旧货商店淘来的——有一张桌子真的很漂亮，大理石的桌面。我们两个人都特别喜欢淘旧货。"

"你结婚了吗？"伊莲娜问道。

一时无语，过了一会儿，西奥朵拉嘿嘿一笑，说："没有。"

"对不起，"伊莲娜说，感到很不好意思，"我并不是想打听别人的私事。"

"你真滑稽。"西奥朵拉说，接着又伸出一根手指头在伊莲娜的脸蛋上刮了一下。我眼角有鱼尾纹呢，伊莲娜暗暗想道，接着就扭过脸去躲开了炉火。"告诉我，你现在住在什么地方。"西奥朵拉说。

伊莲娜低下头去，望着自己那双样子很不好看的手，陷入了沉思。我们本来是出得起钱雇一个负责洗衣的女佣的，她暗暗想道，这世道真不公平。我这双手多难看啊。"我有一个属于我自己的小天地，"她慢吞吞地说，"一间公寓，跟你的一样，只有我一个人住。比你的要小一些，我敢肯定。我现在还在布置呢——买东西一次只买一样，你知道的，这样才能保证我买来的每一件物品都是绝对合适的。白色的窗帘。我不得不花费了好几个星期的时间，才终于找到了我那两个小巧玲珑的石头狮子，把它们一边一个摆在壁炉架两边的拐角上，我养了一只白猫，我还有书籍，有唱片，有油画。样样东西都必须不折不扣地按照我想要的样子来布置，因为只有我一个人用嘛。我曾经有一只蓝色的杯子，杯子的内壁上画了许多星星，要是你低头朝一杯茶里看，你看到的是满满一杯星星。我就想要一只那样的杯子。"

"也许有一天，一只这样的杯子就突然出现了，在我的店铺里。"西奥朵拉说。

"那时候，我可以把它寄给你。有朝一日，你会收到一个小包裹，上面写着'收件人：亲爱的伊莲娜，寄件人：她的朋友西奥朵拉，'那将是一只蓝色的杯子，布满了星星。"

"我倒真想偷那些镶着金边的餐具呢。"伊莲娜说罢，哈哈大笑起来。

"将[1]。"卢克说。却听博士连声说道："噢，天哪，啊，天哪。"

"纯属侥幸，"卢克兴致勃勃地说，"你们两位女士已经在炉火边睡着了吧？"

"快要睡着啦。"西奥朵拉说。卢克从那边横插过来，两只手分别朝她俩一边一个伸过去，想扶她俩站起来，而伊莲娜呢，由于姿势很尴尬，差点儿摔了一跤，西奥朵拉一跃而起，伸了个懒腰，连连打着哈欠。"西奥已经困得不行啦。"她说。

"我还得领着你们上楼去呢，"博士说，"明天，我们必须实实在在

---

[1] 国际象棋用语，指把对方的王将死。

地先来搞清楚,这儿的路该怎么走。卢克,请你检查一下炉火,好吗?"

"我们最好先确认一下,所有的门是不是都锁上了,对不对?"卢克问道,"我估计,达德利太太走的时候已经把后门锁上了,可是别的门呢?"

"我就不信有谁会破门而入闯进来让我们撞见。"西奥朵拉说。

"无论如何,那个小女伴儿从前总是锁好门的,可是她那样做有什么用呢?"

"万一我们要破门而出呢?"伊莲娜问道。

博士飞快地朝伊莲娜瞥了一眼,随即又扭头望着别处。"我看没必要锁门。"他平心静气地说。

"肯定不会有多大危险的,那些专在夜间行窃的江洋大盗不会从那个村子赶到这儿来的。"卢克说。

"不管怎么样,"博士说,"反正我在一两个钟头内是不会入睡的。到了我这个年纪,临睡前看一个钟头的书是必不可少的,所以,我很明智地随身带来了《帕美勒》[1]。要是你们有谁失眠了,翻来覆去地睡不着,我可以大声念给你听。不管什么人,只要他耳边听着理查逊的作品,都会酣然入睡的,在这种情况下还不能入睡的人,我至今还从来没听说过呢。"他一边细声慢语地说着,一边领着大家顺着狭窄的过道走下去,穿过宽大的门厅,朝楼上走来。"我时常想在年龄很小的娃娃们身上试试这一招呢。"

伊莲娜跟在西奥朵拉身后走上楼来。直到此时,她才发觉自己有多疲惫,每一步都走得很吃力。她不厌其烦地一再提醒自己,她已经置身在希尔山庄了,然而,即使是那个蓝色的房间,到了这个时候,也只是意味着一张床,床上有蓝色的床罩和蓝色的被褥。"另一方面,"博士在她身后接着往下说,"一部篇幅差不多长的菲尔丁[2]的小说,尽管在题材上可与其相提并论,却根本不适合念给年龄很小的娃娃们听。我甚至怀

---

[1] 《帕美勒》(*Pamela*,1740—1741),英国小说家塞缪尔·理查逊(Samuel Richardson,1689—1761)的第一部小说,用书信和日记形式写成,在当时深受读者欢迎,引起了一股书信体小说热,在文学史上被称为第一部现代英国小说。他把对社会环境的描写和对人物心理活动的分析结合起来,通过有趣的故事,使读者受到清教徒道德的教育。

[2] 菲尔丁(Henry Fielding,1707—1754),英国小说家,代表作有政治讽刺剧《1736年的历史记录》(*The Historical Register for 1736*),《约瑟夫·安德鲁斯》(*Joseph Andrews*,1742),《汤姆·琼斯》(*Tom Jones*,1740)等。菲尔丁和笛福、理查逊并称为英国现代小说的三大奠基人。

疑斯特恩[1]——"

西奥朵拉走到那间绿色房间的门口时,回过身来,嫣然一笑。"要是你感到紧张了,"她对伊莲娜说,"就立即冲到我的房间里来。"

"我会的,"伊莲娜真诚地说,"谢谢你,晚安。"

"——斯摩莱特[2]当然也不行。女士们,卢克和我在这儿,在楼梯的另一边——"

"你们的房间是什么颜色的?"伊莲娜忍不住问道。

"黄色。"博士说,对这一问颇有些吃惊。

"粉红色。"卢克说着,不屑地挥了挥手。

"我们这边是蓝色和绿色。"西奥朵拉说。

"我不会马上就睡的,要看会儿书呢,"博士说,"我把房门虚掩着,只要有一点儿动静,我肯定会听见的。晚安。睡个好觉吧。"

"晚安,"卢克说,"各位晚安。"

走进那间蓝色的房间,关上房门后,伊莲娜疲倦地想道,也许是希尔山庄这黑咕隆咚、压抑得人透不过气来的氛围害得我这么累的吧,不过,这一点眼下再也算不了什么啦。这张蓝色的床软得简直让人不敢相信呢。真奇怪,她困乏地想道,这座古宅应该让人感到十分恐怖才对呀,可是在许多方面却实实在在地让人感到那么的舒适——柔软的床,令人赏心悦目的草坪,熊熊燃烧的壁炉,达德利太太做出的这顿美味佳肴,还有这些同伴,她暗暗想道。过了一会儿她又暗自寻思起来,我现在可以来揣摩一下他们的情况了,完全只剩下我一个人了嘛。卢克为什么会到这儿来呢?话说回来,我为什么会到这儿来呢?旅程结束之际,便是情侣们的相会之时呢。我很害怕的,这一点他们都看出来了。

她猛然打了个寒噤,翻身在床上坐起来,伸手去拿放在床脚边的被

---

1 斯特恩(Laurence Sterne,1713—1768),英国小说家,以九卷本《项狄传》(The Life and Opinions of Tristram Shandy,1759—1767)而著称,该作品通过模仿来嘲弄小说形式的发展传统。
2 斯摩莱特(Tobias George Smollett,1721—1771),苏格兰小说家,写情节幽默、节奏明快,以流浪汉冒险为题材的小说,主要有《罗德里克·兰登传》(The Adventures of Roderick Random,1748)和《佩雷格林·皮克尔传》(The Adventures of Peregrine Pickle,1751)。

褥。接着,由于模模糊糊地觉得很好笑,又隐隐约约地感到有些冷飕飕的,她悄悄下了床,光着脚丫、无声无息地朝房间对面走去,扭上了门锁上的钥匙。他们不会知道我已经把门锁上了,她想,随即便匆匆奔回到床上。严严实实地裹上被褥之后,她莫名其妙地恐惧起来,情不自禁地朝窗户望去,却见那窗户在黑暗中泛着惨白的光。接着她又朝房门望了望。要是我随身带了安眠药来该多好啊,她想,接着又扭过头去,不由自主地望着那扇窗户,继而又朝那扇门望了望,心里在想,那扇门是不是在动?可是我刚才明明把它锁死了呀,它是不是在动?

我觉得,她很具体地拿定了主意,要是把那几条毛毯也拉过来蒙在头上,我就会更喜欢这个地方了。由于严严实实地盖着毛毯,深深地躲在床上,她咯咯儿地笑了起来,幸好另外那几个人谁也听不见她的笑声。在城里的时候,她从来没有用被褥再加上毛毯严严实实地蒙着头睡觉。我今天风尘仆仆地跑了这么远的路呢,她想。

不一会儿,她就睡着了,睡得很踏实。在隔壁那个房间里,西奥朵拉早已酣然入睡,脸上挂着笑意,房间里的灯依然还亮着。在大厅的那一边,博士还在看《帕美勒》,不时会抬起头来侧耳听一听,偶尔也会走到房门边,驻足站立一会儿,朝大厅那边打量一眼,然后再回去接着看他那本书。楼梯顶上的一盏夜灯闪烁着,照耀着台球房那边的沉沉夜色,大厅就掩映在那片黑暗中。卢克已经睡下了,他床边的小桌上放着一只手电筒,还有那件他随时随地都带在身边的吉祥物。黑魆魆的古宅团团笼罩着他们,时而静谧无声,时而窸窣作响,犹如在瑟瑟发抖。

六英里外,达德利太太从睡梦中醒来,看了看时钟,心里在想着希尔山庄,随即又匆匆闭上了眼睛。葛洛丽亚·桑德森太太,希尔山庄的主人,住在三百英里开外的地方,合上了她手中的侦探小说,打了个哈欠,伸手关上了电灯,心里猛然咯噔了一下,记不清自己是否已经把大门的铁链拴上了。西奥朵拉的那位室友早已在睡梦中。博士的妻子和伊莲娜的姐姐也都进入了梦乡。远处,在俯瞰着希尔山庄的那片密林中,一只猫头鹰凄厉地尖叫了一声,拂晓时分,天空飘起了毛毛细雨,处处雾茫茫的,一派阴沉萧瑟的景象。

第四章

伊莲娜从睡梦中一觉醒来，却发觉这间蓝色的屋子一片灰蒙蒙的，在晨雨的笼罩中显得黯淡无光。她发觉自己不知何时已经在夜里掀开了被褥，最终还是以自己平时的姿势酣然入睡的：脑袋依然还枕在枕头上呢。她惊奇地发现，自己竟然是一觉睡到八点以后才醒来的，于是，她暗暗想道，多年来，自己还是第一次夜里睡得这么香，而且是睡在希尔山庄这座古宅里，真令人啼笑皆非啊。她躺在蓝色的床上，凝望着朦朦胧胧的天花板，凝望着雕刻在天花板上的依稀可辨的图案，虽然还处于半睡半醒的状态，却不禁扪心自问道，我都干了些什么？我是不是像个傻瓜一样出尽了洋相？他们当时是不是在笑话我？

她急忙把昨晚的情景回顾了一遍，只记得自己好像——肯定——表现得很愚蠢，很天真，满足得像个小孩子似的，简直像心花怒放似的。那几个人看到她如此头脑简单，一定觉得很好笑吧？我说的全是些傻乎乎的话，她对自己说，他们当然都注意到了。今天，我要表现得更加矜持一些，少说那些露骨地表示感谢的话，总不能因为大伙儿愿意接纳我就对他们所有人感恩戴德呀。

过了一会儿，等到完全清醒过来之后，她摇了摇头，叹息了一声。伊莲娜呀，你可真是个傻得很的小妞儿啊，她对自己说，如同她每天早晨都要告诫自己的那样。

房间渐渐明亮起来，她周围的景物渐渐都看得真切了。她此时就置身在希尔山庄的这间蓝色的屋子里呢，窗前的条格麻纱窗帘在微微飘动着，浴室里肆无忌惮的"哗啦啦"的水声一定是西奥朵拉弄出的，她早已醒了，一定是想抢先一步把自己梳洗打扮好，肯定是饿了吧。"早上好。"伊莲娜喊了一声。却听西奥朵拉气喘吁吁地应道："早上好——还有一分钟就好啦——我会帮你把浴缸放满水的——你饿坏了吧？因为我已经饿坏啦。"难道她以为她要是不帮我把浴缸放满水，我就不洗澡了吗？伊莲娜感到有些纳闷儿，随后又觉得有些难为情。我既然到这儿来了，就不该再像这样思考问题啦，她严厉地告诫自己说，随即便一骨碌翻身下了床，走到窗前。她举目朝窗外望去，目光越过游廊的盖顶，眺望着山下那片宽阔的草甸，只见草甸上生长着一丛丛灌木，环绕在草甸周围的那些郁郁葱葱的矮树丛都笼罩在薄雾之中。草甸下方的尽头是那片轮廓分明的树林，林中便是蜿蜒通向那条溪水的小径，虽然想在那片草地上举办一次欢快的野餐会的念头，在今天早晨看来，已经不那么有吸引力了。很明显，这场雨要淅淅沥沥地下一整天了，然而这是一场夏天的雨，会使青草和绿树变得更加苍翠，使空气变得更加清新、更加洁净的。景色真美啊，伊莲娜暗暗想道，对自己居然还有这份闲情逸致感到很惊讶。她心中不免有些疑惑，不知自己是不是迄今为止第一个觉得希尔山庄很美的人，想着想着，又不寒而栗起来，要不然，他们几个也都有同感，在刚来这儿的第一天早晨？她不禁打了个哆嗦，与此同时，也不由自主地发觉，她根本就说不清自己为什么会感到这样兴奋，这种兴奋之情使她很难回想起自己在希尔山庄一觉醒来时为什么竟如此奇怪地感到心情舒畅的原因。

"我都饿得要死啦。"西奥朵拉"砰砰"地敲打着浴室的门，伊莲娜急忙一把抓起浴袍，匆匆走了过去。"尽量把自己打扮得像一束阳光吧，"西奥朵拉在她自己的房间里喊道，"今天的天气这么阴沉沉的，我们得把自己打扮得比平时稍微阳光些才好。"

早饭前唱歌，等不到天黑就会哭泣的，伊莲娜暗暗告诉自己说，因为她一直在轻轻哼着歌儿呢。"岁月蹉跎，来日无多啊。"

"我还以为就数我最懒呢，"西奥朵拉自鸣得意地隔着门说，"没想到你更懒，懒得比我还厉害呢。懒惰已经不足以用来形容你啦。你必须马上把自己收拾得体体面面的，好去吃早饭呀。"

"达德利太太九点钟准备早饭。要是看见我们光彩照人、满面春风地出来了，她会怎么想？"

"她会失望得泣不成声的。你认为，夜里有没有什么人像她所期望的那样尖叫过？"

伊莲娜在用挑剔的眼光仔细打量着涂满肥皂的大腿。"我睡得像根木头一样呢。"她说。

"我也是。要是你三分钟之内还搞不定，我就冲进来把你活活淹死。我要吃我的早饭去了。"

伊莲娜心里在想，很久以来，她从来没有把自己打扮得像一束阳光，也没有这么饿得想吃早饭，也没有早晨一醒来就有这么在意自己的形象，这么感到害羞，这么不慌不忙、柔情似水、怀着殷切的心情精心打扮自己。她甚至连刷牙都带着一份细心，她不记得以前是否曾有过这种感觉。这都是睡了一夜好觉的结果啊，她暗暗思忖，自从母亲去世之后，我的睡眠质量肯定比我所意识到的还要差呢。

"你还没有收拾好啊？"

"来了，来了。"伊莲娜说罢，急忙奔到门边，这才想起门还是锁着的，便轻轻打开了门锁。西奥朵拉已经在大厅里等着她了，穿着色彩艳丽的苏格兰彩格呢披风，在这单调乏味的氛围中显得格外生机勃勃。望着西奥朵拉，伊莲娜不得不承认，她无论穿衣、洗漱、走动、吃饭、睡觉、说话，都喜欢把自己正在做的事情做到臻善臻美。也许西奥朵拉从来就不在乎别人怎么看她吧。

"你有没有发现，我们说不定还得再花一个钟头左右的时间，才能找到那个餐厅？"西奥朵拉说，"不过，他们也许已经给我们留下了地图——你知不知道，卢克和博士早已起床好几个钟头了！我刚才还在窗口跟他们说话呢。"

他们也不等等我就出发啦，伊莲娜想，明天我要起来得早一些，也站在窗口跟他们说话。她们走到楼梯脚下，西奥朵拉穿过黑洞洞的大厅，信心十足地伸出手去推一扇门。"就这儿。"她说，岂料，这扇门是通向一间光线昏暗、回声不绝的屋子的，她们两人以前都没见过这间屋子。

"在这儿呢。"伊莲娜说，不料，她看准的那扇门却是通向那条狭窄的过道的，顺着那条甬道走过去就是那间小会客室，他们昨天夜里就坐在那间小会客室里的壁炉前。

"穿过大厅，从那扇门走过去就是。"西奥朵拉说，接着又转过身来，一脸的迷惘。"他妈的，"她说，随即便仰起头来高喊道，"卢克？博士？"

她们远远听见了一声回应的呼唤，于是，西奥朵拉便走过去打开了另一扇门。"要是他们想，"她回过头来说，"要是他们再让我像这样没完没了地待在这间让人恶心的屋子里，左一扇门、右一扇门地试来试去，才能吃到我的早饭——"

"这办法也没错呀，我想，"伊莲娜说，"总得先穿过这间黑乎乎的屋子，然后才能走到那边的餐厅呢。"

西奥朵拉又大喊大叫起来，不料却无意中猛然撞在了一件分量很轻的家具上，便狠狠咒骂了一声，就在这时，前面的那扇门被人拉开了，只听博士说："早上好。"

"这臭不可闻、让人恶心的古宅，"西奥朵拉一边说，一边揉着膝盖，"早上好。"

"当然，这一点你们现在绝对不会相信的，"博士说，"三分钟前，这些门全都是敞开着的。是我们让所有的门开着的，好让你们一下子就能找到这儿来嘛。我们就坐在这儿，却眼睁睁地看着这些门都自动关上了，就在你叫喊之前的那一刻。行啦。早上好。"

"小丫头们，"卢克在餐桌边说，"早上好。但愿你们两位女士都还是小丫头。"他们已经安然度过了一夜惊魂，已经在希尔山庄迎来了早晨，于是，他们便成了休戚与共的一家人，彼此一边无拘无束地打着招呼，一边走到他们昨天夜里吃晚饭时曾坐过的椅子，各就各位在餐桌边坐下来。

"一顿美味、丰盛的早饭是达德利太太理所当然事先就答应好了的事情，要在九点钟摆出来的，"卢克一边说，一边挥动着手里的一把叉子，"我们起先还有些纳闷儿，不知你们两位是不是那种'咖啡外加一份面包卷儿躺在床上吃'的人呢。"

"随便在别的哪个宾馆里，我们应该早就到了。"西奥朵拉说。

"你们刚才真的为我们打开了所有的门吗？"伊莲娜问道。

"我们知道你们马上就到，才这样做的，"卢克对她说，"我们亲眼看见那些门关上的。"

"我们今天就来钉上钉子，让所有的门都关不上。"西奥朵拉说。"我要走遍这座山庄，直到我能一天十次找到吃的东西。我整整一夜都是亮着灯睡觉的，"她悄声对博士吐露了自己的秘密，"可是，什么事情也没有发生呀。"

"整整一夜都非常安静。"博士说。

"你整夜都在守护着我们吗？"伊莲娜问道。

"直到凌晨三点钟左右吧，那本《帕美勒》终于让我睡着了。一点儿动静也没有，直到大概两点钟之后天开始下雨了。你们两位女士当中有一个人在睡梦中叫喊过一次——"

"那个人一定是我，"西奥朵拉毫不害羞地说，"梦见那个心肠歹毒的妹妹了，就站在希尔山庄的大门口呢。"

"我也梦见她了。"伊莲娜说。她朝博士看了看，接着又出人意料地说："真不好意思。我是说，想起害怕的事情了。"

"我们都待在一块儿呢，你知道的。"西奥朵拉说。

"要是你不想说出来，情况会更加糟糕的。"博士说。

"用鲑鱼把你的肚子填得饱饱的吧，"卢克说，"吃饱了肚子，就不可能再有任何别的想法了。"

伊莲娜觉得，正如她昨天所体会到的那样，大家都在巧妙地把交谈的话题故意引开，免得触及到心里的恐惧，她自己心里就有非常强烈的恐惧感。也许她不妨可以偶尔向大伙儿说一说自己的心声，这样一来，她心里平静了，他们自己也就平静了，然后大家就把这个话题抛在脑后了。也许是吧，每一种恐惧的载体，凡是大伙儿有的她都有。他们都像小孩子似的，她闷闷不乐地想道，都争先恐后地想夺头彩，随时都会转过身来大骂落在最后的那个人，不管那个人是谁。她推开面前的食盘，叹了口气。

"今天晚上，在上床睡觉之前，"西奥朵拉在对博士说，"我一定要做到，这座山庄的每一寸土地我都亲眼看过。决不再躺在那儿疑神疑鬼，不知道自己头顶上是什么，床底下有什么了。而且，我们必须打开一些窗户，再把所有的门都敞开，决不能再像这样到处瞎摸着走路了。"

"贴上小路标，"卢克提议说，"用箭头指明方向，上面写清楚'此路出口'。"

"或者'此路不通。'"伊莲娜说。

"或者'当心,谨防家具倒塌,'"西奥朵拉说,"我们一定要制作这些路标。"她对卢克说。

"首先,我们大家都要仔细勘察一下这座山庄。"伊莲娜说,也许话说得太急了,因为西奥朵拉回过头来,一脸疑惑地望着她。

"我可不想看到自己被人遗忘在某个阁楼上,或者被人抛弃在某个地方。"伊莲娜又很不自在地补了一句。

"不管在什么地方,没有一个人想丢下你呀。"西奥朵拉说。

"我倒有个建议,"卢克说,"我们先把咖啡壶里的咖啡喝掉,然后再心惊胆战地一个房间、一个房间地走一遍,想办法找出一套针对这座山庄的合情合理的方案来,而且所到之处都把门敞开着。我从没想到,"说到这里,他伤心地摇了摇头,"我有可能会继承这样一个庄园,我得到处贴上路标,才不会晕头转向。"

"我们需要搞清楚这些房间分别都叫什么名字,"西奥朵拉说,"假如我对你说,卢克,我要在二号会客室秘密跟你见面——你怎么知道上哪儿去找我呢?"

"你可以不停地吹口哨呀,一直吹到我找到那儿为止。"卢克自作聪明地说。

西奥朵拉不禁打了个激灵。"你会听到我在不停地吹口哨,呼唤你的名字,而你却在徘徊不定、挨个房间找来找去,就是不去准确地打开那扇门,我躲在里面,无能为力,怎么也出不来——"

"而且什么吃的东西也没有。"伊莲娜揶揄地说。

西奥朵拉又一次朝她看了看。"而且什么吃的东西也没有。"过了一会儿,她才附和了一声。"这山庄整个儿就是嘉年华期间[1]的疯人院嘛,"紧接着她说,"所有的房间都是面对面开的,一眼望去,到处都是四通八达的门,而且人一来,门就自动关上了,我敢打赌,这里不知什么地方肯定有好多镜子,可以让你左顾右盼,还有排气管,能把你的裙子吹得飞起来,还会有东西突然从某个黑乎乎的过道里蹿出来,冲着你的脸哈哈大笑——"她突然缄口不语,顺手端起了她的杯子,由于动作过快,咖啡泼了出来。

---

[1] 嘉年华(Carnival),四旬斋前持续半周或一周的狂欢节。

"情况没那么严重嘛,"博士故作轻松地说,"其实,一楼的布局,差不多就是我说的那样,是按照同心圆的样式设置房间的。中央位置是那间小客厅,我们昨天夜里就坐在那儿,它的四周,大体上说,是一系列的房间——比方说,那间台球室,还有一间小得可怜的暗室,里面完全是用玫瑰色的绸缎装饰的——"

"伊莲娜和我可以每天早晨去那儿做针线活儿。"

"——围绕着这些房间的是——我称它们是内室,因为这些房间都没有直接通向户外的通道,它们没有窗户,你们记得的。这些房间的周围便是一系列成圆弧形的外室、会客室、书房、花房,还有——"

"别说了,"西奥朵拉摇摇头说,"我还沉浸在那间用玫瑰色的绸缎装饰的房间里没回过神来呢。"

"那条游廊环绕着这座山庄。有许多门都是通向游廊的,从那间会客室里,从花房里,从一间起居室里。还有一条过道——"

"别说啦,别说啦。"西奥朵拉哈哈大笑起来,接着又连连摇头。"这是一个臭不可闻、腐朽透顶的庄园。"

餐厅角落里的旋转门忽然开了,达德利太太站在门口,一只手撑着门,面无表情地望着早餐桌。"我十点钟收拾桌子。"达德利太太说。

"早上好,达德利太太。"卢克说。

达德利太太转眼朝他看了看。"我十点钟收拾桌子,"她说,"所有餐具都要放回到餐具架上。到吃午饭的时候我再取出来。我一点钟准备好午饭,但是,必须先把所有餐具都放回到餐具架上去。"

"当然,达德利太太。"博士站起身来,放下手里的餐巾。"大家都准备好了吗?"他问道。

在达德利太太那双眼睛的注视下,西奥朵拉不慌不忙地端起杯子,喝完她杯中的最后一口咖啡,然后用餐巾轻轻拭了拭嘴唇,接着又坐回到椅子上。"非常丰盛的早饭啊,"她像拉家常似的说,"这些餐具都是这座庄园的吗?"

"都是餐具架上的。"达德利太太说。

"那么,那些玻璃器皿呀,银器皿呀,亚麻制品呢?那些漂亮的古董呢?"

"亚麻制品,"达德利太太说,"是餐厅亚麻制品抽屉里的。银器皿是银器皿餐具柜里的。玻璃器皿是餐具架上的。"

"我们肯定给你添了不小的麻烦啦。"西奥朵拉说。

达德利太太沉默不语。憋到最后,她终于说:"我十点钟收拾桌子。我一点钟准备好午饭。"

西奥朵拉呵呵一笑,站起身来。"哦,"她说,"不,不。我们去开门吧。"

他们有充足的理由先从餐厅这扇门开始,于是,他们打开门之后,就去搬来了一张沉重的椅子撑在门边,让门敞开着。对面那间房间是棋牌室。西奥朵拉先前撞上的那张桌子就是一张低矮的嵌饰着棋盘图案的象棋桌("瞧,我昨天晚上不可能没注意到这张桌子。"博士很恼火地说),房间的另一头是牌桌和椅子,还有一只很高的柜子,棋子就放在这只柜子里,里面还有槌球和打克里比奇牌[1]用的牌板。

"快活的地方,可以无忧无虑地消磨一个钟头呢。"卢克一边说,一边站在门口打量着这满目凄凉的屋子。桌面冷冰冰的绿色惨淡地衬托着壁炉周围色泽幽暗的瓷砖。必不可少的木质镶嵌式护墙板,到了这儿,已经不再那么鲜艳夺目,而是一些有关窗外运动方面的印刷品,看上去似乎全都是专门展示如何将野生动物杀死的各式各样的方法的,壁炉架上,一只鹿头在俯视着他们,那模样显然很让人感到窘迫不安。

"这是他们来自娱自乐的地方。"西奥朵拉说,她的话音的回声颤颤巍巍地从高高的天花板上传了下来。"他们到这儿来,"她解释说,"目的是为了自我放松,躲开在这座庄园的其他去处无所不在的那种令人抑郁的气氛。"那只鹿头悲哀地俯视着她。"那两个可怜的小姑娘啊,"她说,"我们能不能行行好把上面那个野兽拿下来呀?"

"我觉得,它已经喜欢上你啦,"卢克说,"从你进门的那个时刻起,它那双眼睛一刻也没有离开过你呢。我们赶紧离开这儿吧。"

他们离开时也用东西撑着这扇门,让门大开着,然后才跑出来,走进了大厅,在那几扇敞着门的房间里透出的光线的映衬下,大厅显得很昏暗。

"只要我们找到了一个有窗户的房间,"博士盼咐道,"我们就去打

---

[1] 克里比奇牌(cribbage),一种可供两到四人玩的纸牌游戏。

开它。到了那个时候,让我们知足吧,去尽情地打开这古宅的正门吧。"

"你心里一直在念想着那两个孩子嘛,"伊莲娜对西奥朵拉说,"可是,我却怎么也忘不了那个孤苦伶仃的小女伴儿,成天在这些房间里四处转悠,老是提心吊胆,不知道还有没有别的什么人藏在这庄园里。"

卢克费劲儿地把那扇沉重的大门拉开,接着又去把那个大花瓶移了过来,撑在门上。"好新鲜的空气啊。"他满心欢喜地说。雨水和湿漉漉的青草散发出的热乎乎的气息涌进了大厅,一时间,他们都站在豁然开朗的门洞里,尽情呼吸着从希尔山庄的大门外吹来的清新空气。过了一会儿,博士说:"瞧,这儿还有你们谁也料想不到的事情呢。"于是,他打开了暗藏在高大的正门旁边的一扇很不起眼的小门,然后便面带微笑地让在一边。"书房,"他说,"在那个塔楼里。"

"我不能进那个地方。"伊莲娜说,连自己都吃了一惊,可是,她真的不能进那种地方呀。她连连倒退着躲在一边,被那股朝她扑面而来的混杂着霉味和泥土味的寒气吓得不知所措。"我母亲——"她说,却又不知道自己到底想对他们说什么,便只好抱紧胳膊背贴着墙站在一边。

"真不想进去吗?"博士说,一边关切地打量着她。"西奥朵拉呢?"西奥朵拉耸了耸肩膀,大步走进了书房。伊莲娜浑身直哆嗦。"卢克呢?"博士说,岂料,卢克早已闪身进了书房。伊莲娜站在原地没动,从这个角度,她只能看见书房成圆弧状的墙壁的一部分,看见一段狭窄的蜿蜒向上的铁扶梯,也许是吧,因为那是一座塔楼呀,就得一直向上、向上、向上。伊莲娜闭上了眼睛,却依稀听见博士的说话声远远飘了过来,瓮瓮地回荡在书房墙壁的石头上。

"你们能看见上面那个小小的活动天窗吗,在那片黑影里?"他在问,"这个活动天窗直通外面的一个小阳台,当然,人们普遍认为,那也是她上吊自杀的地方——那个姑娘,你们还记得吧。一个非常合适的地点啊,毫无疑问。依我看,更适合让人寻短见,而不适合做书房。她应该是先把绳子拴在那根铁栏杆上的,然后就爬上去用脚一蹬——"

"谢了,"只听西奥朵拉在里面说,"我完全能想象出当时的情景,多谢你啦。对我自己来说,我也许会把绳子固定在棋牌室里的那个鹿头上的,不过,我估计,她对这座塔楼怀有某种在感情上无法割舍的眷恋，在这种语境下，'眷恋'是一个多么贴切的词呀，你们说对不对？"

"妙极了。"这是卢克的说话声，声音越来越响。他们马上要走出书房，回到大厅来了，伊莲娜还在大厅里等着呢。"我想，我会把这间屋子改造成一个夜总会的。我要把乐队放在上面的那个阳台上，舞娘们可以顺着那个弯弯曲曲的铁扶梯走下来，酒吧——"

"伊莲娜，"西奥朵拉说，"你现在没事儿了吧？那真是一间极其糟糕的屋子，所以，你做得对，还是待在外面好。"

伊莲娜不再靠墙站着，而是让在一边。她两手冰凉，恨不得大哭一场，于是，她便转过身去，背朝着书房的门，书房的门是开着的，因为博士搬来了厚厚的一摞书撑在门边。"我想，只要待在这儿，我是不大会看书的，"她说，想尽量把话说得轻描淡写些，"如果那些书散发出难闻的怪味儿，像那个书房里的气味一样，我是不会看的。"

"我没注意到有什么气味呀。"博士说。他用探询的眼光朝卢克看了看，却见卢克摇了摇头。"奇怪，"博士接着说，"不过，这种事情也正是我们要搜寻的。天哪，把它记下来吧，要尽量写得具体些。"

西奥朵拉一头雾水。她站在门厅里，在来来回回地张望着，一会儿扭过头去看看身后的楼梯，一会儿又回过身来望着那个大门。"这儿有两个正门吗？"她问道，"是不是我自己搞糊涂了？"

博士开心地笑了笑，很显然，他正巴不得有人提出这种问题呢。"这是唯一的正门，"他说，"你们昨天就是从这个门进来的呀。"

西奥朵拉蹙起了眉头。"那么，伊莲娜和我站在我们卧室的窗户前怎么就看不到这个塔楼呢？我们的房间是面朝山庄的正面的，可是——"

博士抚掌大笑起来。"终于看出名堂啦，"他说，"西奥朵拉真聪明。这就是我为什么要你们在大白天来看这座庄园的原因呀。来吧，坐在楼梯上，我来告诉你们。"

他们都顺从地在楼梯上坐了下来，仰脸望着博士，博士摆出一副讲课的姿势，一本正经地开始讲解起来："希尔山庄令人匪夷所思的一大特色就是它的设计——"

"嘉年华期间的疯人院。"

"说得对。我们在四处寻找出路时总是遇到极大的困难，这一点你们难道就没有产生过怀疑？一座普普通通的屋子总不至于把我们一行四人都折腾如此晕头转向，折腾了我们这么久吧，然而，我们还是一次又一次地走错了门，我们想找的房间总是让我们摸不着头脑。连我自己都感到困难重重。"他叹了口气，又点了点头。"我估计，"他接着说，"休·克莱恩那老兄大概是指望希尔山庄有朝一日会成为一处供人瞻仰的地方吧，就像加利福尼亚州的温切斯特神秘庄园[1]一样，或者像那些不计其数的八角楼一样。别忘了，希尔山庄是他亲自设计的，还有，我在这之前也已告诉过你们，他是一个性格怪僻的人。每一个角度，"——博士说到这里，抬手朝门厅指了指——"每一个角度都有点儿不对头。休·克莱恩肯定很不喜欢其他那些人家，也不喜欢人家那些修建得美观大方、整整齐齐的房屋，因为他要把他的家园修建得符合他自己的心思。你们会以为这些角度都是你们平时所司空见惯的很正常的角度，会认为自己的亲眼所见是不会错的，这也是无可厚非的，其实，这些角度都或多或少有点儿偏离常规，不是朝这个方向，就是朝另一个方向。比方说，你们现在所坐的这个楼梯的台阶，我可以肯定，你们都会认为楼梯的台阶是平的，因为你们万万想不到楼梯的台阶居然会不平——"

大家都忐忑不安地挪动起来，西奥朵拉急得一伸手去抓住了楼梯的栏杆，仿佛觉得自己马上要摔下去似的。

"——这些台阶其实都稍许有点儿倾斜，微微偏向中轴线。所有的门洞统统都略有点儿偏离中轴线——这也许就是，顺便说一下，为什么所有的门都会自动关闭的原因，除非用东西撑着它。我今天早晨心里还在犯疑惑，不知你们这两位女士匆匆跑来的脚步声会不会打破这些门设计精巧的平衡呢。当然，所有这些极其细微的在尺度上偏离常规的措施，其结果必然在很大程度上增添了整幢房屋的扭曲感。西奥朵拉之所以在她卧室的窗前看不到这座塔楼，是因为这座塔楼实际坐落在这幢房

---

[1] 温切斯特神秘庄园（The Winchester House），位于美国加利福尼亚州的圣何塞，历年来总是怪事重重。1884年，一个名叫莎拉的寡妇开始建造这座富丽堂皇的豪宅。然而不知何故，这座豪宅直到莎拉死后才竣工，耗时长达38年。豪宅建成后，总是时常发生令人无法解释的怪事，因此被人们称作为温切斯特神秘庄园。这座豪宅共有160个房间，配有现代化的供暖系统、排水系统、煤气灯、3部电梯和47个壁炉，还有镶嵌在地板上的窗户，楼梯不知通向何处，一扇门打开，却只是一堵空空的墙壁。据传，莎拉和其他受尽折磨的灵魂仍在这些房间里游走。

屋的死角上。从西奥朵拉房间的窗前看，这座塔楼完全不在视线范围内，尽管从这个位置上看，它似乎就笔直地矗立在她那个房间的窗外。西奥朵拉卧室的那扇窗户其实位于我们现在所在的这个位置的左边，离我们有十五英尺远。"

西奥朵拉无奈地摊开双手。"天哪。"她说。

"我明白了，"伊莲娜说，"那个回廊的盖顶在误导我们的视线。我可以站在我的窗前向外眺望，可以看到回廊的屋顶，因为我是直接进屋、上楼的，我想当然地以为屋子的正门就在下面，尽管实际上——"

"你只看到回廊的屋顶，"博士说，"离正门还远着呢。正门和塔楼从儿童室[1]那边倒是看得很清楚，那是一间很大的屋子，位置就在大厅过道的尽头，我们今天晚些时候会看到的。这真是"——他的声音变得伤感起来——"建筑学上歪打正着的一大杰作啊。香波堡[2]的双向旋转式楼梯——"

"这么说，样样东西都有点儿偏离中轴线喽？"西奥朵拉有些疑惑不定地说，"这就是为什么这儿的一切都让人觉得支离破碎的原因吗？"

"等以后回到现实中的某个屋子的时候，会出现什么样的情况呢？"伊莲娜问道，"我是说——某个——嗯——某个现实中的屋子？"

"那情形一定像刚从船上下来时一样，"卢克说，"在这个地方待上一段时间之后，你的平衡感很可能会严重扭曲，你得恢复一阵子才能抛开那种在颠簸的海船甲板上走动的感觉，或者在希尔山庄深一脚浅一脚地走动的感觉。会不会有这种可能呢，"他朝博士问道，"人们一直以为是鬼魂显灵的那种超自然现象，其实只不过是住在这里的人稍许丧失了点儿平衡能力所造成的结果吧？内耳失调了。"他自作聪明地对西奥朵拉说。

"这种情形肯定会或多或少对人产生影响的。"博士说。

---

1 儿童室（nursery），私人家里供儿童游戏、吃饭等用的房间。
2 香波堡（Chambord Castle），坐落在法国中部的卢瓦尔河畔，是法国最具贵族气息的一座规模宏伟的古城堡，距今已有500多年历史。城堡内共有440个房间、84部楼梯，从正门步入主堡，立即置身于一个明亮宽敞的大理石宫殿之中，正对着著名的"双旋梯"，两组独立的楼梯相互交错地围绕着一个共同的轴心，螺旋式地盘旋而上，同时上下楼梯的人可以相互看见而不会碰面。据说，这是当年法国国王为避免王后和他的情妇正面相遇时引起尴尬和纠纷，特地请达·芬奇设计的，堪称建筑史上一绝。香波堡的建筑风格结合了法国传统的建筑艺术和意大利文艺复兴的特色，被法国人视为国宝。1981年，香波堡被列入了世纪文化遗产名录。

"我们如今已经变得越来越盲目相信自己的平衡感和推理能力了,我看得出来,我们的头脑大概正在拼命挣扎呢,想保持住我们习以为常的那种墨守成规的思维模式,以此来抵制一切证据,不肯相信我们的思维已经出现了偏差。"他转过身去。"前面还有很多奇迹在等着我们呢。"他说,于是,大伙儿便纷纷起身从楼梯上走下来,跟在他后面一路向前走去,一边战战兢兢地走着,一边踩探着脚下的地板。大家顺着那条狭窄的过道朝他们昨天晚上相聚过的那间小会客室走去。一到这里,他们就把几扇门全都打开,用东西把门撑着,免得这些门又自动关上,然后才走进位于庄园外环的一溜房间,这些房间一律都面对着屋外的那条回廊。大伙儿把遮蔽得严严实实的窗帘全都拉开了,屋外的光线终于照进了希尔山庄。他们款步走进了一间音乐室,只见室内隐隐约约有一架竖琴,冷森森地竖立在那儿,却根本没有叮咚作响的琴声应和他们的脚步声。一架三角钢琴醒目地矗立着,是严丝合缝地盖着的,钢琴上有一个枝形大烛台,却没有一支蜡烛被点燃过。室内有一张大理石台面的桌子,玻璃板下压着几朵蜡花,桌边的几把坐椅全都细溜溜、光滑滑的,形同虚设。出了这间音乐室便是玻璃花房,一扇扇高大的玻璃门向他们表明外面正在下着雨,蔓生的羊齿蕨湿漉漉地长得到处都是,爬满了柳条家具。这是一个潮气逼人,让人很不舒服的地方,于是,他们便匆匆离开了这儿,穿过一道拱形门洞,走进了那间休息室,一到这里,大家都愣愣地站住了脚,眼前的景物让他们惊讶得目瞪口呆,难以置信。

"不是这儿吧。"西奥朵拉说,接着又有气无力地勉强笑了笑。"我怎么都觉得不是这儿。"她摇了摇头。"伊莲娜,你也看出来了吗?"

"怎么会……?"伊莲娜无助地说。

"我还以为你们准会高兴起来呢。"博士讨好似的说。这间休息室的尽头是一长溜大理石雕像:在紫红色的条纹和花朵相间的地毯的衬托下,这些大理石人像显得格外身形高大、模样怪诞,而且都白花花、赤条条地裸着身子。伊莲娜连忙伸手捂住自己的眼睛,西奥朵拉则紧紧依偎着她。

"我觉得,设计者的初衷大概是想表现维纳斯从汹涌的波涛中冉冉升起的主题吧。"博士说。

"根本不是,"卢克说,他总算回过神来,能开口说话了,"那是圣人弗朗西斯在为大麻风病人治病。"

"不对，不对，"伊莲娜说，"其中有一尊雕像是一条龙。"

"才不是呢，"西奥朵拉圆通地说，"那是一户人家的全家福塑像嘛，你们这些傻瓜。全家人都在呢。明眼人一看就知道了：位居中央的那个人，那个身躯高大、浑身一丝不挂的人——哦，天哪！——这人真是个阳刚之气十足的汉子啊，那就是老休呀，瞧他那沾沾自喜的样子，因为是他建造了希尔山庄嘛，侍候在他身边的两个小仙女是他的两个女儿。站在他右边的那个人，就是那个好像在挥舞着一把玉米穗的人，其实是在讲述她那场官司呢，站在旁边的那个人，那个小个子，其实就是那个小女伴儿，站在另一边的那个人——"

"是达德利太太，刚刚做完工作。"卢克说。

"还有他们脚下的那片像草地一样的地方，那实际上应该就是餐厅的地毯，只是草稍许长高了一点儿。你们有没有谁注意过餐厅的地毯？那地毯看上去就像是一片铺满干草的草场，你能感觉到干草把你脚踝刺激得痒痒的。后面的背景，那个有点儿像一棵枝繁叶茂的苹果树似的东西，那就是——"

"护佑这座山庄的吉祥物，可以肯定。"蒙塔古博士说。

"一想到它说不定会倒塌下来压在我们身上，我就感到心里发怵，"伊莲娜说，"因为这屋子真的斜得很厉害呀，博士，到底有没有这种可能性啊？"

"我看过有关资料，说这组雕像是经过精心设计，并且耗费了极大的代价，才打造起来的，目的是为了抵消它的基座所在位置地板的不平衡。不管怎么说吧，反正是在房屋建成之后才安装进来的，它坐落在这儿到如今也没有倒塌呀。你们知道么，休·克莱恩有可能很喜欢它，甚至觉得它很可爱呢。"

"也有可能是他用来吓唬他那两个孩子的呀，"西奥朵拉说，"要是没有这组雕像，这间屋子该多漂亮啊。"她背过身去，潇洒地旋转起来。"多好的一间舞厅啊，"她说，"仕女们可以穿着长裙翩翩起舞，而且这屋子也足够举办一场风风光光的乡村舞会了。休·克莱恩，下一曲请跟我跳好吗？"她朝那尊雕像行了个屈膝礼。

"我相信，他一定会接受你的邀请的。"伊莲娜说罢，身子不由自主地向后倒退了一步。

"别让他踩疼了你的脚趾头就行，"博士说着，哈哈大笑起来，"记住唐璜后来是什么下场吧。"

西奥朵拉羞怯地摸了摸那尊雕像，接着又用手指头抚摸着其中一个人像突伸出来的那只手。"大理石总是让人感到很震撼，"她说，"摸上去的感觉从来就跟你心里想的不一样。我估计，一尊栩栩如生、和真人同样身高的雕像，看上去好像就是一个活生生的真人一样，会让人忍不住想摸一摸他的皮肤。"说罢，她又转过身去，在这光线朦胧的屋子里扭来扭去，独自一人跳起了华尔兹舞，旋转到那边时，又朝那尊雕像行了个礼。

"在这间屋子的尽头，"博士对伊莲娜和卢克说，"掩藏在那些窗帘后面的，就是通向回廊的那几扇门。西奥朵拉正在兴奋不已地热舞呢，她也许一不留神就要踏进外面的冷空气里去了。"他径直走了过去，拉开厚厚的蓝色窗帘，把那几扇门都打开了。暖融融的雨水的气息再次飘进屋来，随之而来的还有一阵风儿，犹如朝那尊雕像浑身上下轻轻吹了一口仙气，屋外的光线映照在色彩斑斓的墙壁上。

"这古宅里没有一样东西是会动的，"伊莲娜说，"等你想扭头去看的时候，你只要用眼角一扫，马上就能看到一样东西。你们瞧瞧摆在陈列架上的那些小雕像，等到我们大家都背过身去的时候，那些小雕像就会陪西奥朵拉跳舞了。"

"我是会动的呀，"西奥朵拉说着，袅袅婷婷地朝他们走来。

"压在玻璃板下的那些花朵，"卢克说，"还有那些流苏。我对这座古宅越来越感到惊奇了。"

西奥朵拉猛扯了一下伊莲娜的头发。"绕着回廊跟你来一场赛跑。"她说，话音刚落便箭一般朝门外冲去。伊莲娜呢，由于来不及犹豫，也无暇思考，只好赶紧跟了上去，于是，两人夺门而出，冲进了回廊。伊莲娜一边奔跑，一边嘻嘻哈哈地笑着，直到她绕过回廊的一个拐弯处时，才发觉西奥朵拉是从另一扇门里蹿出来的，当即就怔住了，张口结舌地站在那儿。原来她俩是闯进了厨房，达德利太太从洗涤池边转过身来，一声不吭地瞪着她俩。

"达德利太太，"西奥朵拉彬彬有礼地说，"我们正在勘查整个山庄呢。"

达德利太太翻眼朝灶台上方餐具架上的那只座钟看了看。"现在是十一点半，"她说，"我——"

"——在一点钟准备好午饭，"西奥朵拉接过话茬儿说，"如果允许的话，我们想来查看一下厨房。楼下的所有房间我们全看过了，我想是吧。"

达德利太太默不作声地愣了一会儿，然后默许似的摆了摆头，接着便转过身去，不动声色地穿过厨房，朝远处的另一扇门走去。等到她推开那扇门时，她俩才看到门外还有一道僻静的后楼梯，只见达德利太太回过身来，仔细关好那扇门，然后才拔脚上楼去了。西奥朵拉昂着头不屑地朝那扇门看了看，等了一会儿，然后才说："我真不知道达德利太太内心里对我究竟还有没有一点儿温柔的人情味儿，我真的很怀疑。"

"我估计她是到上面那个角楼上悬梁自缢去了，"伊莲娜说，"我们既然来了，就来看看午饭有什么好吃的吧。"

"别乱动，"西奥朵拉说，"你心里清楚得很，这些餐具统统都该放在餐具架上。你觉得那女人真有这番好意，要为我们做一顿苏法大餐[1]吗？这套餐具肯定是用来做苏法菜的，有鸡蛋，有奶酪——"

"这间厨房真漂亮，"伊莲娜说，"在我母亲家的时候，那个厨房又黑又窄，在那儿根本做不出什么色香味俱全的饭菜来。"

"你自己家的厨房怎么样？"西奥朵拉心不在焉地问道，"你那个小巧玲珑的公寓里的厨房怎么样？伊莲娜，瞧那扇门。"

"我不会做苏法大餐。"伊莲娜说。

"瞧，伊莲娜。那边有通向回廊的门呢，还有一扇门是通向下面的台阶的——我估计，是通向地下室的——那边还有一扇门，也是通向回廊的，那边的那扇门就是她以前经常上楼去的地方，再过去又是一扇门——"

"又是通向回廊的，"伊莲娜说着，推开了那扇门，"厨房里居然有三个门是通向回廊的。"

"还有一扇门是通向管家的食品储藏室的，从那儿再过去就是餐厅

---

[1] 苏法大餐（soufflé），一种配有蛋奶酥的法式菜肴。

了。看来我们的这位好心肠的达德利太太倒是对门情有独钟啊，你说是吧？她要是想逃出去的话"——她俩彼此交换了一下眼色——"就肯定能从任何一个方向飞快地逃出去。"

伊莲娜出其不意地扭头就走，反身朝回廊奔去。"我真不知道究竟是不是她让达德利特意为她开出这几扇门的。我真不知道她到底有多喜欢在厨房里干活儿，她在厨房里忙的时候，背后说不定有一扇门在她不知不觉的情况下突然悄悄被人推开了。我真不知道，真的，达德利太太究竟是个什么人，是不是已经养成了习惯，喜欢在她的厨房里跟人家偷情，这样一来，她就能确保自己随时都可以夺路而逃，不管从什么方向都能逃之夭夭。我真不知道——"

"别胡说了，"西奥朵拉和颜悦色地说，"一个心神不宁的厨师是做不出美味可口的苏法大餐的，这一点谁都知道，再说，她说不定正在楼梯口偷听呢。我们不如就从她喜欢的这些门当中挑一个门出去吧，出门的时候一定要让门敞开着。"

卢克和博士两人正站在回廊上，眺望着那片草坪。庄园的正大门却莫名其妙地紧闭着，就在前方不远处。在山庄的后面，绵延起伏的山峦默然无语地横亘着，在蒙蒙雨幕中显得十分阴沉，看上去简直就像压在他们头顶上方。伊莲娜沿着回廊信步向前走去，心想，自己以前还从没看见过被包围得如此森严的庄园呢。真像一条紧箍在身上的腰带，她暗暗思忖着：假如把这回廊拆除了，难道这个庄园会不翼而飞吗！？她自以为这条环绕着古宅的弧线形回廊一定是这庄园最重要的组成部分，便沿着回廊向前走去，不一会儿就看见了那座塔楼。由于她刚刚转过回廊的拐弯处，再加上事先几乎没看见任何预兆，便觉得塔楼是突然间在她眼前拔地而起的，不免吃了一惊。这塔楼是一座暗灰色的石砌结构，坚固得出奇，牢牢嵌在古宅的木质外墙上，被坚忍不拔的回廊团团环抱着矗立在那儿。真难看，她暗暗想道，继而又遐想着，假如这古宅有朝一日被一把火烧光了，这座塔楼说不定还依然肖然不动地屹立在这儿呢，灰蒙蒙地禁卫在这片废墟上，告诫人们要远离希尔山庄遗留下来的一草一木，因为随时都会有石头突然从天而降砸落下来，而那些猫头鹰和蝙蝠便会从中飞进飞出，在下面的书堆里筑巢栖息。塔楼上从半中腰往上才开始有窗眼,那些窗眼只不过是一些嵌在石墙里的细细的斜缝罢了,她心里很是疑惑,不知从那些窗眼里俯瞰下来会是什么情景,而且还有些纳闷,不知自己为什么就不能进塔楼。我绝不会从那些窗眼里往下看的,她想,却又忍不住想象着塔楼里那狭窄的盘旋而上的铁楼梯的模样。高高的塔楼顶端是一个木质结构的锥形屋顶,屋顶上赫然竖着一个木桩尖。这木桩尖倘若安放在随便哪座房屋的屋顶上,肯定会让人觉得荒唐可笑,然而在这里,在它所归属的希尔山庄这座庄园里,它却显得喜气洋洋,满怀期待,仿佛在等待着某个微小的生灵从那个小窗眼里钻出来,爬上陡斜的屋顶,攀上那个木桩尖,把一条绳索拴上去。

"你会摔下来的。"卢克说,伊莲娜吓得倒吸了一口冷气,她勉强睁开眼睛低头看了看,发觉自己正紧紧地攥着回廊的栏杆,身子大幅度地向后仰着。"在我这迷人的希尔山庄里,你可千万别相信自己的平衡能力哦。"卢克说。伊莲娜深深吸了口气,竟觉得有些头晕目眩,站不稳了。她努力想稳住身子,却觉得在这个摇摇晃晃的天地里,树木和草坪似乎都有些东倒西歪,天空也在旋转、翻腾着,卢克赶忙抢上去扶住她,把她搂在怀里。

"伊莲娜?"西奥朵拉在她身旁呼唤着,紧接着,她听见博士沿着回廊急匆匆奔来的脚步声。"这该死的庄园,"卢克说,"你每一分钟都得小心提防才行。"

"伊莲娜?"博士说。

"我没事儿了,"伊莲娜说着,使劲儿摇了摇头,总算站稳了脚跟,身子还在摇晃着,"我刚才后仰的幅度大了点,想看看那个塔楼的尖顶,不知怎么就头晕眼花了。"

"她刚才站都站不稳,身子左右摇摆得很厉害呢,我一看就觉得不对劲儿,才赶紧冲上来扶着她的。"卢克说。

"这种感觉我今天早晨也有过一两次,"西奥朵拉说,"好像我是行走在墙壁上似的。"

"扶她回屋去吧,"博士说,"待在屋子里面就不会这么严重了。"

"我真的没事了。"伊莲娜说,觉得实在不好意思,随后,她步步小心地沿着回廊朝正大门走去,却见大门是紧闭的。"我觉得我们出来的时候是把门敞开着的呀。"她说,声音有点儿发抖,博士从她身后赶上来，把那沉重的大门再次推开。进屋一看，大厅里竟然已经恢复了原样，他们离开时敞开着的那些门全都齐整整地关闭着。博士上前推开了通向棋牌室的那扇门，大家看见他对面的那几扇通向餐厅的门也都关闭着，他们起先搬过来撑着门的那条小凳子也已被放回原处，靠在墙脚边。在厨房间和休息室里，在会客室和玻璃花房里，所有的门窗也全都是关着的，连窗帘都严严实实地拉上了，黑暗又再次杀了回来。

"是达德利太太干的。"西奥朵拉说，她紧跟在博士和卢克的后面，只见卢克正气急败坏地从一个房间冲向另一个房间，把一扇扇门重新推得大开着，再用东西撑着门，接着又气势汹汹地把所有的窗帘也全部扯开，让温暖、湿润的空气再次吹进屋来。"达德利太太昨天就是这么干的，伊莲娜和我刚出门，她就迫不及待地跑来把门关上了，因为她宁可亲自动手关门，也不愿一路查看过来，发现那些门全都是自动关上的，因为那些门本来就该关着，那些窗户本来就该关着，那些餐具本来就该——"她装疯卖傻地嘻嘻哈哈大笑起来，博士扭过头来，皱着眉头，很生气地朝她看了看。

"达德利太太最好记住她自己的身份，"他说，"如果有必要，我要用钉子把这些门统统钉死，让它们永远敞开着。"说罢，他扭头就走，顺着过道径直朝他们熟悉的那间小会客室走去，砰地一声撞开了门。

"我发脾气也没用。"他说，接着又恶狠狠地朝那扇门踹了一脚。

"午饭前在小会客室里喝杯雪莉酒吧，"卢克殷勤地说，"女士们，请进。"

"达德利太太，"博士说着，放下手中的叉子，"好一顿美味的苏法大餐啊。"

达德利太太转过身来，草草打量了他一眼，然后便端着一只空盘子进厨房去了。

博士叹了口气，疲惫地耸了耸双肩。"昨天夜里我整整一宿没合眼，我感到今天午后需要休息一下，还有你，"他扭头对伊莲娜说，"躺下来休息个把钟头就好了。也许有一个正常的午休，我们大家都会舒服些的。"

"我明白，"西奥朵拉说，心里却觉得很好笑，"我必须在午后小睡一下。要不然，等我再回到家里的时候，脸色也许会很难看的，不过，我总归有办法搪塞他们，就说这是我在希尔山庄的作息时间表里的一部分。"

"说不定我们夜里会遇到麻烦的，会睡不着觉的。"博士说，一听这话，大伙儿只觉得有一股令人毛骨悚然的冷飕飕的寒气游走在餐桌边，银餐具的亮光，瓷器的鲜艳色彩顿时变得暗淡下来，有一片乌云在这餐厅里飘来飘去，把达德利太太也招惹进来了。

"现在已经是两点差五分了。"达德利太太说。

伊莲娜在午休期间并没有睡觉，尽管她很想好好地睡上一觉。她非但没去睡觉，而且还钻进了西奥朵拉的绿色房间，躺在西奥朵拉的床上，一边望着西奥朵拉在精心打理自己的指甲，一边懒洋洋地跟她闲聊着，她不想让别人看出自己的心思，她之所以跟着西奥朵拉走进了这间绿色的房间，是因为她不敢孤零零地一人待在自己的房间里。

"我喜欢把自己修饰得漂漂亮亮的，"西奥朵拉一边说，一边动情地打量着自己的手，"我愿意涂脂抹粉，恨不得把自己浑身上下都抹一遍。"

伊莲娜舒服地挪了挪身子。"抹成金黄色呗。"她几乎想也没想，就建议说。由于眼睛都睁不开了，她眼前的西奥朵拉只不过是坐在地板上的一堆颜料。

"指甲油，香水，浴盐，"西奥朵拉说，仿佛像在例数着尼罗河畔的那些城市一样，"眉毛膏。你觉得这些东西一半都用不到吧，伊莲娜。"

伊莲娜哈哈一笑，彻底闭上了眼睛。"没这个闲功夫。"她说。

"好吧，"西奥朵拉毅然决然地说，"等我把你打扮好了，你就会换了一个人啦。我可不喜欢跟不施粉黛的女人打交道。"她嘻嘻哈哈地笑着，表明她是在开玩笑，接着又说："我看我可以把这红色的指甲油涂在你的脚趾甲上。"

伊莲娜也嘻嘻哈哈地笑了，便把她的一只光脚丫伸了出去。过了一会儿，在几乎快要睡着了状态下，她感到有把小刷子在她的脚趾头上轻轻地拂来拂去，有一种异样的冷丝丝的感觉，不禁打了个哆嗦。

"当然啦，一个像你这样有名的交际花，肯定是养尊处优惯了，总是等着让侍女来侍候你呢,"西奥朵拉说,"你这双脚真脏啊。"

伊莲娜心里一惊,赶忙坐起来看了看,她这双脚确实很脏,而且脚趾甲还被涂成了鲜红色。"这样太吓人啦,"她对西奥朵拉说,"这样太邪乎啦。"她真要哭了。事已如此,已经无可奈何,她只好嘲笑起西奥朵拉脸上那副怪模怪样的表情来。"我要走了,要去把我这双脚好好洗一洗了。"她说。

"天哪!"西奥朵拉坐在床边的地板上,一脸惊愕的样子。"瞧,"她说,"我这双脚也很脏呢,宝贝儿,真的。瞧!"

"不管怎么样,"伊莲娜说,"反正我讨厌人家往我身上乱抹东西。"

"你这人真不可思议,是我所见过的最不可思议的人呢。"西奥朵拉高兴地说。

"我不喜欢那种无可奈何的感觉,"伊莲娜说,"我母亲——"

"你母亲要是看到你把脚趾甲涂成了红色,准会很开心的,"西奥朵拉说,"瞧你那些脚趾甲多好看啊。"

伊莲娜又看了一眼自己的那双脚。"这模样太邪乎了,"她底气不足地说,"我的意思是说——放在我这双脚上不合适。这模样让我觉得我就像一个傻货一样。"

"你又傻又邪乎,反正这两样你都兼而有之。"西奥朵拉把她的那套装备收拢起来。"不管怎么说,我反正是不会卸妆的,我们两人都留心观察一下,看看卢克和博士究竟会不会先看你这双脚。"

"不管你想要说的是什么,反正你这话听上去就很傻。"伊莲娜说。

"或者很邪乎。"西奥朵拉一本正经地望着她。"我有一个基于直觉的预感,"她说,"你还是回家去吧,伊莲娜。"

她是在笑话我吗?伊莲娜心里犯起了嘀咕,难道她已经认定我不适合留在这儿吗?"我可不想走。"她说,西奥朵拉飞快地又朝她看了一眼,随即便别过脸去,温柔地抚摸着伊莲娜的脚趾头。"指甲油已经干啦,"她说,"我真是个白痴。刚才只不过是一种异样的感觉,让我一时有些害怕了。"她站起身来,伸了个懒腰。"我们去找另外那两个人吧。"她说。

卢克神情疲惫地站在楼上的过道里,身子斜倚在墙壁上,脑袋靠在一件古董雕刻品的金色框架上。"我心里老是在想,这座庄园将来会成为我的私有财产的,"他说,"现在更加想入非非了,但我以前并没有这样想过。我老是告诫自己说,这地方总有一天是属于我的,可我也在不断地反问自己,这是究竟为什么。"他朝着整个过道挥了挥手。"假如我对这些房门情有独钟,"他说,"或者对这些镀金的座钟情有独钟,或者对这些微型雕刻品情有独钟。假如我想在这世上拥有一片属于我自己的具有土耳其风格的角落,我很可能会把希尔山庄当作一片美妙无比的人间仙境的。"

"它本来就是一座气势恢宏的庄园,"博士以不容置辩的口吻说,"当年建成的时候,人们一定认为它也很典雅。"他拔脚顺着过道向前走去,径直来到位于过道尽头的那间面积很大的房间,这间屋子一度曾经是儿童室。"瞧,"他说,"我们现在可以站在窗前看见那座塔楼了。"——然而在走进门的那一瞬间,他竟也忍不住打了个寒噤。于是,他立即转过身来,好奇地回头张望着。"难道是那门口刮来了一股穿堂风?"

"一股穿堂风?在希尔山庄?"西奥朵拉嘿嘿一笑,"不可能,除非你能想办法让其中哪一扇门始终敞开着。"

"那就进来吧,一次进来一个人。"博士说,话音刚落,西奥朵拉便率先闯了进来,进门时还不忘做了个鬼脸。

"活像坟墓的入口处嘛,"她说,"不过,里面还是够暖和的。"

卢克进来了,走进那个寒风口时,他犹豫了一下,但随即便疾步穿过了寒风口,接着是伊莲娜,紧跟在卢克的身后,她惊疑不定地感觉到,每迈出一步都有阵阵冰冷刺骨的寒气朝她逼来,这情景简直就像在穿越一堵冰墙啊,她暗暗思忖着,于是,便向博士问道:"这是怎么回事?"

博士高兴得直拍手。"小伙子啊,你可以守在你的具有土耳其风格的角落里啦。"他说。接着,他伸出一只手,小心翼翼地把手盖在那个寒风眼上。"人们无法解释这一现象啊,"他说,"这正是坟墓的精妙之处,就像西奥朵拉刚才一针见血地指出的那样。波利·莱克多利古堡[1]

---

[1] 波利·莱克多利古堡(Borley Rectory),位于英国埃塞克斯郡的波利村,是维多利亚时代的一座哥特式古堡,建造于1862年,建成后便经常闹鬼,出现了诸多无法解释的奇特现象,据传是英国声名远扬的"闹鬼最厉害的凶宅",也是英国众多科学家和作家十分关注的去处,古堡1939年毁于一场大火,1944年被彻底拆除。

的那个寒风眼，温度只下降了十一度。"他得意洋洋地接着说："这个嘛，应当说，比那个要冷多了。正好处在这幢古宅的核心部位。"

西奥朵拉和伊莲娜已经相互紧紧依偎着站在一起了。尽管这间儿童室里还算暖和，却到处都散发着刺鼻的腐霉味，而且密不透风，穿过门洞的那股寒气几乎能看得见、摸得着，如同一道屏障拦在那儿，谁要是想走出去，就必须穿过这道屏障。窗外便是那座塔楼，灰白色的石墙似乎就近在咫尺。再看室内，这间屋子显得格外幽暗，不知何故，就连绘制在墙壁上的那一长溜专供儿童赏玩的动物，似乎也毫无欢乐可言，倒反而像一头头落入陷阱的困兽，或者说，与棋牌室里的狩猎画上的那头奄奄一息的麋鹿十分相像。这间儿童室，虽然面积比其他卧室都要大得多，却有一种说不清、道不明的备受冷落、无人问津的气氛，这一点是希尔山庄任何别的地方所没有的，伊莲娜忽然想到，即使达德利太太再勤快、再小心，她也不会勤快到时常出入于那道寒气逼人的屏障，除非是在万不得已的情况下。

卢克已经再次穿过那个寒风口退出门外，此时正在仔细查看着过道里的地毯，接着又审视起墙壁来，轻轻拍打着墙面，仿佛很想找出这奇怪的寒气究竟是从何而来似的。"不可能是一股穿堂风，"他说着，抬起头来望着博士，"除非有一条直通北极的风管。不管怎么样，反正每个地方都坚固得很。"

"我真不知道什么人会睡在这间儿童室里，"博士答非所问地说，"你们认为，自从那两个孩子走了之后，他们就把这间屋子关闭了吗？"

"瞧！"卢克说着，用手指了指。在过道两端的死角处，在儿童室门沿的上方，有两个满脸堆笑的头像镶嵌在那儿。其用意很显然，是故意安在儿童室的入口处用以增添欢乐气氛的装饰物，但是这两个头像的模样却既不快乐，也不天真烂漫，与室内的那些动物并无二致。它们分列在两边，四目相对，脸上永远挂着狰狞的笑意，它们的目光在过道里交汇、锁定的那个位置，便是那个邪恶的寒风口的中心点。"只要你站在它们能看着你的地方，"卢克解释说，"它们就能把你冻僵。"

出于好奇，博士顺着过道走去，同他汇合在一起，抬头仰望着。"别把我们俩丢在这儿不管呀，"西奥朵拉说，说罢便拉着伊莲娜穿过寒风口，冲出了儿童室，穿过那寒风口时像被猛抽了一记耳光，又像被一口寒风呛得憋不过气来,"真是个冰啤酒的好地方啊。"她说,还吐出舌头朝那两个面目狰狞的笑脸做了个怪相。

"我必须把这一点详细记载下来。"博士高兴地说。

"看样子不像是一股对谁都一视同仁的寒气呀。"伊莲娜说,话一出口就觉得很不对味儿,因为她并不十分清楚自己心里到底想说什么。"我感到这股寒气是在故意跟人作对,好像有什么东西总想吓唬我,让我不得安生似的。"

"依我看,这都怪那两副嘴脸不好。"博士说。他这会儿正手脚并用匍匐在地上,顺着地板一路向前摸索着。"要用卷尺和温度计来测量一下,"他自言自语地说,"要用粉笔画出轮廓线,难不成这股寒气一到夜里就会增强?要是你总觉得有什么东西盯上了你的话,"他望着伊莲娜说,"情况会更糟糕的。"

卢克迈步穿过寒风口,冷得浑身打了个哆嗦,便赶紧走过去关上了儿童室的门。他反身回到过道里与大伙儿汇合时,似乎是一跃而过的,仿佛觉得他只要脚不沾地,就能逃过那股寒气似的。儿童室的门一关上,大家顿时发觉,屋子里一下子变得更加黑暗了,西奥朵拉忐忑不安地说:"我们赶紧下楼去吧,到我们熟悉的那间会客室里去。我能感觉到,那些山头已经朝我们压过来了。"

"已经五点多了,"卢克说,"该去喝鸡尾酒啦。我估计,"他对博士说,"你今晚还会再委托我给你调制一杯鸡尾酒吧?"

"味美思加得太多了。"博士说,他依依不舍地跟着大伙儿离开时,还不停地回过头去望着儿童室的门。

"我建议,"博士一边取下餐巾,一边说,"我们干脆把咖啡端到我们那间小会客室里去喝吧。我觉得那个壁炉还是挺招人喜欢的。"

西奥朵拉乐得咯咯儿地笑了起来。"达德利太太已经走啦,所以,我们赶紧到处跑一遍,把那些房门啊、窗户啊,统统都打开,把餐具架上的东西统统都拿下来——"

"只要她不在,这庄园顿时就像完全变了个样儿似的。"伊莲娜说。

"变得更加空旷了。"卢克朝她看了看,又点了点头。他正在忙着把一只只咖啡杯往托盘上放,博士早已经动起手来,不辞劳苦地把一扇扇门打开,用东西撑着。"每天夜里我都发觉,这儿只有我们四个人。"

"虽然达德利太太留下来陪我们不怎么好,但是也还挺有意思的,"伊莲娜说罢,低头望着餐桌,"我跟你们一样讨厌达德利太太,可是,我母亲是绝对不会允许我把这么杯盘狼藉的餐桌留到第二天早晨再收拾就上床睡觉去的。"

"她既然想趁天黑之前离开这儿,她就得第二天早晨来收拾呀,"西奥朵拉漠不关心地说,"这种事情我是肯定不会干的。"

"丢下这么脏兮兮的桌子甩手走开,这样不太好吧。"

"不管怎么说,反正你也没法把这些餐具都准确无误地放回到餐具架上去,更何况,为了把你留下的指印统统抹干净,她还会把这些餐具逐一再重新整理一遍的。"

"要是我只把这些银餐具拿过去,把它们浸泡在——"

"不行,"西奥朵拉说着,一把抓住她的手,"你想孤零零地一个人进那间厨房吗?进那间有那么多门的厨房?"

"不想,"伊莲娜说着,放下了她已经收拢起来握了满满一手的刀叉,"我想,我才不会一个人去呢,你说得对。"她有些犹豫不决,心神不宁地望着餐桌,望着那些皱巴巴的餐巾,又看了看卢克座位前泼洒出来的一小块葡萄酒的污渍,接着又摇了摇头。"可是,我真不知道我母亲会怎么说啊。"

"走吧,"西奥朵拉说,"人家为我们留着灯呢。"

小会客室里的壁炉火烧得很旺,西奥朵拉在放着咖啡杯的托盘边坐下来,卢克把那瓶白兰地从厨具柜里取了出来,那是他昨天夜里小心翼翼地藏在那儿的。

"我们要豁出去打起精神来才行啊,"他说,"我今天晚上还会再次向你发起挑战的,博士。"

晚饭前,他们已经把楼下所有的房间都仔细检查了一遍,搜罗来了不少安乐椅和台灯,因此,他们的这间小会客室在举手投足之间就变成了整个庄园里最舒适宜人的一间屋子。"希尔山庄其实对我们还是挺够意思的。"西奥朵拉说着,把伊莲娜的咖啡递给了她,伊莲娜心怀感激地在一张有靠枕、有坐垫的软椅上坐了下来。

"没有脏盘子等着让伊莲娜去洗洗涮涮,大家欢聚一堂共度良宵,说不定明天就会云开日出,阳光普照啦。"

"我们必须好好筹划一下野餐的事儿。"伊莲娜说。

"我会在希尔山庄发胖,变成一个好吃懒做的人的。"西奥朵拉还在接着往下说。她喋喋不休地一再提起希尔山庄的名讳,这一点让伊莲娜感到很不是滋味。看样子她好像是故意反复说起这古宅的名讳的,伊莲娜暗暗想道,莫非是想告诉这古宅她知道它的来历吧,而且还口口声声地直呼其名,莫非是想告诉它我们此时的藏身之地吧。她这样做是不是在虚张声势呢?"希尔山庄,希尔山庄,希尔山庄。"西奥朵拉柔声细气地说着,还朝坐对面的伊莲娜笑了笑。

"跟我说说,"卢克彬彬有礼地对西奥多拉说,"既然你是一位公主,跟我说说你们那个国家的政治形势吧。"

"很不安定啊,"西奥朵拉说,"我逃走了,因为我父亲,当然就是那位如今正在当政的国王啦,硬要我嫁给布莱克·迈克尔,就是那个觊觎王位的家伙。我嘛,当然看不惯布莱克·迈克尔啦,这家伙戴着一副金耳环,而且老是拿着一根短鞭抽打他的侍从人员。"

"果然是一个极不稳定的国家啊,"卢克说,"你到底是用什么办法逃走的呢?"

"我是躲在一辆运干草的马车里逃走的,把自己化装成了一个挤奶女工。他们根本想不到可以上那种地方去找我,于是,我就越过了国境线,随身带着我自己伪造好的证件,藏在一个伐木工人的棚屋里。"

"那么,布莱克·迈克尔如今会不会悍然发动一场'军事政变'来夺取国家政权呢?"

"毫无疑问。再说,他也有能力发动军事政变。"

这情景真像在牙医诊所的候诊室里排队等着看病呀,伊莲娜一边暗暗思忖着,一边隔着咖啡杯打量着众人。一边在牙医诊所里排队等候着,一边在听着别的病人对着满屋子的人夸夸其谈,不着边际地开玩笑。你们每一个人迟早肯定都要面对那个牙医的。她猛然抬起头来,却发觉博士就在她身边,便惴惴不安地笑了笑。

"感觉很紧张吗?"博士问道,伊莲娜点点头。

"只是因为我不知道究竟会发生什么情况。"她说。

"我也一样。"博士拉过一把椅子,挨在她身边坐下来。"你是不是总觉得好像有什么事情——姑且不论是什么事情——很快就要发生呀?"

"是的。好像一切都在蓄势以待似的。"

"而且他们——"博士朝西奥朵拉和卢克点了点头,只见他俩正在嘻嘻哈哈地彼此说笑着,"他们都会以自己独特的方式来应对一切问题。我真不知道会有什么样的厄运降临到我们大家的身上呢。我早在一个月前就应当向大家交代清楚,这种情况其实是根本不会出现的,我们不会一行四人全都抱成一团守在这儿,守在这座古宅里的。"他并没有直呼这座山庄的名字,伊莲娜注意到了这一点。"我已经等待了很长时间啦。"他说。

"你认为我们留在这儿合适吗?"

"合适?"他说,"我认为我们全都傻得让人难以置信才留在这儿的。我认为这种氛围只会暴露出我们性格上的一些缺陷和弱点,终究会使我们分崩离析的,只不过是一个日子长短的问题。我们只有一条保护措施,那就是逃走。至少厄运不会追着我们不放的,对不对?倘若我们感到自己的性命有危险了,我们可以马上一走了之,就像我们来的时候一样。而且要,"他又干巴巴地补了一句,"要走得越快越好。"

"可是,我们事先都得到警告了,"伊莲娜说,"我们总共有四个人呢。"

"这一点我已经向卢克和西奥朵拉交待过了,"他说,"请你务必答应我,一旦你感到这座古宅缠上了你,你就立即离开,走得越快越好。"

"我答应你。"伊莲娜说着,微微一笑。他是在考验我,想让我觉得自己要更加勇敢些才好呢,她暗暗寻思,怀着感激之情。"可是,这样不是挺好嘛,"她对他说,"真的,这样挺好的。"

"万一情况不妙,必须采取断然措施时,"他说罢,站起身来,"我会毫不犹豫地打发你离开此地的。卢克?"他说,"请两位女士原谅我们失陪一会儿好吗?"

等他们摆上棋盘,开始调兵遣将的时候,西奥朵拉端着咖啡杯,怡然自得地在房间里四处转悠起来,伊莲娜心想,她走来走去的样子真像一头母兽,既神情紧张,又高度警觉,只要闻到任何一点儿动静,她就坐不住了。我们大家都坐立不安啊。"过来陪我坐坐吧。"她说，于是，西奥朵拉便走了过来，阿娜多姿地走了过来，身子旋转了一周，停在一处可以歇息的地方。她在博士刚刚让出的那张椅子里坐下来，脑袋倦慵地向后仰着。瞧她那模样多可爱呀，伊莲娜暗暗想道，那么无牵无挂，那么有福气，多可爱呀。"你累了吗？"只见西奥朵拉扭过头来，朝她嫣然一笑，"站得太久我可受不了。"

"我刚才还在想，你怎么显得那么放松呢。"

"我刚才也在想——我是什么时候来的呢？是前天吗？——心里还在纳闷儿，不知我是怎么身不由己地离开那儿到这儿来的。我很可能是想家了吧。"

"已经开始想家啦？"

"你有没有体会过想家的滋味？假如你的家乡是希尔山庄的话，你会不会因为思念这个故乡而想家？那两个小姑娘被人带走以后，她们有没有因为怀念这幢黑乎乎、阴森森的古宅而哭泣过？"

"我从来没有被人从什么地方带走过，"伊莲娜字斟句酌地说，"所以，我估计我也从来没有体会到想家的滋味。"

"现在呢？你那个小公寓？"

"也许，"伊莲娜两眼凝视着炉火说，"我还没有住得那么久，一时还不敢相信那就是我自己的家。"

"我好想躺在我自己的床上啊。"西奥朵拉说。伊莲娜心里想道，她又在闷闷不乐了，只要她肚子饿了，或者感到累了，或者觉得无聊了，她顿时就变成了一个小宝贝啦。"我已经困得不行啦。"西奥朵拉说。

"已经十一点多了。"伊莲娜说着，扭过头去，朝那边的棋局瞥了一眼，只听博士带着大获全胜的喜悦得意地喊了一声，卢克哈哈大笑起来。

"瞧，先生，"博士说，"你瞧瞧，先生。"

"输得一败涂地啦，我承认。"卢克说。他把棋子收拢起来，放回到棋盒里。

"说说看，凭什么一滴白兰地也不让我带上楼去呢？可以让我自己睡个好觉呀，或者可以给我自己壮壮胆呀，反正就是这类借口呗。其实，"说到这里，他朝西奥朵拉和伊莲娜笑了笑，"我打算睡晚一点儿，想看一会儿书。"

"你还在看那本《帕美勒》吗?"伊莲娜朝博士问道。

"第二卷。我总共有三卷要看呢,看完之后,我就该接着看《克拉丽莎·哈罗威》[1]啦,我想是吧。也许卢克会来向我借——"

"不借啦,谢谢,"卢克不假思索地说,"我有满满一手提箱神秘小说呢。"

博士转过身去,朝四下里看了又看。"让我想想,"他说,"要把炉火熄掉,把所有的灯都关上。要把所有的门都敞开着,留给达德利太太明天早晨再来关吧。"由于已经疲惫不堪,大伙儿顺着宽阔的楼梯一个接一个地爬上来,一边走,一边随手关上了身后的电灯。"顺便问一下,大家都搞到手电筒没有?"博士问道,大伙儿都点了点头,因为都急着要去睡觉,也就顾不上黑灯瞎火的了,只见一波儿又一波儿的黑暗尾随着他们一步步朝希尔山庄的楼上爬来。

"晚安,各位。"伊莲娜说着,推开了蓝色房间的门。

"晚安。"卢克说。

"晚安。"西奥朵拉说。

"晚安,"博士说,"踏踏实实地睡个安稳觉吧。"

"来啦,妈妈,来啦,"伊莲娜一边说,一边伸手摸索着寻找电灯开关,"没关系的,我来啦。"伊莲娜,她听见有人在喊她,伊莲娜。"来啦,来啦,"她恼火地喊道,"稍微等一下嘛,我这就来。"

"伊莲娜?"

紧接着,她心头猛然一震,从睡梦中惊醒过来,只觉得浑身冷飕飕的,身子在哆哆嗦嗦地抖个不停,便赶忙翻身下了床,睡意已经全没了,心里在暗暗想道:我在希尔山庄呢。

"怎么啦?"她大声喊道,"怎么啦?西奥朵拉?"

---

[1] 《克拉丽莎·哈罗威》(*Clarissa Harlowe*,1747—1748),又名《一名年轻女子的故事》(*The History of a Young Lady*),是英国小说家塞缪尔·理查逊的第二部长篇小说,是英语小说史上篇幅最长的一部小说,也是最优秀的悲剧小说之一,约100万字。小说描写少女克拉丽莎不顾家人反对,爱上了青年男子罗伯特·洛夫拉斯,然而洛夫拉斯却只想玩弄她,并不真心想娶她。后来,克拉丽莎被他强奸,悲愤而死。她的亲戚莫登上校与洛夫拉斯决斗,杀死了他,替克拉丽莎报了仇。这部小说也用书信体写成,写得十分动人,对西欧文学影响深远。

"伊莲娜？快进来！"

"来了。"来不及开灯了，她一脚踢开一张桌子横冲过去，疑惑地听着桌子被踢翻的响声，急促地想打开通向浴室的那扇门。那并不是桌子倒下来的响声呀，她暗暗寻思道，是母亲在敲墙壁吧。幸好西奥朵拉的房间里亮着灯，只见西奥朵拉正直挺挺地坐在床上，因为刚从睡梦中醒来，头发乱蓬蓬的，眼睛因为受到惊吓暴睁着。我肯定也是这副模样，伊莲娜想道，接着说："我在这儿呢，出什么事儿啦？"紧接着，她第一次清清楚楚地听见了那句话，尽管她醒着的时候老是听到这句话。"到底出了什么事儿啦？"她悄声问道。

她不慌不忙地在西奥朵拉的床脚边坐了下来，对自己似乎表现得很平静有些疑惑不解。得啦，她想，得啦。不过是听到了一声噪音罢了，然而却冷得出奇，冷得让人受不了，冷得让人毛骨悚然。那是从大厅过道里传来的一种诡异的响声，远在过道的尽头，在儿童室的那扇门附近，然而却冷得让人毛骨悚然，肯定不是妈妈在敲墙壁。

"好像有什么东西在敲打那些门呢。"西奥朵拉说，语气听上去很有理智。

"没什么大不了的。何况那响声还远着呢，在过道的另一头附近。卢克和博士说不定早已在那儿了，去查看到底在发生什么情况。"根本不像我妈妈在敲打墙壁的声音，我刚才又在做梦了。

"'砰砰'地响呢。"西奥朵拉说。

"'砰'。"伊莲娜说着，咯咯儿地笑了起来。我镇静得很呢，她想，可是，怎么会这么冷呢？那响声只不过是一种"砰砰"地敲打在门上的声音罢了，一声接着一声地敲打着。难道这就是让我如此提心吊胆的事情吗？"砰"是形容那个响声最贴切的字眼儿了，那响声听上去很像是几个娃娃在搞什么名堂，绝对不是母亲在敲打墙壁求救的声音，不管怎么样，反正有卢克和博士在那儿呢。难道这响声是人家故意弄出来吓唬你，存心要害得你心惊胆寒，脊梁骨上一阵阵发凉吗？因为那声音实在太不好听了。那令人毛骨悚然的寒气是先从你肚子里发作起来的，随后便滔滔不绝，忽上忽下、来来回回地在你身上到处乱窜，如同有血有肉的活物一样。如同有血有肉的活物一样。对。就像有血有肉的活物一样。

"西奥朵拉，"她说，接着便闭起眼睛，咬紧牙关，双臂合十抱着自己的身子，"那声音越来越近了。"

"不过是一阵噪音而已，"西奥朵拉说，但随即便悄悄挪到伊莲娜身边，紧贴着她坐下来，"那噪音有回声呢。"

那声音又在响了，伊莲娜暗暗思忖着，听上去好像是一阵虚幻缥缈的响声，一阵虚幻缥缈的"砰砰"声，仿佛有人在拿着一把铁壶使劲儿砸那边的几扇门，又像在用一根铁棍使劲儿撬门，又像是戴着一副铁手套在拼命擂门。那"砰砰乓乓"的敲打声听上去时而很响，而且很有规律，时而又突然柔弱下来，紧跟着又是一阵急促、纷乱的敲击声，仿佛是在过道的尽头有条不紊地从一扇门到另一扇门逐次敲打过来的。她朦朦胧胧地觉得自己似乎能听得见卢克和博士的说话声，那呼唤声仿佛就在楼下的某个地方，于是，她暗暗想道，看来他们压根儿就没在楼上守护我们呀，紧接着便听到了一阵稀里哗啦的铁器砸门的声音，一定是砸在挨得很近的一扇门上了。

"也许他会顺着过道的另一侧再敲打过去的。"西奥朵拉压低嗓音悄声说，伊莲娜心想，在这场本来就难以形容的经历中，这是最诡谲荒诞的一部分，西奥朵拉应该也感受到了。"不对呀！"西奥朵拉说，因为她们听见那刺耳的砸门声分明就在对面过道里。那声音敲打得更响了，那声音简直震耳欲聋了，那声音就敲打在她们隔壁房间的门上（他是不是在过道里来来回回地敲打？他是不是赤脚行走在地毯上？他是不是抬起一只手在推门？），伊莲娜不由自主地从床边一跃而起，急匆匆奔了过去，举起双手死死地抵着门。"滚开！"她狂怒不已地喊道，"滚开，滚开！"

门外总算彻底安静下来，伊莲娜脸贴着门站在那儿，心里在暗暗想道，瞧，我已经把那家伙彻底打垮啦，那家伙是在寻找有人藏身的房间呢。

那股寒气又悄然袭来，凝结在她们心头，充斥着整个房间，在房间里四处横溢。谁都会以为住在希尔山庄的房客终于在这静悄悄的氛围中甜美地睡着了，过了一会儿，伊莲娜突然旋身飞扑过来，却听见西奥朵拉的牙齿在咬得咯咯作响，伊莲娜见状哈哈大笑起来。"你可真是个大宝贝啊。"她说。

"我好冷，"西奥朵拉说，"冷得要命。"

"我也是。"伊莲娜拉过那床绿色的被褥，把它裹在西奥朵拉身上，然后拎起西奥朵拉的那件依然还温热的浴袍，把它穿着自己身上。"你感觉暖和些了吗？"

"卢克到哪儿去啦？博士到哪儿去啦？"

"不知道。你现在感觉暖和些了吗？"

"没有。"西奥朵拉浑身在簌簌发抖。

"等一会儿我就到外面的过道里去，去喊他们回来。你感觉——"

噪音再次响了起来，那家伙似乎一直就潜伏在门外偷听呢，在等着听她们的说话声，在等着听她们到底都说了些什么话，在等着辨认她们的身份，等着了解她们是否已经做好充分准备来对付他了，等着探听她们是否感到害怕了。由于那响声来得实在太突然，吓得伊莲娜顿时返身扑倒在床脚边，吓得西奥朵拉倒抽了一口冷气，失声喊了出来，只听那铁器哐啷啷的敲击声就击打在她们的房门上，她俩都惊恐得瞪大了眼睛，因为那隆隆的锤打声就直接敲打在她们这扇门的上沿，那个高度她们俩谁也够不着，那个高度连卢克和博士也无法企及，紧接着，那股令人作呕、令人为之丧胆的寒气便从门外那不知究竟是何物的身上波涛汹涌般地卷进门来。

伊莲娜浑身僵直、一动不动地愣怔在那儿，两眼紧盯着房门。她一时拿不定主意究竟该怎么办才好，尽管她觉得自己的思维依然还算清晰，并没有被吓得精神失常，并没有被吓得魂飞魄散，可以肯定，并没有她在自己最可怕的噩梦中所受到的惊吓那么严重。使她惊慌失措的还不是那一声声让人心悸的敲击声，而是那股令人毛骨悚然的寒气。甚至连西奥朵拉的这件热乎乎的浴袍也不管用，抵挡不住脊梁骨上那冰冷的如同细细的手指尖在来回滑动的寒气。最明智的办法，也许吧，就是径直走过去，把房门打开，这样一来，也许吧，就能与博士的纯属科学考察的说法相一致了。伊莲娜心里明白，即使自己真能挪动双脚一步步走到门边，她也抬不起手来去拧那个门把手。她貌似公允、恍恍惚惚地对自己说，随便哪个人都不会抬手去碰那个门把手的。人虽然天生长了两只手，却不是用来做这种事情的，她暗暗告诫自己说。她站立不稳，身子在不住地摇晃，每一阵哐啷啷的敲门声都会吓得她倒退一小步，又过了一会儿,她才一动不动地站稳了身子,因为那令人惊悚的响声渐渐弱了。

"我要去找那个看门人投诉,这里的暖气片坏了,"西奥朵拉在她背后说,"那家伙停下来没有?"

"没有,"伊莲娜说,感觉有点儿恶心,"没有。"

那家伙已经发现她们了。既然伊莲娜不肯把门打开,那家伙恐怕要强行破门而入了。伊莲娜故意大声说:"我终于知道人家为什么直着嗓门尖叫了,因为我觉得我自己要直起嗓门尖叫啦。"西奥朵拉赶忙会意地说,"只要你尖叫,我就跟你一起尖叫。"说罢便哈哈大笑起来,于是,伊莲娜立即转身回到床前,两人紧紧相拥在一起,默不作声地侧耳听着外面的动静。只听一阵轻微的拍击声传来,那家伙在顺着门框的四周轻轻拍打着,是窸窸窣窣在寻找门缝的声音,在摸索着门的边缘,试图无声无息地溜进门来呢。已经摸到门把手啦,伊莲娜一边听着,一边悄声问道:"门锁上了没有?"西奥朵拉点了点头,紧接着,她又瞪大眼睛,扭过头去,惊恐地盯着通向浴室的那扇门。"我的门也锁上了。"伊莲娜贴着她耳朵说,西奥朵拉这才如释重负般地闭上了眼睛。那窸窸窣窣、不肯善罢甘休的声音还在沿着门框的四周摸索着,片刻后,门外那不知为何物的家伙仿佛勃然大怒起来,又一次猛烈敲打着房门,伊莲娜和西奥朵拉眼睁睁地看着门上的木板在颤动着、摇晃着,只见房门靠铰链的那一侧开始晃动起来。

"不许你进来!"伊莲娜粗声粗气地说,话音刚落,四下里顿时又是一派寂静,仿佛整个古宅都在十分关注地聆听着她这句话,在揣摩她这句话的意思,挖苦似的答应了她,在满足地等候着。这时,只听房门外传来了一阵细微、羸弱的咯咯儿的笑声,宛如一阵微风吹进了房间,那是一阵细细的由弱渐强的疯笑声,是那种极其微弱的如同窃窃私语般的呵呵一笑,却让伊莲娜听得脊梁骨上一阵阵地发毛,一阵细微的幸灾乐祸的笑声回荡在她们耳边,回荡在房间里,又过了一会儿,她听见楼梯口传来了博士和卢克的呼唤声,谢天谢地,这一切总算结束了。

等到四下里真正宁静下来之后,伊莲娜才惊魂甫定地喘了一口气,浑身僵直地走动起来。"我们俩彼此一直紧紧抱在一起呢,活像一对丢了魂儿的儿童似的,"西奥朵拉说着,把她缠在伊莲娜后颈上的两只胳膊松开来，"你穿着我的浴袍啊。"

"我没顾得上穿我自己的浴袍嘛。这一切真的结束了吗？"

"反正今天晚上应该到此为止了，"西奥朵拉确凿无疑地说，"难道你看不出来吗？你不是又暖和起来了吗？"

那股令人作呕的寒气总算过去了，只剩下那种毛骨悚然的感觉还残留在脊梁骨上，伊莲娜忍不住又朝门口看了看。她动手解开刚才裹在身上时系在浴袍腰带上的死疙瘩，然后说：

"强烈的寒气是受到惊吓的症状之一。"

"强烈地受到惊吓是我体验到的症状之一。"西奥朵拉说。

"卢克和博士来了。"他们的说话声就在门外的过道里，听上去似乎很着急，话语里充满了焦虑，于是，伊莲娜赶紧把西奥朵拉的浴袍朝床上一扔，说："看在老天爷的份儿上，别让他们敲那扇门了——再敲一次，我就要死定啦。"话音刚落，就跑进她自己的房间穿她自己的浴袍去了。她听得见西奥朵拉在她背后叫他们等一等，紧接着又听见她起身去开门的声音，随后便听见了卢克的说话声，卢克开心地对西奥朵拉说："哎呀，瞧你的脸色，活像见到了鬼似的。"

返身回来的时候，伊莲娜注意到，卢克和博士两人都穿戴得整整齐齐，于是，她忽然想到，从现在开始，这说不定就是一个挺不错的办法呢。假如那凛冽的寒气半夜里再次袭来，他准会发现，伊莲娜是穿着那套全羊毛的西装和厚厚的针织套衫睡觉的，万一达德利太太发现至少有一位女客是穿着厚厚的羊毛袜和鞋子和身躺在干干净净的被褥里睡觉的，伊莲娜也不在乎这女人会说出什么难听的话来。"我说，"她问道，"你们这两位绅士觉得住在一幢闹鬼的屋子里滋味怎么样啊？"

"好极啦，"卢克说，"好得很呢。让我有借口在半夜时分爬起来喝上一杯啦。"

他带来了那瓶白兰地和几只酒杯呢，伊莲娜心想，大家一定要结成伴儿，形成一个小团体才行啊，他们这一行四人，到了凌晨四点钟的时候，大家依然还围坐在西奥朵拉的房间里，喝着白兰地。大家都在说着轻松的话儿，都在抢着说话，时不时还飞快地、偷偷地朝别人瞥去一眼，想窥探别人的心思，每个人都心怀鬼胎，总想探听别人内心深处有什么不可告人的恐惧感在隐隐作祟，总想知道别人的脸色或者举动会露出什么样的变化，总想揣度别人有哪些毫无防备的弱点会打开通向毁灭的方便之门。

"我们在外面的时候，这里有没有发生什么情况？"博士问道。伊莲娜和西奥朵拉彼此交换了一下眼色，然后便哈哈大笑起来，终于坦坦荡荡地笑了，没有丝毫歇斯底里，没有任何恐惧地笑了。过了一会儿，西奥朵拉才小心翼翼地说："没有发生任何特殊情况。有人扛着一枚炮弹来敲门，后来还试图强行进屋来吃掉我们呢，发现我们不肯开门时，他就笑得像发了疯似的。不过，没有发生任何实在太过分的事情。"

出于好奇，伊莲娜径直走过去打开了房门。"我当时真以为整个门都快要散架了呢，"她说，一脸的困惑，"可是，木头上居然连一个划痕也没有，别的门上也都没有一丝痕迹，所有的门全都光滑滑的秋毫无损呢。"

"真好，居然没有毁坏这么精美的木刻，"西奥朵拉说着，朝卢克举起手中斟满了白兰地的酒杯，"要是这可爱的古宅被人搞坏了，我可受不了。"她朝伊莲娜咧嘴笑了笑。"这个傻瓜刚才差点儿就要直着嗓门尖叫起来了。"

"你不也一样嘛。"

"才不是呢。我那样说只不过是为了好跟你做伴儿罢了。何况，达德利太太已经表过态了，她是不会来的。可是，你们俩刚才到哪儿去啦，我们很有男子汉气概的护花使者？"

"我们在追赶一条狗呢，"卢克说，"至少可以说，那是一条像狗一样的动物。"他顿了顿，然后又很不情愿地接着说："我们一直追到屋外去了。"

西奥朵拉惊讶得瞪大了眼睛，伊莲娜说："你的意思是说，它起先就藏在这屋子里？"

"我看见它从我门口跑过去的，"博士说，"只隐隐约约看见了一个轮廓，一转眼就悄悄溜走了。我赶紧叫醒了卢克，我们一路跟踪它下了楼梯，追到屋外，跑进了花园，最后在庄园后面的某个地方不见了。"

"庄园的正门是不是敞开着的？"

"不是，"卢克说，"正门是紧闭的。其他那些门也都是关着的。我们都检查过。"

"我们在周围巡查了很长时间呢,"博士说,"我们做梦也没想到,你们这两位女士居然也眼睁睁地醒着,直到我们听见了你们的说话声。"他说得一本正经。"有一件事我们一直没有考虑到。"他说。

大伙儿都望着他,一派茫然,于是,他又摆开讲课的架势,扳着手指头开始讲解起来。"首先,"他说,"卢克和我醒得比你们两位女士都要早,这是明摆着的。我们已经上上下下、里里外外追逐了两个多钟头啦,到头来,你大概也会容忍我竟然说出这种话来吧,只不过是一场捉野鹅似的白费力气的追赶。其次,我们两个人都没有"——他一边说,一边像在征求意见似的朝卢克看了看——"我们两个人都没有听见楼上这边有任何动静,直到听见你们突然开始说起话来。当时四下里安静得一点儿声音也没有。也就是说,刚才锤打你们房门的那阵吵闹声,我们是听不见的。等我们放弃了警戒,决定到楼上来看看你们的时候,我们显然赶走了潜伏在你们门外的那个不知是何物的家伙。现在嘛,由于我们大家都坐在这儿,一切都安静下来了。"

"我还是不明白你这番话到底是什么意思。"西奥朵拉愁眉苦脸地说。

"我们必须多加小心才行啊。"他说。

"针对什么呢?怎样多加小心呢?"

"当卢克和我的注意力被吸引到屋外去的时候,你们两个却被牢牢禁锢在这间屋子里了,难道这还没有现出端倪来吗?"他说话的声音非常平静,"难道这还没有现出端倪来吗,出于某种不可告人的原因,他们的意图很明显,就是要把我们分割开来啊。"

第五章

伊莲娜在镜子前左顾右盼地端详着自己，明媚的晨曦甚至把希尔山庄这间蓝色的屋子都映照得焕然一新了，她暗暗想道，这是我在希尔山庄的第二个早晨啦，我高兴得简直连自己都不敢相信呢。旅程结束之际，便是情侣们的相会之时嘛。我已经安然度过了这一夜，虽然只是一个不眠之夜，我撒了许多谎，也傻乎乎地出尽了洋相，然而这里的氛围却像美酒一样有滋有味。我几乎被吓傻了，被吓得差点儿要灵魂出窍了，但是我也赢得了这份喜悦的心情。这份喜悦的心情我已经等待了很久啦。要是把埋藏心中的幸福感明明白白地说出来，就等于把它驱散得无影无踪了，这句相信了一辈子的话，现在总算抛开了，她朝自己在镜子中的形象莞尔一笑，默默地对自己说，你算有福啦，伊莲娜，你终于获得了一份能让自己知足的幸福感啦。她扭头望着别处，不再顾影自怜地端详镜子中自己的那张脸蛋了，心里不禁又胡思乱想起来，旅程结束之际，便是情侣们的相会之时。

"卢克？"是西奥朵拉的声音，在门外过道里大声叫喊着，"是你昨天夜里顺手牵羊拿走了我一条长筒袜吧，你真是个爱偷人家东西的浑蛋啊，但愿达德利太太能听得见我的话。"

伊莲娜依稀听见卢克在应答着，虽然声音很微弱。他辩解说，一位有绅士风度的人有权收藏他所心仪女士馈赠给他的心爱之物，他还说，他有十足的把握，达德利太太每一个字都听得清清楚楚呢。

"伊莲娜？"是西奥朵拉在使劲儿拍打着她们这两间卧室之间的那扇门。

"你醒了没有？我可以进来吗？"

"进来吧,你当然可以进来呀。"伊莲娜说着,又朝镜子里自己的脸蛋看了看。你就知足吧,她对自己说,这是你花了一辈子时间才挣来的幸福生活呢。

西奥朵拉一推开门,就开心地嚷嚷起来,"哇,你今天早晨的模样多漂亮啊,我的傻瓜。看来这种离奇古怪的生活倒挺适合你呢。"

伊莲娜朝她粲然一笑,这种生活显然也挺适合西奥朵拉呀。

"按理说,我们走到哪里都应当带着黑黑的眼圈儿和一副失魂落魄的样儿才是呀,"西奥朵拉一边说,一边伸出一只胳膊搂着伊莲娜,站在她身旁照起镜子来,"瞧我们两个——就是活脱脱的两个如花似玉、清纯可爱、风华正茂的大美人儿呢。"

"我已经是三十四岁的人啦。"伊莲娜说,自己也不知何故为什么要鬼使神差地把自己的年龄增加了两岁。

"可你看上去就像个十四岁左右的美人儿呢,"西奥朵拉说,"快走吧,我们已经把早饭挣到手啦。"

两人爽朗地笑着,奔下宽阔的楼梯,认清路径,穿过棋牌室,走进了餐厅。"早上好,"卢克神采奕奕地说,"大家睡得怎么样?"

"睡得可香啦,谢谢你,"伊莲娜说,"睡得像个小宝贝似的呢。"

"也许有那么点儿小动静吧,"西奥朵拉说,"不过,凡是住进这种古宅里的人,这一点也该是意料之中的事儿。博士,我们今天上午准备干什么呢?"

"嗯——"博士说着,抬起头来看了看。唯独只有他一个人显得很疲惫,不过,他那双眼睛依然炯炯有神,大伙儿彼此看了看,发觉个个脸上都神采奕奕的,博士也一样。那是兴奋的表情啊,伊莲娜暗暗想道,我们大家个个都自得其乐呢。

"巴列钦庄园也好,"博士说,那种拿腔拿调的语气为他的话语平添了几分魅力,"波利·莱克多利古堡也好,格莱美斯城堡也罢[1],没想到在这里都身临其境般地体验到了,简直令人难以置信啊,绝对让人难以置

---

[1] 格莱美斯城堡(Glamis Castle),位于苏格兰境内的一座宏伟壮观的皇宫,也是苏格兰最有名的"鬼堡"之一,建造于公元14世纪,是伊丽莎白女王童年时代的居住地,伊丽莎白的第二个女儿玛格丽特公主也在此诞生。如今该城堡已被列入英国"国家级古建筑名录"和"苏格兰著名园林和风景名胜保护名录"。

信。我都不敢相信这是真的了。我总算渐渐明白了，虽然还有些模模糊糊，你们真正的灵媒所体验到的那种若即若离的喜悦之情。我想，我应该尝尝那份马莱兰果酱的味道了，劳驾你帮我递过来好吗？谢谢你。我太太从来都不肯相信我的话。饭菜换了新口味啦——你们也有同感吗？"

"这么说，达德利太太不仅仅是超越了她自己呀，我原先还在怀疑呢。"卢克说。

"我一直在努力回忆，"伊莲娜说，"我是说，昨天夜里的事情。我能回想起来的只是知道我当时被吓坏了，可就是想象不出当时那种被吓坏了的真实情景——"

"我只记得那股寒气。"西奥朵拉说着，忍不住又打了个寒噤。

"我觉得，那是因为按照我平常习惯的思维模式来看，那种情景太不真实了，我是说，那种情况太不可思议了。"伊莲娜说罢，嘿嘿一笑，觉得有些难为情。

"我同意你的说法，"卢克说，"我今天早上还在情不自禁地对自己诉说着昨天夜里发生的事情呢。事实上，那就是一场噩梦的翻版嘛，你在噩梦中会反复对自己说，那种情况绝不是真的。"

"我当时觉得，那情景太惊险了。"西奥朵拉说。

博士抬起一根手指头做了个警告的手势。"现在看来，依然完全有这种可能，全都是地下的水流所造成的。"

"这么说，人们应该在那些神秘的泉水上面多盖些房子才对呀。"西奥朵拉说。

博士皱起了眉头。"这个令人兴奋的问题倒是我一时难以解答的。"他说。

"当然，这个想法确实很令人陶醉，不过，那样做会不会同样也很有危险呢？希尔山庄的这种氛围效果怎么样？我们所掌握的第一个迹象——姑且这么说吧——不就是被某种符咒镇压着的吗？"

"那好，我就来做一个被魔法所迷的公主吧。"西奥朵拉说。

"但是，话说回来，"卢克说，"就算昨天夜里希尔山庄使出了真手段，我们也不会有太大的麻烦的。我们的确吓坏了，这是肯定的，也觉得这场体验如果再这样下去会不愉快的，然而我记得，我当时并没有感觉到有任何实质性的危险啊。即使西奥朵拉说，她门外有个不知为何物的家伙想闯进来吃掉她，她的诉说听上去其实也——"

"我知道她这话是什么意思，"伊莲娜说，"因为我当时也觉得，这是最贴切不过的字眼儿了。当时的那种感觉就是这样的，他想一口吞下我们，把我们收进他的腹中，使我们成为这古宅里的一部分，也许——啊，我的天哪。我当时觉得我心里很清楚我想说什么，可是我现在却把话说得这么语无伦次。"

"根本不存在任何实质性的危险，"博士斩钉截铁地说，"在所有那些流传已久的鬼魂故事中，从来就没有任何鬼魂实质性地伤害过什么人。那种无独有偶、无法挽回的破坏，完全是由受害者自己所造成的。我们总不至于说鬼魂会攻击我们的头脑吧，因为我们的头脑，我们的意识，我们有思维能力的头脑，是无懈可击的；在我们所有人的神志清醒的头脑里，如同我们此刻坐在这儿说话一样，一丝一毫也不会相信这世上有鬼魂存在。我们当中的任何一个人，即便经历了昨天夜里的这场虚惊，只要说到'鬼魂'这个字眼儿，都会情不自禁地报以一笑。没错，那种超自然的鬼魂显灵现象的最大威胁是，它会攻击我们现代人头脑中意志最薄弱的环节，因为我们已经摒弃了迷信这一具有保护作用的盔甲，却还没有找到可以替代它的防御措施。我们大家谁都不会理直气壮地认为，昨天夜里从花园里跑过去的那个家伙就是鬼魂，也不会认为那个半夜来敲门的家伙就是鬼魂；但是，昨天夜里希尔山庄肯定有情况发生了，而我们头脑里的本能的避难意识——自我怀疑意识——却被抹杀了。我们不可能说，'那是我主观臆想出来的，'因为另外三个人当时也都在场。"

"我也可以这样说，"伊莲娜笑着插嘴说，"你们三个人全都是我主观臆想出来的，这一切没有一样是真实的。"

"假如我认为你当真会相信这种事情的话，"博士正颜厉色地说，"我今天上午就把你赶出希尔山庄。你准会一意孤行，越走越远，滑向濒临危险的心态的，这种心态会使你怀着姐妹般的成见，巴不得看到希尔山庄走向毁灭。"

"他的意思是说，他会认为你已经神经错乱了，亲爱的傻妞儿。"

"好吧，"伊莲娜说，"我倒要看看我究竟会不会神经错乱。假如我果真倒向了希尔山庄这一边，故意跟你们所有的人作对，我希望你们会打发我走人。"怎么可能是我呢,她心里感到很诧异,怎么可能是我呢?难道大家都认为是我心里有鬼?总是指望我用冷冰冰的话语说出别人不愿说的话来,他们这几个人因为太傲慢,想不到说这些话的。难道我就是这群人里意志最薄弱的人吗,还不如西奥朵拉?在我们所有人当中,她想,我肯定是最不可能跟大伙儿作对的人了。

"那些敲击作声闹恶作剧的鬼完全是另一码事儿,"博士说,目光在伊莲娜身上停留了片刻,"他们纯粹是针对物质世界而来的。他们乱扔石块,他们移动物体,他们摔碎盘子。波利·莱克多利古堡的福伊斯特夫人,就是一个长年忍受着这种折磨的女人,但是,当她最心爱的茶壶也被扔出了窗外时,她终于忍无可忍,怒不可遏地大发脾气了。但是,敲击作声闹恶作剧的鬼,在超自然的社会等级上,属于级别最低的一等。他们固然极具破坏作用,却没有头脑,也没有意志,他们仅仅只是一种没有特定目标指向的破坏力而已。你们都还记得吗,"他微微一笑,问道,"奥斯卡·王尔德的那篇凄美动人的短篇小说,《坎特维尔古堡的幽灵》[1]?"

"两个美国孪生姊妹追逐那个风流倜傥的英国老鬼的故事。"西奥朵拉说。

"没错。我一直很喜欢这部作品的理念,那两个美国孪生姊妹其实就是一个敲击作声闹恶作剧的鬼的形象再现。当然,敲击作声闹恶作剧的鬼,可以使任何一个更加引人入胜的鬼魂显灵现象相形见绌。恶鬼驱除善鬼嘛。"说到这里,他高兴地拍了拍手。"恶鬼同时也把别的一切统统驱除掉了,"他又补充说,"苏格兰就有这样一座庄园,大批敲击作声闹恶作剧的鬼终年出没在那儿,一天之内庄园里竟然有多达十七个地方同时发生了火灾。敲击作声闹恶作剧的鬼一般都喜欢在床头床尾来回敲打,吓得人魂飞魄散地从床上翻滚下来,我记得有这样一起案例,有一个牧师万般无奈之下不得不搬离了他的家园,因为他实在受不了那种日复一日的折磨,有一个敲击作声闹恶作剧的鬼老是朝他头上扔赞美诗

---

[1] 《坎特维尔古堡的幽灵》(The Canterville Ghost, 1887),英国戏剧家、小说家、诗人,"唯美主义运动"的倡导者奥斯卡·王尔德(Oscar Wilde, 1854—1900)公开发表的第一篇短篇小说,后来收录在他的短篇小说集《亚瑟·萨维尔勋爵的罪行及其他故事》(Lord Arthur Savile's Crime and Other Stories, 1891)中。小说以英国著名的"鬼屋"坎特维尔古堡为背景,将传统鬼怪故事中的惊悚恐怖与喜剧元素融合在一起,并纳入了盛行于当代美国的消费之风的种种象征。小说发表后至今,被多次改编成舞台剧和电影在各地上映,经久不衰。

集，那些赞美诗集都是那个鬼从他敌对的教堂里偷来的。"

突然之间，无缘无故地，阵阵带着颤音的笑声在伊莲娜心中油然而起。她真想快步冲向桌子的上首，去拥抱博士，她真想漫步徜徉在那片草坪上，一路哼着小调穿行在一簇簇鲜花草丛中，她真想去放声歌唱，去亮开嗓子呼喊，舒开双臂，痛快淋漓、惟我独尊地踏着欢快的舞步，一圈又一圈地旋转在希尔山庄的各个房间里。我来啦，我来啦，她心中在遐想着。她赶忙闭上了眼睛，沉浸在欢乐之中，过了一会儿，她才装着羞羞答答的样子对博士说："我们今天做什么呢？"

"你们依然还像是一群顽皮的孩子啊，"博士说，脸上也露出了笑容，"老是来问我今天该干什么。你们难道就不能带着你们心爱的玩具去自娱自乐吗？或者互相开开玩笑逗乐？我有我的事情要做呢。"

"我最想干的事情其实是，"西奥朵拉在咯咯儿地笑着说，"骑在那个栏杆上往下滑。"她心中忽然想到的是那种十分刺激的快感，伊莲娜也同样想到了这一点。

"玩捉迷藏吧。"卢克说。

"尽量不要一个人到处去溜达得太久，"博士说，"我暂时还想不出一个充分的理由为什么不能，但是这样做看来才是明智之举。"

"因为树林里有黑熊呀。"西奥朵拉说。

"阁楼里还有老虎呢。"伊莲娜说。

"塔楼里还有一个老巫婆，会客室里也有一条巨龙。"

"我可不是说着玩儿的。"博士笑着说。

"现在是十点钟。我要打扫——"

"早上好，达德利太太。"博士说，于是，伊莲娜、西奥朵拉、卢克都忍不住仰面哄笑起来，笑得前仰后合。

"我十点钟开始打扫。"

"我们不会让你等很久的。请再宽限我们大约十五分钟吧，那时候你就可以来收拾餐桌了。"

"我十点钟收拾早晨桌。我一点钟摆好午饭。晚饭我六点钟准备好。现在是十点钟。"

"达德利太太，"博士开始严肃起来，回头一看，却发现卢克的那张脸由于想憋住自己不笑出声来而绷得紧紧的，便拿起餐巾捂着自己的眼睛，但还是憋不住笑出声来，"你可以来收拾餐桌啦，达德利太太。"博士笑得断断续续地说。

多快活啊，他们爽朗的笑声一路回荡在希尔山庄的厅堂、过道里，回荡在会客室里的大理石群像之间，传向了楼上的儿童室，飘向了塔楼上奇形怪状的小尖顶，大伙儿顺着甬道摩肩接踵朝他们熟悉的那间小会客室走去，一进屋，个个都笑得倒在了椅子里，却依然大笑不止。"我们不该这样捉弄达德利太太啊。"博士说着，朝前探过身来，两只手捂着脸，肩膀还在抖个不停。

他们开怀大笑了好一阵子，笑声中时而还夹杂着含混不清的只言片语，彼此偶尔交头接耳地说上一两声私房话，相互放肆地指着对方的鼻子，他们的阵阵欢笑声在希尔山庄回音缭绕，不绝于耳，直到大伙儿都笑得没了力气，笑得肚子都疼了，这才仰面朝天地躺下来，大家你看看我，我看看你，都泄了劲儿。"我说——"博士刚要开口说话，却又再次被突如其来的一阵咯咯儿的轻笑声打断了，原来是西奥朵拉忍不住又笑了起来。

"我说——"博士再次说，而且加重了语气，于是，大伙儿顿时安静下来。"我还想再来点儿咖啡，"他说，声音很动人，"难道我们大家不能一起去要吗？"

"你的意思是，直截了当闯进那间屋子，找达德利太太要吗？"伊莲娜问道。

"在既不是一点钟，又不是六点钟的时候，直接走到她面前，理直气壮地要求她再给我们来点儿咖啡吗？"西奥朵拉急切地问道。

"大体上说，是这样吧，"博士说，"卢克啊，我的好小伙子，我仔细观察过了，你好像已经博得了达德利太太的欢心，成了她心目中的大红人啦——"

"哦，怎么看出来的呢？"卢克一脸惊异地问道，"凡是无凭无据的事情，你都要想方设法地去仔细观察吗？达德利太太看我的眼神，同样也带着格外厌恶的表情的，她拿给我的盘子就不是好端端地放在餐具架上的，在达德利太太的心目中——"

"不管怎么说，你毕竟是这个庄园的继承人嘛，"博士好言相劝地说，"达德利太太肯定对你有感情的，就像一个家族的老管家对少爷的感情一样。"

"在达德利太太的心目中,我的地位恐怕还不如一把丢弃的叉子呢。我求求你,要是你存心想去找那个老糊涂蛋要什么东西的话,你就指派西奥去吧,或者指派我们这位迷人的傻妞儿去。她们俩不怕——"

"不行,"西奥朵拉说,"你们不能指派一个弱女子去低声下气地面对达德利太太。傻妞儿和我应该是这儿受保护的对象,不能去硬充好汉为你们这两个胆小鬼做挡风的墙。"

"博士——"

"胡说八道,"博士开心地说,"你肯定不会动歪点子要我去吧,怎么说,我也算一个年长的老汉呀,你明明知道她很喜欢你。"

"好你个蛮不讲理的白胡子老汉,"卢克说,"为了一杯咖啡就要牺牲我的性命。千万不要感到震惊,我可是怀着沉痛的心情说这种话的,你们要是因为这件事白白葬送了你们的朋友卢克的性命,千万不要感到震惊。也许达德利太太还没有吃完她自己的早饭呢,她完全能够做到用卢克的里脊肉做成法式面拖肉排[1],或者做成法式拼盘色拉[2],这要取决于她的心情;假如我回不来了"——他伸出一根手指头警告地在博士的鼻子下面晃了晃——"我恳求你们,一定要带着极大的怀疑仔细检查你们的午饭。"他十分夸张地朝大家深深鞠了一躬,犹如一名舍我其谁的勇士即将出发去杀死一个巨人一样,然后便随手关上门走了。

"可爱的卢克。"西奥朵拉无比惬意地伸了个懒腰。

"可爱的希尔山庄,"伊莲娜说,"西奥,侧面那个花园里好像有一个供人夏天去纳凉的小凉亭,到处都长满了藤蔓。我昨天就注意到了。我们今天上午去勘查一下吧,好吗?"

"乐于奉陪,"西奥朵拉说,"我可不想让希尔山庄有一寸土地没被眷顾到。不管怎么说,这么美好的天气,也不能老是闷在屋子里呀。"

"我们会请卢克也来的,"伊莲娜说,"你呢,博士?"

"我的笔记——"博士刚开了个头,便立即打住了,因为就在这时,房门出其不意地猛然被人推开,由于来得太突然,伊莲娜头脑里只有一

---

[1] 此处原文为法语:*filet de Luke a la meuniere*。
[2] 此处原文为法语:*dieppoise*。

个念头，那就是，卢克根本就没敢去面对达德利太太，而是站在门外等着，身子紧贴在门上。随后，当她望着卢克那张煞白的脸，听见博士在气呼呼地说："是我破坏了我亲自定下的第一条规矩，是我指派他一个人去的。"情急之下，她只能不由自主地问道："卢克？卢克？"

"没事儿，"卢克说，甚至还笑了笑，"不过是跑进那条狭长的过道里了。"

由于被他的脸色、他说话的声音、他的苦笑吓得浑身发冷，大家都默然无语地站起身来，跟在他身后出了房门，鱼贯走进那条狭长的黑乎乎的过道，过道的反方向是通向山庄的正大门的。"瞧这儿。"卢克说，伊莲娜看见他手里举着一根点燃的火柴照在墙壁上，只觉得自己的脊梁骨上由上而下弯弯曲曲地起了一层鸡皮疙瘩。

"这是——笔迹吗？"伊莲娜一边问，一边凑上前来查看。

"是笔迹，"卢克说，"我起先压根儿就没注意到，回来的时候才看见的。达德利太太说不行。"他补了一句，声音很不自然。

"用我的手电筒。"博士从口袋里掏出手电筒，随后，在手电筒光的照耀下，他慢慢从过道的这头走到另一头。"粉笔。"博士说着，上前一步，用手指尖摸了摸其中一个字母。

"用粉笔写的。"

这笔迹上的字写得很大呀，张牙舞爪的，真应该好好看一看，伊莲娜暗暗想道，仿佛像那些坏小子在栅栏上信手留下的字迹潦草的涂鸦。然而事实恰恰相反，这分明是真实得令人难以置信的笔迹，是断断续续地顺着过道厚实的护墙板一路写过去的。那些字母从过道的一头一直延伸到另一头，字体大得简直无法看得清，即便她后退了几步，背靠着过道另一边的墙壁，也没法辨认。

"你能不能读一下？"卢克轻声问道，于是，博士移动着手电筒，慢慢读出声来：

救伊莲娜回家

"不。"伊莲娜感觉这几个字死死地堵在她喉咙里。博士在念的时候，她已经看见了自己的名字。这就是我呀，她暗暗想道。这是我的名字，触目惊心地写在那儿呢，写得清清楚楚。我不该挂在这座古宅的墙壁上。"把它擦掉吧，求求你，"她说，接着便感觉到西奥朵拉伸过胳膊搂着她的肩膀，"简直是疯了。"伊莲娜说，心中一片茫然。

"'疯了'这个词用得好，行啦，"西奥朵拉坚强地说，"回屋里去吧，傻妞儿，坐下来歇歇。卢克会去找东西来擦掉它的。"

"可是，这种做法简直是疯了，"伊莲娜说着，又回过头去望着墙壁上自己的名字，"为什么——"

博士硬把她拖进门来，一走进小会客室里，就随手关上了门。卢克已经用他自己的手绢狠狠擦掉了那条标语。"喂，你听我说嘛，"博士对伊莲娜说，"不过是因为你的名字——"

"问题就在这儿，"伊莲娜说，两眼愣愣地望着他，"那家伙知道我的名字，对不对？那家伙知道我的名字。"

"别说了，行不行？"西奥朵拉气得使劲儿推搡了她一下，"我们当中任何一个人名字那家伙都能报得出呢，我们所有人的名字他全知道。"

"那是你写的吧？"伊莲娜转过身来对西奥朵拉说，"请告诉我——我不会生气的，也不会做出任何举动的，你就告诉我吧，这样，我才能明白这到底是怎么回事儿——也许只是个玩笑？或者是想吓唬我一下？"她楚楚动人地望着博士。

"你明明知道，我们谁也没写过那种标语。"博士说。卢克走进屋来，一边走，一边用手绢擦着手，伊莲娜立即满怀希望地朝他转过身来。"卢克，"她说，"那是你写的吧，对不对？是你出去的时候写的吧？"

卢克愣了一下，随即便走过来坐在她椅子的扶手上。"听我说，"他说，"你希望我去到处写下你的名字吗？把你名字的首字母刻在树干上？把'伊莲娜，伊莲娜'写在一张张小纸片上？"他温柔地捋了一下她的头发。"我理智得很，"他说，"注意一下你自己的形象吧。"

"可是，为什么偏偏是我呢？"伊莲娜说着，朝众人一个个看过来，我成了局外人啦，她狂躁地想道，我成了那个被人家盯上的人啦，于是，她急切地、可怜兮兮地说，"难道我做过什么引人瞩目的事情，比谁都过分吗？"

"没做过任何出格的事情，亲爱的。"西奥朵拉说。她此刻正站在壁炉边，身子斜倚在壁炉架上，轻轻打着响手，她一边说着话，一边笑容满面地看着伊莲娜。

"也许是你自己写的吧。"

伊莲娜一听这话，气得差点儿大叫起来。"你以为我就想看到我名字在这臭不可闻的古宅里涂得到处都是啊？你以为我喜欢哗众取宠，成为万众瞩目的中心啊？不管怎么说，我反正不是被人家宠坏了的宝贝疙瘩——我不喜欢被人当作出头的鸟儿——"

"那是在求救呢，你注意到没有？"西奥朵拉轻描淡写地说，"也许那个可怜的小女伴儿的灵魂终于找到可以沟通的方式啦。也许她只是在等待着某个不光彩的、假装羞涩的——"

"也许那只是写给我看的，因为世上没有任何求救的呼吁能够打动你那自私的铁石心肠。也许我更富有同情心，更善解人意，马上就能体谅别人，比——"

"也许吧，当然啦，说不定就是你自己写的呢。"西奥朵拉又说了一遍。

看到女人在争吵，博士和卢克按照男人的方式，早已躲在一边，两人紧挨着站在一起，不敢出声、愁眉苦脸地观望着。到了这个地步，卢克终于忍不住过来说话了。"话说到这个份儿上，已经够啦，伊莲娜。"他说，他这话简直太让人不敢相信了，伊莲娜猛然转过身来，气得直跺脚。

"你怎么敢这样说话？"她说，大口喘着粗气，"你好大的胆子啊！"

博士却在一旁哈哈大笑起来，于是，她狠狠瞪了他一眼，接着又朝卢克瞪了一眼，却见卢克正面带微笑地注视着她。我这是怎么啦？她暗暗寻思。那么——但是，他们肯定以为西奥朵拉是有意这样做的吧，故意激怒我，把我气得发疯，这样一来，我就不会感到害怕了。被人家如此这般的摆布，多丢人啊。她捂着脸，在椅子里坐下来。

"傻妞儿，亲爱的，"西奥朵拉说，"我向你道歉。"

我也该说点儿什么才对呀，伊莲娜暗暗告诫自己，我必须让他们明白，不管怎么说，我也算得上一个老好人呀，一个老好人，让他们觉得我为自己感到害臊了吧。"我向你道歉，"她说，"我刚才真吓坏了。"

"你当然吓坏啦。"博士说,于是,伊莲娜又暗暗想道,他多么单纯,多么襟怀坦白啊。凡是对自己亲耳听到的每一件事,哪怕是傻得可笑的事情,他都信呢。他甚至以为,西奥朵拉刚才吓得我要歇斯底里大发作吧。她朝博士微微一笑,心里却在暗暗想道,我现在又回归到这个小团体里来啦。

"我刚才真以为你马上就要开始扯开嗓门尖叫了,"西奥朵拉说着,走过来跪在伊莲娜的椅子边,"换了我,我恐怕早就尖叫起来啦。可是,我们哪儿舍得让你发作起来呢,你知道的。"

我们舍不得让任何人成为这个舞台的中心啊,只有西奥朵拉除外,伊莲娜暗自思忖着。假如伊莲娜成了局外人,她就成了孤家寡人啦。她伸出手去,轻轻拍了拍西奥朵拉的脑袋,然后说:"谢谢。我估计我刚才好像都吓得有点儿发抖了。"

"我真担心你们两个马上要打起来了呢,"卢克说,"后来我才明白西奥朵拉在搞什么名堂。"

伊莲娜微笑着低下头去,望着西奥朵拉的那双明亮、欢快的眼眸,心里却在想,但是,那根本就不是西奥朵拉在搞什么名堂。

时光在希尔山庄懒洋洋地流逝着。伊莲娜和西奥朵拉,博士和卢克,由于都保持着高度戒备,严防再有恐怖事件发生,由于置身在那郁郁葱葱、绵延起伏的群山的团团包围之中,由于安安稳稳地守在这古宅温暖、幽深、奢侈得应有尽有的氛围里,他们总算度过了一个太平清净的白天,度过了一个太平清净的夜晚——清净得也许都让他们觉得有点儿乏味了。大家一日三餐都在一起吃,而且达德利太太的饭菜照样还是那么美味可口。大家聚在一起聊天,下棋。博士已经看完了《帕美勒》,开始看《查尔斯·格兰迪森爵士》[1]了。由于迫切需要偶尔有自己的私生活,他们有时也在各自的房间里单独一个人消磨几个钟头,居然

---

[1] 《查尔斯·格兰迪森爵士》(*The History of Sir Charles Grandison*,1753),塞缪尔·理查逊的第三部长篇小说,也用书信体写成,是一部劝世的爱情小说。小说描写女主人公哈丽雅特·拜伦的爱情故事,她被哈格雷夫·波利柯思芬爵士所追求,在她断然拒绝了波利柯思芬之后,他绑架了她,直到查尔斯·格兰迪森爵士前来解救她,她才重新获得了自由。小说着重描写的是格兰迪森爵士的生平故事,因此他才是这部小说的中心人物。

也无人来打扰。西奥多拉、伊莲娜和卢克前去勘查了屋后那片错综复杂的灌木林，终于找到了那个小凉亭；博士则坐在宽阔的草坪上，忙着写他的东西，大家都在彼此的视线和听觉范围之内。他们发现了一个围在篱笆墙内的玫瑰园，里面已是杂草丛生，还发现了一个菜园，在达德利夫妇的悉心浇灌下，蔬菜长得很茂盛。他们时常谈起要在那条小溪边组织一次野炊的事儿。凉亭附近有不少野草莓，西奥朵拉、伊莲娜和卢克回来时，带来了包得满满一手绢的野草莓，放在博士身边的草地上。他们吃着野草莓，个个手上和嘴唇上都沾满了野草莓的汁液。博士从笔记本上抬起头来，饶有兴趣地望着他们，真像一群孩子啊，博士对他们说。他们每个人都做了笔记——写得很马虎，也不大注意细节——把他们到目前为止在希尔山庄的所见所闻都记载下来了，博士把这些记录纸都收进了他的文件包里。第二天上午——他们来到希尔山庄的第三个上午——在卢克的协助下，博士趴在楼上那条过道的地板上，可爱而又发疯似的忙碌了整整一个钟头，一会儿用粉笔画，一会儿用卷尺量，想确定那个寒风口的准确范围，伊莲娜和西奥朵拉则盘腿坐在过道的地板上，一边记录下博士测量出的数据，一边玩圈圈叉叉游戏。博士的这项工作开展得相当不顺，因为他的两只手老是被那股极强的寒气冻得簌簌发抖，无论是拿粉笔画，还是用卷尺量，每次都不能超过一分钟。卢克因为待在儿童室的门洞里，还能勉强握着卷尺的一端，但是手一伸进寒风口就冻得吃不消，不一会儿手指就没了力气，只好无可奈何地松下来。一只温度计，就放在那寒风口的中心位置，却根本不显示任何温度变化，而是摇摇摆摆地保持着原有的温度，显示的温度与整个过道其余地方的温度一模一样，害得博士破口大骂起波利·莱克多利古堡的那些统计员来，因为那帮统计员曾经在那儿测出过一个下降了十一度的温度差。等到他终于尽其所能测定好寒风口的范围，并且在笔记本上记下了各项测量结果后，他才领着大家下楼来吃午饭，还向大家提出了一个大家都感到为难的要求：在午后的凉风中到槌球场来见他。

"这样做似乎很愚蠢啊，"他自我解嘲地说，"把一个这么风和日丽的上午花在查看地板上的一个冷冰冰的地点了。我们必须做出安排，在户外多花些时间——"见大家都在笑，他居然还有点儿意外的样子。

"这附近是不是还另有一个世界？"伊莲娜满腹狐疑地问道。达德利太太为他们做了鲜桃酥饼呢,她低头望着自己的盘子,又接着说:"我敢肯定,达德利太太每天夜里都到另外某个地方去了,因为每天早晨她都背回来沉甸甸的奶油,达德利每天下午都把日用品送上楼来,可是,据我所知,附近除了这座山庄,没有别的地方呀。"

"我们待在一座孤岛上呢。"卢克说。

"除了希尔山庄,我想象不出还另有别的世界。"伊莲娜说。

"也许是吧,"西奥朵拉说,"我们应该在一根木棒上刻上槽痕,每天刻一道,或者把鹅卵石堆成一堆,每天堆一个,这样一来,我们就能知道我们被放逐在这杳无人迹的孤岛上过了多少天了。"

"这样多开心啊,外界的什么话也听不到。"卢克毫不客气地取了一大块生奶油。"没有信件,没有报纸,什么事情都可能发生。"

"不幸的是——"博士说,却欲言又止。"请各位原谅,"他接着说,"我刚才的意思只是想说,外界的话我们马上就要听到了,当然,那也谈不上是不幸。蒙塔古太太——也就是,我夫人——星期六就到这儿来。"

"可是,哪天是星期六呢?"卢克问道,"当然,很高兴能见到蒙塔古太太。"

"后天吧。"博士想了想。"没错,"他想了有一分钟,然后才说,"我觉得后天是星期六。当然,我们会搞清楚后天就是星期六的,"他眨了眨眼睛,对大伙儿说,"因为蒙塔古太太就要到这儿来了。"

"但愿她不要对夜里发生的那些磕磕碰碰的事情抱有过高的希望,"西奥朵拉说,"我认为,希尔山庄已经大大违背了它原先许下的承诺。说不定蒙塔古太太会面临一系列前所未有的心灵体验的。"

"蒙塔古太太,"博士说,"有充分的思想准备,肯定会欣然接受的。"

"我真弄不明白,"西奥朵拉对伊莲娜说,他们此时在达德利太太虎视眈眈的目光的监视下,已经起身离开了餐桌,"为什么所有的事情都变得这么安静了。我觉得这种蓄而不发的状况才挑人神经呢,甚至还不如真发生点儿什么事情好。"

"蓄而不发的不是我们,"伊莲娜说,"是这座古宅。我觉得它是在拼时间。"

"蓄而不发,大概是想等到我们感觉太平无事了,那时候它就好出来发作了。"

"我就不明白,它到底还能等多久。"伊莲娜不禁打了个哆嗦,拔脚登上宽大的楼梯。"我都忍不住想给我姐姐写封信了。你知道——'在喜气洋洋的希尔山庄古宅这边度过了一段无比美妙的时光……'"

"'明年夏天你真的一定要做好安排,把全家人都带到这儿来避暑,'"西奥朵拉接着说,"'我们每天夜里都是盖着毛毯睡觉的……'"

"'空气那么令人心旷神怡,尤其在楼上的过道里……'"

"'你随时都可以四处去走走看看,你会很高兴地发现到处都生机盎然……'"

"'每分钟都有节目在上演……'"

"'现代文明似乎显得十分遥远……'"

伊莲娜哈哈大笑起来。她走在西奥朵拉的前面,已经来到了楼梯口。幽暗的过道今天下午总算有了点儿光亮,因为他们留着儿童室的门没关,阳光透过塔楼边的那几扇窗户照进屋来,摩挲着博士丢在地板上的卷尺和粉笔。透过彩色玻璃窗反射过来的光线洒落在楼梯口的平台上,把过道黑黝黝的板壁映照得斑斑驳驳,蓝、橙、绿色交相辉映。

"我要睡觉去了,"她说,"我这辈子也没有这样懒散过。"

"我要躺在床上梦想那些有轨电车。"西奥朵拉说。

伊莲娜已经养成了习惯,进屋前要先在门口踯躅片刻,飞快地四周张望一下,然后才进屋。她暗暗提醒自己,这是因为房间的色调实在太蓝的缘故,总要过一会儿才能适应。进屋后,她径直朝窗前走去,想把窗户打开,因为她老是发现窗户被人关上了。今天倒好,她刚走到中途,就听见西奥朵拉的房门"砰"的一下关上了,接着便听见西奥朵拉闷哼了一声:"伊莲娜!"伊莲娜急转身冲进过道,飞奔到西奥朵拉的房门口,猛然收住脚步,几乎被吓蒙了,隔着西奥朵拉的肩膀向前望去。

"那究竟是什么?"她压低嗓子问道。

"你看看像什么?"西奥朵拉的嗓门没来由地陡然高了起来,"你看看像什么,你这傻妞?"

就凭她这句话,我也不能原谅她呀,伊莲娜虽说一头雾水,仍然思维清晰地暗暗想道。"看上去好像是油彩,"她犹豫不决地说,"只是"——忽然明白过来——"只是气味很难闻。"

"那是血,"西奥朵拉斩钉截铁地说。她软绵绵地朝门上靠去,身子随着房门的移动摇晃着,惊恐地瞪大眼睛望着。"到处都是血。你看见没有?"

"我当然看见啦。也没到处都是血呀。别这么一惊一乍的啦。"话虽这么说,她凭良心暗暗思忖道,西奥朵拉其实也算不上大惊小怪。这些天来,每一次都这样,她暗暗想道,我们当中总有一个人要仰起头来,煞有介事地嚷叫一通,但愿这个人不是我,因为我一直在小心提防着呢,这个人必定是西奥朵拉,她这人……想到这里,她打了个寒噤,脱口问道:"是不是墙上又有字迹了?"却听见西奥朵拉肆无忌惮的笑声,于是,心里又在想,说不定那个人就是我呢,不管怎么说,我可经不起这样折腾啊。我一定要稳住神,于是,她闭上了眼睛,情不自禁地在心里默默念叨着:啊,停下来听一听吧,你真正的心上人来啦,高尚和俚俗的歌谣他都会唱。无需再前往他乡,可爱的甜心;旅程结束之际,便是情侣们的相会之时……[1]

"没错,的确是这样,亲爱的,"西奥朵拉说,"我真不知道你怎么这样沉得住气。"

每一个聪明人的儿子都知道。"还是明智点儿吧。"伊莲娜说。

"叫卢克过来吧。还有博士。"

"为什么?"西奥朵拉问道,"不就是私下里给我来了一次小小的突然袭击吗?不就是针对我们两个人的一个秘密勾当吗?有什么了不起?"说罢,她全然不顾伊莲娜在竭力阻拦她再往屋里走,闪身躲开了伊莲娜,快步冲到那个庞大的五斗橱前,恶狠狠一把拉开橱门,接着便大叫起来。"我的衣服,"她说,"我的衣服啊。"

伊莲娜不慌不忙地转身朝楼梯口走去。"卢克,"她伏在栏杆上探过身子喊道,"博士。"她的喊声并不高,她想让自己的声音尽量显得平淡些,不料,却听见博士的书"啪"的一声掉在地板上,随即便听到博士和卢克朝楼梯这边急奔而来的脚步声。她注视着他们,渐渐看清了他们

---

[1] 语出莎剧《第十二夜》第二幕第三场,是安德烈爵士的台词。

充满疑惧的面孔,心里对这种人人都惴惴不安的现状感到有些茫然不解,这种人人都岌岌可危的气氛沉重地压抑在大家的心头,结果弄得每一个人仿佛都在随时听候别人喊救命似的。看来聪明才智和体谅他人确实都起不了保护作用啊,她暗暗想道。"是西奥,"等他们冲上楼梯口时,她说,"她有些歇斯底里了。有人——有情况——有人把红色的油彩抹到她房间里来了,她正在对着她那些衣服嚎啕大哭呢。"我也只能不偏不倚地把话说到这个份儿上了,她一边想,一边转过身去跟在他们身后。我还能把话说得更加客观些吗?她扪心自问道,发觉自己不由自主地笑了起来。

西奥朵拉还在房间里发疯地啜泣着,用脚狠狠踢着五斗橱的门,要是她没有抱着那件被弄得皱巴巴、脏兮兮的黄色衬衫,她像孩子般撒泼的模样一定很好笑。她的其余几件衣服也都被人从衣架上扯了下来,乱七八糟地摊在五斗橱的底板上,所有衣服都弄脏了,被染成了红色。"这是怎么回事?"卢克向博士问道,只见博士连连摇头,说:"我敢发誓,那是血,可是,人要是流了这么多血,差不多也就……"一听这话,大伙儿顿时噤口不语了。

一时间,他们全都默不作声地站在那儿,愣愣地望着那行歪歪扭扭、呈鲜红色的字样:"**救伊莲娜回家 伊莲娜**",那行字就赫然写在西奥朵拉床头的墙纸上。

这回我有思想准备了,伊莲娜暗暗提醒自己,然后说:"你们最好劝她离开这儿,把她带到我的房间去。"

"我的衣服全毁了,"西奥朵拉对博士说,"你看到我的衣服没有?"

那股血腥味实在难闻,写在墙上的字迹有的呈流淌状,有的呈喷溅状。有一条斑斑点点的血迹从那面墙一直延伸到五斗橱这边——最先引起西奥朵拉注意的大概就是这条血迹,绿地毯上还有一大摊呈不规则状的血渍。"真让人恶心,"伊莲娜说,"求求你们,把西奥弄到我的房间里去吧。"

卢克和博士一边一个,连劝带拉地架着西奥朵拉穿过浴室,进了伊莲娜的房间,而伊莲娜呢,望着那鲜红色的油漆(肯定是油彩,她暗暗告诫自己,必然只是油彩,不是油彩又能是什么呢?),禁不住说出声来:"可是,为什么?"接着又抬眼去望着那墙上的字迹。这儿躺着一个人,她设身处地地想道,她的名字是用鲜血写成的,有没有这种可能,我的思维此时此刻并不是很有条理?

"她没事了吧?"见博士又反身来到这间房间,她转过身来问道。

"她再过几分钟就没事了。我们得说服她搬过来和你同住一段时间,这是我的看法,我无法想象她是否还愿意在这个房间里睡觉。"博士面容惨淡地笑了笑。"要过很长一段时间,我想,她才能再次自己动手去打开一扇门。"

"我估计,她只好穿我的衣服啦。"

"我估计,她也只能这样了,如果你不嫌弃的话。"博士满腹狐疑地打量着她。"这条标语不像那条标语那样让你忧心忡忡嘛。"

"这标语未免也太荒唐可笑了,"伊莲娜说,想努力弄明白自己此刻的心情,"我一直站在这儿看呢,就是想弄清楚到底是怎么回事儿。我的意思是说,这就好比是一个还没有开完的玩笑。我想,我应该对这条标语感到更加恐惧才对,可是我没有,因为这标语实在太恐怖,反而不像是真的了。我对西奥涂抹红色指甲油的事儿一直念念不忘呢……"她咯咯儿地笑了起来,博士严厉地瞪了她一眼,可她还是在接着往下说:"那大概也是油彩吧,难道你看不出来?"我总不能停下来不说话呀,她想,对于这一切我有什么好解释的?"既然看到西奥在为她那些可怜的衣服又哭又闹,还责骂我在她的墙壁上到处涂写我的名字,"她说,"也许我就不好拿这事儿太当真了。"

"谁也没有无缘无故地责怪你呀。"博士说,然而伊莲娜却觉得博士这话是在指责她。

"但愿我的衣服够她穿的。"她酸溜溜地说。

博士转过身去,四处查看着房间,他用一根手指头轻轻摸了摸墙上的字迹,用脚拨开西奥朵拉的那件黄色衬衫。

"以后再说吧,"他心不在焉地说,"明天,大概吧。"他朝伊莲娜看了看,微微一笑。"我可以画出一张很具体的草图来。"他说。

"我可以帮你,"伊莲娜说,"虽然这情景让我恶心,但是吓不到我。"

"说得对,"博士说,"我想,不管怎么说,我们暂时还是把这个房间封起来为好。我们可不想让西奥朵拉再在这儿惹出什么大麻烦来。等以后再说，等我有空了，我可以来仔细研究一下。还有，"他风趣地说，"我不想让达德利太太上这儿来整理房间。"

伊莲娜默默地注视着他从里面反锁上了面向过道的那扇门，随后，他们便穿过浴室，接着，他又把通向西奥朵拉的绿色房间的那扇活门也锁上了。"我会想办法再搬一张床过来的，"他说，接着，好像有点儿难为情似的说，"你头脑一直都很清醒啊，伊莲娜，这一点对我很有帮助。"

"我刚才不是告诉过你嘛，虽然这情景让我感到恶心，但是吓不到我。"她说，心里感到很高兴，于是便转身朝西奥朵拉走去。西奥朵拉此时正躺在伊莲娜的床上，伊莲娜眩晕欲呕地看到，西奥朵拉的两只手都弄成了鲜红色，而且都抹在伊莲娜的枕头上了。"瞧你，"她一边朝西奥朵拉走来，一边厉声说，"你只好穿我的衣服啦，要一直穿到你有了新衣服为止，或者等我们把其他几件衣服洗干净为止。"

"洗干净？"西奥朵拉痉挛般地在床上翻了个身，用那两只血迹斑斑的手紧紧捂住眼睛。"洗干净？"

"天哪，"伊莲娜说，"让我来帮你洗一洗吧。"她暗暗思忖着，也没去细想是什么原因，她以前还从来没有这么克制不住地嫌恶过哪个人呢，随后，她走进浴室，浸湿了一条毛巾，接着便赶紧跑回来，用毛巾粗略擦拭着西奥朵拉的双手和脸蛋。"你龌龊得不能看了，浑身都是这东西。"她说，却打心眼儿里不愿碰到西奥朵拉。

西奥朵拉忽然朝她笑了笑。"我真的认为这事儿不是你干的。"她说，伊莲娜回头一看，原来卢克站在她身后，正低头打量着她俩。"我真是个傻瓜。"西奥朵拉对他说，卢克哈哈大笑起来。

"你穿上傻妞的这件红色针织套衫，倒是一道靓丽的风景线呢。"他说。

她真坏，伊莲娜暗暗想道，野蛮、肮脏又下流。她拿起毛巾走进浴室，把毛巾浸在冷水里。等她走出浴室时，卢克正在说："……在这儿再放一张床，从现在起，你们两个姑娘要合住一个房间啦。"

"合住一个房间，连衣服也要合着穿呢，"西奥朵拉说，"我们真要变成地地道道的孪生姊妹啦。"

"表姊妹。"伊莲娜说，可惜谁也没听见她的话。

"这是那时候的风俗，严格遵从的风俗，"卢克一边说，一边摇晃着他杯中的白兰地，"那个当众公开行刑的人，在肢解受刑者之前，得先用粉笔在那个受刑者的肚皮上画出他要下刀凌迟的轮廓线——免得漏了一刀呀，你明白吧。"

我真想拿根棍子来狠狠揍她一顿，伊莲娜一边想，一边低头望着她身边那张椅子上西奥朵拉的脑袋，我真想用乱石砸扁她。

"那是一种绝妙无比的精心安排，绝妙无比啊。因为，如果那个受刑者怕痒的话，用粉笔一笔一笔地画轮廓线当然会让人受不了，痒得叫人难以忍受。"

我恨她，伊莲娜暗暗想道，她真让我恶心，她全身都擦洗过了，干干净净的，还穿着我的红色针织套衫呢。

"不过，等到那个死囚被吊在铁链上了，那个行刑者就……"

"傻妞？"西奥朵拉抬起头来望着她，朝她嫣然一笑。"真对不起，你知道的。"她说。

我真想看着她死掉，伊莲娜想，也朝她笑了笑，说："别犯傻啦。"

"苏菲派[1]信徒中流传着这样一条教义，说天地万物根本不是被创造出来的，因此也不可能被毁灭。我花了整整一个下午的时间，"卢克一本正经地说，"在我们那间小书房里博览群书呢。"

博士叹了口气。"看来今天晚上下不成棋啦。"他对卢克说，卢克赶忙点了点头。"今天这一天下来真累人啊，"博士说，"所以，我觉得你们两位女士该早点儿就寝才对。"

"要等我用白兰地把自己灌得晕乎乎的才行。"西奥朵拉不依不饶地说。

"恐惧，"博士说，"是摒除逻辑思维的天敌，意愿是摒除理性思维模式的天敌。我们要么屈从于它，要么与它对抗到底，二者必居其一，我们没有调和的余地。"

"我起先还有些纳闷儿，"伊莲娜说，总觉得自己该向大伙儿说声道歉，"我以为自己是完全沉得住气的，现在我才知道，我当时的确害怕得不得了呢。"她皱着眉头，一脸的困惑，大家都在等她继续往下说。

---

[1] 苏菲派（Sufi），伊斯兰教的神秘主义派别。

"我只要一感到害怕，我就能十分清楚地看到这个世界最理智、最美丽、最不让人害怕的一面，我就能看到椅子、桌子、窗户都还是原封未动的老样子，一点儿没受到任何影响，我就能看到万物都像这精心编织的地毯一样，甚至都没有移动过。可是，我只要一感到害怕，我就跟这些事物再也没有任何牵挂了。我估计，大概因为那些事物不会感到害怕的缘故吧。"

"我认为，我们只不过是自己吓唬自己罢了。"博士慢条斯理地说。

"不对，"卢克说，"是害怕清清楚楚、毫无掩饰地看到了我们自己的内心。"

"是害怕知道了我们自己真心想得到的东西。"西奥朵拉说。她侧过脸来，把脸颊紧紧地贴在伊莲娜的手上，而伊莲娜呢，由于讨厌碰到她，急忙把手抽开了。

"我向来害怕孤身一人的处境。"伊莲娜嘴上这么说，心里却在犯嘀咕，我真在像这样说话吗？我正在说的这些话，到了明天我是不是就会感到懊悔不迭呀？我是不是在自寻烦恼，使自己的负疚更加沉重啊？"那些字母明明是我的名字，你们没有一个人知道那是什么滋味——字迹居然那么的熟悉。"她朝大伙儿做了个手势，几乎是在乞怜。"好好再看一眼吧，"她说，"那是我自己至亲至爱的名字啊，那个名字归我所有，可是，不知什么东西在使用这个名字，写下了这个名字，用这个名字来召唤我，用我自己的名字……"她时断时续地一边说着，一边朝大家挨个儿看过来，甚至还低头看了看西奥朵拉正仰面望着她的那张脸蛋。"瞧。我这个人世上只有一个，想不到这就是我的下场啊。我不喜欢眼睁睁地看着自己化为乌有，悄然消失，众叛亲离，到头来只活在我的一半世界里，活在我自己的头脑里，却眼睁睁地看着另一半我无依无靠、疯疯癫癫、随风飘零，却又没法阻止，不过，我也知道，我其实是不会受到伤害的，可是时间未免也太长啦，甚至连一秒钟都是那样没完没了地漫长，要是我只能投降的话，不管什么情况我都能忍受——"

"投降？"博士厉声说，伊莲娜瞪大眼睛望着。

"投降？"卢克重复了一遍。

"我也说不清楚。"伊莲娜说，脸上一派茫然。我就是在滔滔不绝地说话呢，她暗暗提醒自己，我一直在诉说个不停呢——我都说了些什么?

"她以前就犯过这种毛病。"卢克对博士说。

"我知道。"博士表情严肃地说,伊莲娜能感觉到大家都在望着她。"对不起,"她说,"我出尽洋相了吧?大概是因为我累了的缘故吧。"

"一点儿没有,"博士说,表情依然很严肃,"喝口白兰地吧。"

"白兰地?"伊莲娜低头看了看,发觉自己端着一杯白兰地。"我都说了些什么?"她朝大伙儿问道。

西奥朵拉嘿嘿一笑。"喝吧,"她说,"你需要来一口白兰地啦,我的傻妞。"伊莲娜顺从地呷了一口杯中的白兰地,清楚地感觉到了白兰地火烧火燎的滋味,于是,她对博士说:"我肯定说蠢话了,因为你们大家都在盯着我看嘛。"

博士呵呵一笑。"别再求取关注,想当众人注目的中心啦。"

"虚荣心啊。"卢克神态安详地说。

"就爱出风头。"西奥朵拉说,大伙儿都一齐望着伊莲娜,善意地露出了笑容。

伊莲娜和西奥朵拉坐在各自的床上,两张床并排紧挨着,两人都把手伸过去紧紧握着对方的手。房间里冷得瘆人,黑得伸手不见五指。从隔壁那个房间里,从那个直到今天早晨为止还属于西奥朵拉的房间里,传来了一阵缓慢而又低沉的说话声,唧唧咕咕,含混不清,声音低得根本听不懂在说什么话,却又不紧不慢地传了过来,由不得你不信。伊莲娜和西奥朵拉彼此都用力握紧了手,握得能捏到对方的骨头。两人都侧耳聆听着,那低沉的、不紧不慢的声音在说个不停,忽高忽低,不绝于耳,每说到一个含含糊糊的字眼儿时,便加重语气高了起来,随着一声叹息又低了下去,然而却喋喋不休,连绵不断。紧接着,在没有任何先兆的情况下,又传来一阵轻微的笑声,那细声细气的咯咯儿的笑声破空而出,压过那含混不清的喃喃低语,只听那笑声越来越高,越来越响,越来越放肆,随后,在一阵轻轻的、痛苦的喘息声中,那笑声又出其不意地戛然而止,接着又是那绵绵不断的说话声。

西奥朵拉紧紧攥着的手时而松开,时而攥紧,而伊莲娜呢,由于听着那忽高忽低的声音,一时间竟平静下来,心念一动,马上就睁大眼睛朝理所应当和她面对面待在黑暗中的西奥朵拉望去，随即便暗暗思忖着，差点儿没叫出声来，这地方怎么这么黑呀？怎么会这么黑呀？她翻了个身，两只手紧紧攥着西奥朵拉的那只手，想开口说话，却怎么也发不出声来，只好继续屏住呼吸，头脑里一片茫然，浑身像冻僵了似的，她竭力想理清头绪，脚踏实地，想再次恢复理智。我们留着那盏灯没关啊，她暗暗提醒自己，所以才觉得奇怪，屋里为什么这么黑呢？西奥朵拉，她想悄悄问一声，可是嘴巴却偏偏张不开。那个说话声还在继续着，唧唧咕咕，含混不清，还是那样低沉，那样不紧不慢，是那种略有点儿柔和，有点儿幸灾乐祸的声音。她想，要是自己一动不动、安安静静地躺下来，也许就能听清说的是什么话了，于是，她侧耳聆听着，聆听着，只听那声音在绵绵不断地诉说着，一刻也没有停下来，她深感绝望地紧紧抓着西奥朵拉的手，觉得有一个回答声沉甸甸地落在她自己的手上。

不一会儿，那轻微的咯咯儿的笑声又陡然响了起来，那越来越高、十分放肆的笑声把那个说话声完全淹没了，紧接着，那笑声顿时又戛然而止，变得鸦雀无声了。伊莲娜深深吸了口气，心里在揣摩着，不知自己现在是否可以开口说话了，然而就在这时，她听见了一阵柔弱的哭声，听得她肝肠寸断的哭声，那是一种让人伤心欲绝的哭声，一种极度悲伤、声音甜美的柔弱的哭声。那一定是个孩子，她不敢相信地想道，有个孩子正躲在某个地方哭呢，不料，她刚想到这里，耳边又传来一阵放肆的尖声尖气的说话声，她以前从没听到过这个声音，然而她知道，自己每次在噩梦中听到的都是这个声音。"滚开！"那个声音尖厉地叫道，"滚开，滚开，别来伤害我，"随后，隔了一会儿，一阵抽泣声传来，"求求你不要伤害我。求求你放我回家吧。"接着又是一阵细声细气的伤心的哭泣声。

这声音真让我受不了，伊莲娜设身处地想道。这声音太凶恶了，这声音太残忍了，他们一直在折磨一个孩子呢，我决不允许任何人伤害一个孩子，就在这时，那个含混不清的声音又响了起来，还是那样低沉，那样不紧不慢，那样绵绵不断，那样没完没了，只听那声音时而略微抬高，时而略微降低，没完没了，不绝于耳。

唉，伊莲娜暗暗思忖着，发觉自己已经侧身躺在床上，躺在黑漆漆的夜色中，两手紧握着西奥朵拉的手，握得很紧，紧得能捏到西奥朵拉的手指头上纤细的骨头，唉，我不会容忍这种事情的。他们想吓唬我。哼，他们已经这样干了。我虽然很害怕，但是更为要紧的是，我是一个有血有肉的人，我是有良知的人，我是一个活生生的理智健全、心地善良的人，我虽然可以从这座疯人院式的、肮脏不堪的庄园里学到很多东西，但是我决不会对折磨孩子的行为放任自流，决不，我决不会姑息养奸的，我要替天行道，立即开口说话，我要大声疾呼，我要大声疾呼，"住手！"她大喝一声，所有的灯顿时都亮了，如同他们起初留着灯没关一样，只见西奥朵拉好端端地坐在床上，吓了一大跳，头发乱蓬蓬的。

"什么事啊？"西奥朵拉说，"什么事啊，傻妞？出什么事啦？"

"上帝啊，上帝，"伊莲娜说着，猛然翻身跳下床来，蹿到屋子的对面，浑身发抖地站在一个角落里，"上帝啊，上帝——我刚才一直握着谁的手啊？"

第六章

我正在了解人的心灵的发展轨迹呢,伊莲娜十分认真地想道,接着又纳闷起来,不知考虑这类事情究竟有什么意义。时值午后,她坐在卢克身边,在花园凉亭前的台阶上晒太阳。这些就是人的心灵鲜为人知的发展轨迹吧,她暗暗思忖着。她知道自己脸色苍白,眼窝儿有黑眼圈,而且依然还心有余悸,不过,此时的阳光暖融融的,树叶在头顶上方轻轻摇曳着,何况还有卢克在她身边懒洋洋地仰靠在台阶上。"卢克,"她问道,尽量说得语气缓慢,生怕说出什么荒唐的话来惹人讥笑,"人们究竟为什么要相互交谈呢?我的意思是,人们究竟老是想打听别人哪方面的情况呢?"

"比方说,你最想了解我哪方面的情况呢?"卢克笑着说。她想了想,可他为什么不问他最想了解我哪方面的情况呢。他这人这么自负,简直清高到登峰造极的地步了——于是也笑了笑,说:"我怎么会知道你的情况呢,在我什么也看不出来的情况下?""看不出来"也许是她所选择的最蹩脚的一个字眼,但是却最安全。跟我说说只有我才配知道的情况吧,这句话大概才是她心里最想问他的话,或者,你愿意把什么奉献给我,好让我对你念念不忘呢?——或者,甚至说,那些最微不足道的事情从来没有哪一样跟我沾过边,你行吗?接着,她又犯起了嘀咕,对自己心里居然有这些念头感到十分诧异,不知自己是不是太愚蠢,或者太露骨了,不料,卢克只顾低头凝视着他自己手里的那片树叶,稍微皱了皱眉头,仿佛在全神贯注地思考着某个引人入胜的问题似的。

他在搜肠刮肚寻找花言巧语,想把一切都说得天花乱坠,以便给我留下尽可能美好的印象呢,她暗暗想道,我倒要看他会用什么话来回答我，怎么笼络我。他在我面前急于想表现的心情有多迫切呢？他是不是认为只要玩点儿小小的神秘手段我就会心满意足了？他会不会马上就对我大献殷勤啊？那样一来可就要羞死人啦，因为到那时，他就会夸耀他了解我的底细，知道风流快活的事情会让我神魂颠倒了。他会不会故作神秘啊？他会很疯狂吗？可是我该怎么接受这种事情呢？我已经看出，这种事情必定会成为一桩不可告人的秘密，即便不是真的，我该怎么办？就算卢克夺取了我的贞操吧，她暗暗想道，或者至少别让我看出这层关系。让他表现得聪明些吧，或者让我表现得糊涂些吧。别让我，她设身处地地希望着，别让我过于清楚地知道他对我的看法。

过了一会儿，他匆匆看了她一眼，接着又微微一笑，她后来才渐渐明白过来，那是他放下架子自我解嘲的微微一笑。她很想知道，西奥朵拉对他的了解是否也有这么深刻？尽管这个想法让人很不舒服。

"我根本就没有母亲。"他说，这句话具有极大的杀伤力。这就是他对我的看法吗？这是他的如意算盘，以为我就想听他说这种话呢。我要不要把这句话夸大为一句倾诉衷肠的话，让我值得他进一步敞开心扉，倾诉衷肠呢？我该叹息一声呢？还是该悄悄咕哝一声？还是该立即走开？"从来没有哪个人疼爱过我，因为我跟周围的人都格格不入，"他说，"我估计，这种心情你懂吧？"

不懂，她想，你休想这么便宜就把我俘虏了。我不懂这些话，也不会答应他用这些话换取我的感情。我要告诉他，我根本不懂这种事情，伤感的自我怜悯不可能直接打动我的心，我不会把自己当傻瓜，怂恿他来调戏我。"我懂，可不是嘛。"她说。

"我本来以为你也许……"他说，她真想狠狠扇他一记耳光。"我觉得你肯定是一个非常优秀的人，傻妞，"他说，接着又补了一句，破坏了原来的韵味，"富有同情心，待人也很诚恳。事毕之后，等你回家了……"

他的说话声慢慢低了下去，于是，她想，他若不是马上就要对我说那种极为重要的话，就是在拖延时间，想优雅得体地等着这场谈话自行结束。他不会毫无道理地用这种方式说话的。他不会心甘情愿地罢手的。他会不会以为一个很有人情味的示爱动作，就会引诱得我不顾一切地扑到他怀里啊？他是怕我规矩得像淑女一样不会撒娇吗？他了解我是什么样的人吗?他知道我的心情和感受吗?他是在为我感到难过吗?

"旅程结束之际,便是情侣们的相会之时。"她说。

"没错,"他说,"我根本就没有母亲,这话我刚刚对你说过。如今我才发现,有些东西别人都有,而我却偏偏没有。"他朝她微微一笑。"我是个彻头彻尾非常自私的人,"他懊丧地说,"总是希望有人会教我怎么做人,有人会主动为我承担她应尽的职责,使我表现得像个成年人。"

他的确非常自私,她不无惊讶地想道,这个男人是我有生以来第一次单独面对面地坐着、面对面地说话的唯一的男人,我都按捺不住了,他根本谈不上非常有趣嘛。"你为什么不依靠自己长大成人呢?"她问他,心里却在纳闷,这种话不知有多少人——不知有多少女人已经问过他了。

"你真聪明。"他已经像这样回答过多少遍了?

这种谈话在很大程度上肯定是出于本能的,她暗自觉得好笑地想道,嘴上却温柔地说:"你肯定是一个非常孤独的人。"我一心想要的是有人珍惜我,她暗暗想道,可我却在这儿跟一个非常自私的男人瞎胡扯。"说真的,你肯定感到非常孤独吧。"

他抚摸着她的手,再次朝她微微一笑。"你真幸运,"他对她说,"你有母亲。"

"我是在书房里找到这个的,"卢克说,"我发誓,这本书我是在书房里找到的。"

"简直令人难以置信。"博士说。

"瞧。"卢克说。他把那本厚厚的书抱过来放在桌子上,翻到有标题的扉页。"这本书是他自己制作的——瞧,大标题是用墨水写的:**备忘录,献给索菲亚·安妮·莱斯特·克莱恩;供她有生之年接受教育、摆脱愚昧的一笔遗产**,落款为,**钟爱她的慈父,休·戴斯蒙德·莱斯特·克莱恩**;1881 年 6 月 21 日。"

大家都凑过来围在桌子四周,西奥朵拉、伊莲娜和博士,却见卢克抱起那本书,翻到第一大页。"你们看,"卢克说,"他的小姑娘必须学会谦逊做人呢。很明显,他裁剪了好几本精装版的旧书,才制作成这本剪贴簿的，因为这些图片中有好几张我好像看到过，这些图片都是用胶水粘贴上去的。"

"真是人类虚荣心的一大杰作啊。"博士悲哀地说。

"想想休·克莱恩为了制作这本书收藏了多少本书籍吧。瞧，这里还有一幅戈雅[1]的蚀刻画呢。这么恐怖的东西，居然让一个小女孩成天对着它冥想。"

"下面是他亲笔写的题词，"卢克说，"在这幅丑陋的蚀刻画底下：'要为你的父亲和你的母亲争光啊，女儿，我们是生你养你的父母双亲，背负着沉重的十字架，一生清白，为人正直，引导我们的孩子沿着这条让人胆战心惊的羊肠小道走向永恒的极乐世界，终于把她抚养成人，使她怀着一颗忠于上帝的虔诚而又善良的心灵；反思一下吧，女儿，与天堂的欢乐相对应的是这些渺小的芸芸众生展翅高飞的灵魂，他们先认清了自己的罪孽或不忠，而后才得到了解脱，要把这一点当作你永不懈怠的职责，永远像这些人一样保持纯洁。'"

"可怜的小宝贝啊。"伊莲娜说，卢克翻过这一页时，她倒抽了一口冷气，休·克莱恩的第二篇道德说教取自一幅描写蛇穴的彩色石版画，绘制得栩栩如生的蛇沿着这一页蜷缩着、扭曲着，这幅画的下方是那段铭文，印制得工工整整，还补了金粉："该永恒罚入地狱的是人类的命运，眼泪也好，弥补措施也罢，都不能解除人类所继承的罪孽。女儿啊，要洁身自好，不受这个世界的干扰，千万不要让这个世界的贪婪淫欲和忘恩负义腐蚀你。女儿啊，要好自为之。"

"下一幅画是地狱，"卢克说，"要是你感到恶心得想吐，就别看了。"

"我想，地狱我就跳过不看了，"伊莲娜说，"但是要把文字念给我听。"

"你好明智啊，"博士说，"那是一幅从福克斯[2]的书中撷取来的插

---

[1] 戈雅（Francisco Jose de Goya y Lucientes，1746—1828），西班牙著名画家和蚀刻画制作者，主要作品有《枪杀马德里保卫者》《战争的灾难》等，反映战争的残酷和恐怖。戈雅是近代现实主义绘画的奠基人，也是法国浪漫派绘画的第一位重要画家。
[2] 福克斯（John Foxe，1516—1587），英国历史学家和殉教者传记作家，因其《伟绩与丰碑》(Actes and Monuments，1563) 而闻名，该书俗称《殉教者书》(The Book ot Martyrs)，该书对英国新教教徒所受迫害的激情描写，曾在几代人中激起了对天主教的敌意。

图。我一向认为，那是一幅并不怎么吸引人的死亡图景，不过，话说回来，有谁能真正弄清那些殉教者如何慷慨就义的真相呢？"

"可是，你们看看这个，"卢克说，"他把这一页的一角烧坏了，还在这儿留下了如下这段话：'女儿啊，但愿你，哪怕只有一时半刻，能听见这痛苦的挣扎声，这撕心裂肺的尖叫声，这摄人心魄的哀恸声和忏悔声，那些可怜的灵魂正在遭受这永不熄灭的烈焰的折磨！但愿你的双眼，哪怕只是一时半会儿，能经受住这永远在燃烧的红彤彤的燎原大火的烤灼！呜呼哀哉，受苦受难的众生，永无尽头的痛苦！女儿啊，为父刚才一不留神让这一页的一角碰到了烛火，亲眼看到这脆弱的纸张在火焰中皱缩、卷曲。想想吧，女儿，这支蜡烛的热度与地狱那永不熄灭的烈火的关系，恰如一粒沙与不断逼近的沙漠的关系一样，还有，如同这页纸一遇到小小的火苗就会燃烧一样，你的灵魂，一遇到热度比这高千倍的烈火，也会永不熄灭地燃烧的。'"

"我敢打赌，他每天夜里在她临睡前都会把这段文字念给她听的。"西奥朵拉说。

"等一等，"卢克说，"你们还没有看到天堂呢——这幅画你也可以看看呀，傻妞。这是布莱克[1]的作品，在我看来，虽然有点儿刻板，但是显然要比地狱强多了。听我念——'神圣！神圣！神圣！在天堂圣洁的圣光中，天使们在赞扬他，也在没完没了地互相捧场。女儿啊，我要在这儿追寻你。'"

"这是一种多么煞费苦心的关爱啊，"博士说，"数小时的时间只用来作规划，而且文字也写得这么华丽，还镀了金——"

"再来看看这七大致命的罪孽，"卢克说，"我觉得，这七大罪孽是这老小子自己画的。"

"他其实最热衷于大吃大喝，"西奥朵拉说，"我真不知道我会不会又要挨饿了。"

"再等一等，马上就到'色欲'这一节了，"卢克对她说，"这老家

---

[1] 布莱克（William Blake，1757—1827），英国画家、诗人，其诗歌标志着浪漫主义的开始以及对启蒙时代的摈弃，他的水彩画和版画如同他的诗作一样，直到他去世之后才为世人完全赏识，代表作有《天真之歌》（*Songs of Innocence*，1789）和《经验之歌》（*Songs of Experience*，1794）。

伙尽了他最大努力呢。"

"老实说，这本书我实在不想再看下去了，"西奥朵拉说，"我坐到这边来陪陪傻妞吧，要是你真碰到了什么特别有启迪作用的道德训诂，你觉得对我有用的，你就大声念给我们听好了。"

"接下来就是'色欲'，"卢克说，"怀着这种心情的女人到底会不会受到色欲的诱惑？"

"苍天在上，"博士说，"苍天在上啊。"

"肯定是他自己画的。"卢克说。

"画给一个小孩子看的？"博士气急败坏地说。

"是她自己珍藏的剪贴簿啊。瞧她骄傲的样儿，活脱脱就是我们这位傻妞的形象呢。"

"什么？"伊莲娜吓了一跳，脱口说。

"他是在开玩笑呢，"博士安抚地说，"别过来看啦，亲爱的，他在取笑你呢。"

"现在是'懒惰'章。"卢克说。

"下面是'嫉妒'章，"博士说，"这可怜的孩子怎么敢违背……"

"我觉得，最后这一页才是最好看的。女士们，这是休·克莱恩的血。傻妞，你要不要过来看看休·克莱恩的血呀？"

"不要，谢谢你。"

"西奥呢？也不想看吗？不管怎么说，为了让你们两位女士的良心得到安慰，我一定要把休·克莱恩在他这本书结束之际非说不可的话念给你们听听：'女儿呀，这些神圣的规约都是用鲜血写成的，而这活生生的血液就当场取自我自己的手腕，我就用这鲜血来约束你。活着要品行正直，待人要贤良温顺，要相信你的救世主[1]，也要相信我，你的父亲，我向你发誓，我们以后定会在无尽的喜悦中阖家团聚的。遵从你的慈父定下的这些训诂吧，他苦心孤诣、鞠躬尽瘁地制作了这本书。愿这本书适得其所地派得上用场，尽我的绵薄之力，保佑我的孩子不跌入这个世界的深渊，把她安然无恙地带到已在天国的她父亲的怀抱中来。'下面是签名：'永远爱你的父亲，今生和来世，造就了你这个人的

---

[1] 救世主（The Redeemer），指耶稣·基督。

生身父亲，也是培育你的美德的监护人；最贤良温顺地爱你的，休·克莱恩。'"

西奥朵拉不寒而栗地打了个哆嗦。"他肯定很喜欢这种事，"她说，"竟然用自己的鲜血签下自己的大名。我看得出，他大概笑得腰都直不起来了。"

"很不健康，根本就不是一个男人的健康之作。"博士说。

"她父亲离家出走的时候，她一定还很小，"伊莲娜说，"不知他究竟有没有把这本书念给她听过。"

"我敢肯定，他念给她听过，俯伏在她的摇篮上，唾沫横飞地大声念着这些话，好让这些话在她的小脑袋里深深扎下根来呀。休·克莱恩，"西奥朵拉说，"你这个下流的老头儿，你建造了一座下流的古宅，不管你在哪儿，你要是能听得见我说话，我就要当面告诉你，我恨不得你永生永世待在那幅龌龊、可怕的画面里，而且一刻不停地在挨火烧。"她狂野、嘲弄地朝房间四周挥舞着手，过了一会儿之后，还依然沉浸在回想之中，大家全都默不作声，仿佛在等待着有人来回应，就在这时，随着一声轻微的爆裂声，壁炉里的燃煤坍塌了，博士看了看腕表，卢克站起身来。

"太阳都晒到桁墙头上啦。"博士开心地说。

西奥朵拉蜷着身子坐在壁炉边，淘气地抬起头来望着伊莲娜。在房间的另一头，棋子在轻轻移动着，扣在桌上时发出微弱的叩击声，于是，西奥朵拉以戏弄的口吻悄声说："你愿意让他到你小公寓来吗，傻妞，用你那只满天星的杯子请他喝一杯？"

伊莲娜凝视着炉火，没有搭腔。我一直就这么傻呀，她暗暗想道，我一直就是个大傻瓜呀。

"那里容得下两个人住吗？要是你请他，他会不会来？"

这一点可能比什么都糟糕，伊莲娜暗暗想道，我一直就是个大傻瓜。

"他大概一直渴望有一个小家呢——有个小小的家，当然，比不上希尔山庄。他说不定会陪你一起回家的。"

一个傻瓜，一个滑稽可笑的傻瓜。

"你那些洁白的窗帘——你那两个小巧玲珑的石狮子——"

伊莲娜不无温情地低头朝她看了看。"但是我不得不来呀。"她说，说罢便站起身来，没头没脑地转身就走。她压根儿没听见背后那片吃惊的喊声，也不明白自己究竟在往哪儿走，路该怎么走，反正是跌跌撞撞地朝那道厚重的正门走去，接着便走出了大门，来到柔和、温馨的夜色中。"我不得不来啊。"她对着外面的世界说。

恐惧和内疚是一对姊妹。西奥朵拉在草坪上追上了她。沉默、恼火、痛心，她俩肩并肩地离开了希尔山庄，亲昵地走在一起，彼此都怀着歉意。一个人要是生气了，或者被人嘲笑了，或者受到惊吓了，或者醋意大发了，都会在行为举止上执拗地走极端的，换了别的时候根本不可能这样。无论是西奥朵拉，还是伊莲娜，两人一时都没有想到，天黑之后远离希尔山庄是一种非常冒失的行为。她俩各自都沉溺在有苦难言的绝望情绪中，因此，躲进夜色似乎比什么都重要，再说，由于把自己包裹在这守口如瓶、内心脆弱、不堪一击的外衣下，而这层外衣就是怒气，她们肩并肩大踏步地一路向前走去，彼此都能心痛地理解对方，彼此却都拿定主意不肯先开口。

伊莲娜终于憋不住，先开了口，她一脚踢在一块石头上，虽然很疼，却竭力装作很高傲的样子毫不在乎，不料，过了一会儿之后，脚越来越疼了，这才开口说话，但是声音很拘谨，因为她想尽量让语气显得平缓些。"我想象不出你凭什么认为你有权干涉我的私事，"她用的是那种很正式的语言，免得引起滔滔不绝的相互攻讦，或者不值得的相互谴责（她们不是陌路人吧？是表姊妹？），"我相信，我所做的一切都跟你没有任何利害关系。"

"这话没错，"西奥朵拉板着面孔说，"你所做的一切都跟我没有任何利害关系。"

我们都站在各自不同的立场上说话呢，伊莲娜暗暗想道，但是我也有我的生存权利呀，再说，我已经在花园凉亭前跟卢克在一起白白浪费了一个钟头，目的就是想证明这一点。"我的脚好疼。"她说。

"对不起。"西奥朵拉的声音听上去真的很悲哀。"你知道吧，他简直就是个畜生。"她吞吞吐吐，欲言又止。"一个大流氓。"她终于说出口来，带着一丝调侃的口吻。

"我可以肯定地说，他是什么样的人跟我一点关系也没有。"接着，因为她们是女人在争吵，又补了一句："不过，看样子你好像很在意嘛。"

"决不能让他给带走。"西奥朵拉说。

"带走什么？"伊莲娜随口问道。

"你是在犯傻丢自己的脸啊。"西奥朵拉说。

"可是，假如我不是在犯傻丢自己的脸呢？要是结果证明这回是你错了，你会特别介意的，对吧？"

西奥朵拉的口气变得有些不耐烦，有些冷嘲热讽起来。"要是我错了，"她说，"我就全心全意地祝福你。你这不可理喻的傻瓜。"

她们正沿着林中小道朝那条溪水走去。黑暗中，她们只感到脚下走的是那条通往山下的路，因此，各自心里都在倔强、任性地指责对方故意走上了这条路，这是她们以前曾经怀着愉快的心情一起走过的一条路。

"不管怎么说，"伊莲娜用通情达理的口吻说，"无论发生什么情况，反正对你都没有什么意义。你为什么要关心我是不是在犯傻呢？"

西奥朵拉一时无语，默默走在黑暗中，伊莲娜突然深感荒谬地发觉，西奥朵拉已经把一只手朝她伸了过来，虽然看不见。"西奥，"伊莲娜有些难为情地说，"我不太擅长跟人交谈、说事儿。"

西奥朵拉嘿嘿一笑。"那你擅长什么呢？"她诘问道，"私奔吗？"

幸好还没有说出什么无法挽回的话来，但是两人之间只剩下了薄薄的一层边界线暂时还没有捅破，彼此都在微妙地沿着一个心照不宣的问题的外围兜圈子，再说，一旦开了口，诸如此类的问题——譬如"你爱我吗？"——向来既得不到回答，也不会被人忘却。她们款款而行，一边走，一边沉思默想，胡思乱想，小径在她们脚下逶迤而下，她们顺着小径一路向前走去，肩并肩地走着，要多亲昵有多亲昵。由于虚饰的伪装和欲言又止的作态已经一扫而空，她们只能消极地等待答案。她们彼此都很清楚，哪怕只是一声喘息，对方心里在想什么，有什么话要说，各自都恨不得为对方大哭一场。她们俩同时察觉到小径有了变化，彼此都明白对方知道这一点。西奥朵拉挽着伊莲娜的胳膊，因为不敢停下脚步，两人继续慢慢向前走去，相互紧紧依偎在一起，小径在她们前方时宽时窄，时而漆黑一团，时而弯弯曲曲。

伊莲娜忽然屏住了呼吸，西奥朵拉赶忙攥紧了手，暗示她别慌。她们两旁的树木一派肃静，却在乍然间撤除了原有的沉沉黑色，变得一片惨白，而且越来越透明，在黑沉沉的夜空衬托下，一棵棵白花花的树干如鬼魅般矗立着。青草黯然失色，小径又宽又黑，除此之外，再无任何动静。伊莲娜的牙齿在咯咯打颤，恐惧造成的呕吐感使她难受得差点儿弯下腰来，她的胳膊在西奥朵拉的搀扶下在瑟瑟发抖，西奥朵拉此时几乎成了她的拐杖，她感到自己每缓缓迈出一步都是靠毅力支撑的一个壮举，精确而又狂怒地坚持先探出一只脚，然后再迈出另一只脚，才是唯一有理智的选择。看到那黑得让人心惊肉跳的小径，白得让人不寒而栗的树干，她的眼睛好疼，充满了泪水。随着脑海中出现了一幅清晰、明智、由词语组成的画面，一幅在燃烧的画面，她暗暗想道，我现在是真的害怕了。

她们继续向前走去，前方的路径已不再崎岖不平，两旁白花花的树木也不再变幻无常，然而最要紧的是，黑沉沉的夜空依旧浓浓地笼罩在头顶上方。她们的脚一踏上小径，就隐隐约约泛着白光。西奥朵拉的手变得一片煞白，明晃晃的。在她们正前方，小径弯弯曲曲，超出了视线范围，她们继续缓缓向前走去，精确地移动着脚步，因为这是她们唯一能够做出的实实在在的举动，仿佛唯有这个动作才可以让她们不至于陷入这黑白交替、磷火闪烁、孤魂野鬼频频出没的可怕境地里。我现在真的感到害怕了，伊莲娜用烈火般的言辞暗自想道。她能依稀感觉到西奥朵拉的手依然还拽着她的胳膊，但是西奥朵拉显得很冷淡，眉头紧锁地望着别处。附近这一带冷得刺骨，毫无人间的温暖。我现在真的害怕了，伊莲娜暗暗想道，两只脚交替向前移动着，但是脚一踏上小径就直打颤，虽然感觉不到寒冷，浑身却在瑟瑟发抖。

小径不再回旋盘绕，兴许是这条小径存心要把她们引向某个地方吧，因为她俩谁也不敢偏离这条小道，故意走进那白茫茫虚无缥缈的原野中，迷失在两旁的草地里。小径曲里拐弯，时而漆黑一片，时而熠熠闪烁，她们沿着小径一路走去。忽听传来一阵微弱的抽泣声，西奥朵拉立即攥紧了手，伊莲娜则屏住了呼吸——前方好像有什么东西在动，是一个比白花花的树木还要洁白的东西，是在向她们召唤吗？时而在朝她们招手，时而又隐进了树林中，是在监视她们吗？她们身旁有动静吗？

在这万籁俱寂的黑夜里会感觉不到？有没有脚步声一直在白茫茫的草地里悄悄尾随着她们？她们此刻在什么地方？

小径引领她们来到命中注定的终点，然后便渐渐消失在她们脚下。伊莲娜和西奥朵拉朝一片花园里望去，却被强烈的日光灯和缤纷的色彩映照得眼花缭乱。令人难以置信的是，花园里的草地上正在举行一场野餐会。她们能听见孩子们的欢声笑语，听见爸爸和妈妈充满爱意、妙趣横生的说话声，草地上姹紫嫣红，苍翠欲滴，盛开的鲜花有的呈红色，有的呈橙色，有的呈黄色，天空一片蔚蓝，流光烁金，其中有一个孩子，身穿一件猩红色的针织套衫，在草地上追逐一只小狗时摔了一跤，在欢声笑语中再次抬高了嗓音。草地上铺展着一块方格台布，这时，那位满面笑容的母亲俯下身去，端起了一大盘色泽鲜艳的水果。就在这时，西奥朵拉突然失声尖叫起来。

"别回头看，"她大叫一声，因为带着恐惧，嗓门很高，"别回头看——别看——快跑！"

伊莲娜拔脚就跑，虽然不清楚为什么要跑，总觉得自己的脚会绊在那块方格台布上，她生怕自己会绊倒，一跤跌在那只小狗的身上。岂料，当她们一路飞奔着穿过花园时，却发现什么情况也没有，唯有夜色中黑幽幽地生长着的野草，西奥多拉还在尖叫，一不小心踩踏在长满鲜花的灌木上，哭哭啼啼地一个跟跄跌倒在那堆一半掩埋在泥土里的乱石上，乱石堆里似乎还有一只破茶杯似的东西。随后，她们发疯似的抓挠、捶打着那面白色的石墙，石墙上爬满了黑油油的藤蔓，她们依然在高声尖叫着，哀求放她们出去，直到一扇锈迹斑斑的大铁门悄然打开，她们冲了出去，哭叫着，喘息着，不知何故，依然手拉着手，穿过希尔山庄厨房那边的花园，闯进了通向厨房的一扇后门，恰好迎面撞见正急匆匆朝她们奔来的卢克和博士。"出什么事了？"卢克一边说，一边拉住西奥朵拉，"你没事儿吧？"

"我们差不多快要急疯了，"博士说，一副疲惫不堪的样子，"我们冲出屋来，到处找你们呢，找了有一个钟头啦。"

"那里有一场野餐会。"伊莲娜说。她颓然跌坐在厨房间的一张椅子里，低头望着自己的两只手，只见手上抓痕累累，还在出血，抖个不停，她居然一点儿也不知道。"我们本来想出去走走的，"她一边对他们说,一边把两只手伸出来给他们看,"那里是有一场野餐会。那些孩子……"

西奥朵拉笑了笑,虽然还带着哭腔,淡淡地笑了又笑,然后才边笑边说:"我回头看了看——我走了过去,看了看我们后面……"接着又嘿嘿一笑。

"那几个孩子……还有一只小狗……"

"伊莲娜。"西奥朵拉猛然转过身来,把头贴在伊莲娜身上。"伊莲娜呀,"她说,"伊莲娜。"

伊莲娜搂着西奥朵拉,抬起头来望着卢克和博士,忽然觉得整个房间都在剧烈地摇摆,而时光,她一向都很清楚的时光,却停滞了。

第七章

在蒙塔古太太说好要来的那天下午,伊莲娜独自一人走进山里,走进俯瞰着希尔山庄的巍巍群山之中。她其实并没有任何特别想去的地方,甚至连自己要去哪儿、路该怎么走都毫不在意,一心只想走出那沉闷、幽深的木质古宅,在外面找个僻静的地方待一会儿。她发现了一个小小的去处,草地又柔软又干燥,便就地躺了下来,心里在遐想着,不知已经有多少年没有像这样独自一人躺在柔软的草地上想心事了。周围的树木和野花,伴随着天地万物所散发出的奇异、芬芳的气息,呈现出一派生生死死、繁衍不息的繁忙景象,这时由于突然受到了干扰,都把注意力转向了她,尽管她这人反应迟钝,感觉不到,仿佛它们依然需要有祥和的气氛继续繁衍生息,却遭到了如此不幸,以至于不能再深深扎根于这片土壤中,不得不从一个地方迁往另一个地方,在令人心碎地东飘西荡。由于无所事事,伊莲娜随手摘下了一朵野雏菊,花朵在她手指间枯萎下来,于是,她躺在草地上,抬眼凝望着死去的花瓣。她脑海中什么也不想,完全沉浸在一种无与伦比、意味深长的幸福之中。她扯了扯那朵野雏菊,情不自禁地笑了笑,继续遐想着,我打算怎么办?我该怎么办啊?

"把这些旅行包放在过道里吧,亚瑟。"蒙塔古太太吩咐道。

"难道你认为这儿没有人来帮我们打开这扇门吗?他们总该派个人来把行李搬到楼上去吧。约翰?约翰?"

"亲爱的,亲爱的。"蒙塔古博士匆匆走进过道,手里依然还拿着餐巾,接着便恭恭敬敬地在他妻子侧过来让他亲吻的脸蛋上吻了一下。"太好了，你总算来啦！我们以为你不来了呢。"

"我说过我今天要来这儿的，对不对？你记得我哪次说过要来，结果却不来的？这种事情有过吗？我把亚瑟带来了。"

"亚瑟。"博士毫无热情地说。

"唉，总得有个人来开车吧，"蒙塔古太太说，"我估计，你是巴不得我自己开车一路风尘仆仆地赶到乡下这种地方来吧？因为你明明知道我会很累的。你们好啊。"

博士回过身来，笑吟吟地望着伊莲娜和西奥朵拉，卢克站在她俩身后，大家挤成一团疑惑地站在门口。"亲爱的老婆，"他说，"这几位都是我的朋友，这些天来，是他们陪我一起住在希尔山庄的。西奥朵拉。伊莲娜·万斯。卢克·桑德森。"

西奥朵拉、伊莲娜、卢克都彬彬有礼地打了声招呼，蒙塔古太太点点头，说："我就知道，你们不会费这个事儿等我们一起吃晚饭的。"

"我们以为你不来了。"博士说。

"我认为我告诉过你，我今天会到这里来的。当然，也完全有可能是我自己搞错了，但是我记得很清楚，我说过我今天会到这儿来的。我相信我很快就能叫得出你们的名字。这位先生是亚瑟·帕克，是他开车送我来的，因为我不喜欢自己开车。亚瑟，这些都是约翰的朋友。能不能劳驾你们哪位帮我们搬一下行李箱？"

博士和卢克应和了一声，走上前来，蒙塔古太太接着说："我理所当然要住在你那间闹鬼闹得最凶的房间里。亚瑟随便住哪儿都行。小伙子，那个蓝色的旅行箱是我的，还有那只小公文包，把它们都搬进你那间闹鬼闹得最凶的房间去吧。"

"我想，是那间儿童室吧，"博士说，因为卢克在探询似地望着他，"我觉得，那间儿童室才是作祟的祸根。"他对妻子说，却见妻子恼火地叹了口气。

"在我看来，你还可以安排得更有条理些嘛，"她说，"你来这儿已经快到一个星期了，我猜想，你的心形乩板[1]还是没有发挥任何作用

---

[1] 心形乩板（planchette），一种成心形或三角形的小木板，上置一支垂直的铅笔，迷信能在神灵指引下自动写出神的启示。

吧？有没有自动写出神的启示？我看得出来，这两位年轻姑娘大概一个也没有通灵者的天赋吧？那些是亚瑟的旅行包，在那儿呢。他把他的高尔夫球杆都带来了，以防万一嘛。"

"以防什么万一？"西奥朵拉茫然不解地问道，蒙塔古太太转过身来，冷冷地打量着她。

"请吧，别让我打扰了你们的晚餐。"她终于说。

"这儿肯定有一个寒风眼，就在儿童室的门外。"博士满怀希望地对他妻子说。

"可不是嘛，亲爱的，干得很不错呀。那个小伙子是不是要把亚瑟的旅行包搬到楼上去呀？看来你们这儿确实混乱得很啊，是吧？来这儿差不多快到一个星期了，我当然认为你应该把事情做得井井有条了。有没有哪个鬼魂显形了？"

"有一些已经判明的鬼魂显灵现象——"

"好吧，现在有我在这儿啦，我们会让事情走上正轨的。亚瑟该把车停在哪儿？"

"古宅后面有一个闲置不用的马厩，我们把其他几辆车都停在那儿了。他明天上午可以把车开过来。"

"胡说八道。我就不信非得把事情拖延到明天不可，约翰啊，这一点你清楚得很。即使不把今晚该干的活儿压到明天去做，亚瑟明天上午也有好多事情要干呢。他必须马上把车开过来。"

"外面已经天黑了。"博士犹豫不决地说。

"约翰啊，你真让我深感震惊啊。难道你真认为我不知道外面是不是已经天黑了，是不是已经到夜里了？车子有灯啊，约翰，再说，那个小伙子可以陪亚瑟一起去嘛，可以给他指路呀。"

"谢谢你，"卢克板着面孔说，"不过，我们有一条非常明确的规定，严禁天黑以后外出。当然，亚瑟可以例外，如果他喜欢破例的话，但是我不愿外出。"

"这两位女士，"博士说，"已经有过一次吓人的——"

"这小伙子是个懦夫啊。"亚瑟说。他已经把几只旅行箱、几只装高尔夫球器具的旅行包和几只带盖的大竹筐从车上卸了下来，此时正站在蒙塔古太太身边，一脸不屑地望着卢克。亚瑟是个红脸白发的汉子，此时此刻,由于在嘲弄卢克,他摆出了一副准备格斗的架势。"应该为自己感到害臊啊,伙计,在女人面前丢脸啦。"

"女人的害怕程度一点儿也不亚于我。"卢克正颜厉色地说。

"果然如此,果然如此啊。"

蒙塔古博士赶紧息事宁人地伸手按住亚瑟的胳膊。"等你在这儿待了一段时间之后,亚瑟,你自然就明白了,卢克的态度是明智的,并不是懦弱。我们做了一项规定,天黑之后大家都聚在一起。"

"我得说你了,约翰,我根本没料到,你们居然全都变得这么神经紧张,"蒙塔古太太说,"遇到这些问题就恐惧成这样,我真为你们感到悲哀啊。"她气得直跺脚。"你是非常清楚的,约翰,那些已经离开了这个世界的人都希望看到我们生活幸福,笑脸常开。他们就想知道,我们在充满爱意地想念他们呢。蛰居在这座古宅里的鬼魂也许确实感到很委屈,因为他们意识到了,你们居然这么害怕他们。"

"这种话我们以后再说吧,"博士不耐烦地说,"现在嘛,吃晚饭吧,好吗?"

"当然好啊。"蒙塔古太太朝西奥朵拉和伊莲娜瞥了一眼。"真遗憾,我们不得不打扰你们啦,"她说,"你们吃过晚饭了吧?"

"我们没吃晚饭也是很自然的事儿,约翰。我说过的,我们要赶到来这儿吃晚饭,对不对?要不然,难道是我自己又搞错了?"

"不管怎么说,我告诉过达德利太太,说你马上就到,"博士一边说,一边推开了通向娱乐室的那扇门,接着又推开了进餐厅的门,"她给我们留下了一顿非常丰盛的筵席呢。"可怜的蒙塔古太太,伊莲娜暗暗想道,她站在一旁,让博士挽着他太太走进了餐厅,他居然这么不自在,我真想知道她要在这儿待多久。

"我真想知道她要在这儿待多久啊?"西奥朵拉贴在她耳边悄声说。

"我说,你能够在这儿住多长时间?"蒙塔古博士问道,他坐在餐桌的上首,他太太惬意地依偎在他身边。

"哎,亲爱的,"蒙塔古太太一边说,一边忸怩作态地品尝着达德利太太做的马槟榔沙司"——你总算找到了一个好厨师啊,是吧?——你知道的,亚瑟还得赶回他的学校去。亚瑟是 位小学校长,"她居高临下地对全餐桌的人解释说,"他慷慨地取消了星期一的好几场预约呢。

所以，我们最好在星期一下午动身离开，这样，亚瑟就能赶回学校上星期二的课啦。"

"一大堆快乐的小学生呢，亚瑟毫无疑问全丢下不管啦。"卢克悄悄对西奥朵拉说。然而西奥朵拉却说："可是，今天才星期六啊。"

"我压根儿不会介意这种厨艺的，"蒙塔古太太说，"约翰，我明天早晨要跟你的这位厨师谈谈。"

"达德利太太是一位令人肃然起敬的女人。"博士小心翼翼地说。

"有点儿奇怪，不合我的口味。"亚瑟说。"我是一个爱吃牛肉加土豆的人，"他对西奥多拉解释说，"本人不喝酒，不吸烟，不看低级趣味的文学作品。为本校师生树立了一个很不好的榜样啊。"

"我敢肯定，他们一定都自觉地效仿你，以你为榜样呢。"西奥多拉头脑清醒地说。

"时不时地就被人家扣上了一顶很不好的帽子。"亚瑟说着，摇了摇头。

"对体育运动不感兴趣，你知道的。都闷闷不乐地躲在角落里。得大声吆喝——孩子们出来。要以最快的方式敲打他们，把他们培养成这种类型的人。"他伸出手去取奶油。

蒙塔古太太向前探过身来，望着坐在餐桌下首的亚瑟。"吃得清淡点儿吧，亚瑟，"她劝告道，"我们有一个热闹非凡的不眠之夜在等着我们呢。"

"你们到底在搞什么鬼名堂？"博士问道。

"我敢肯定，你这人根本连做梦也想不到该用什么手段来处理这些事情，不过，你不得不承认，约翰，在这方面，我简直有超强的出于本能的理解，女人都有，你知道的，约翰，至少某些女人有。"她停顿了一下，用审视的眼光打量着伊莲娜和西奥朵拉。"我敢说，她们两个都没有。当然，除非我又搞错了？你就喜欢挑我的错，约翰。"

"亲爱的——"

"我最无法忍受的就是那种不管做什么事儿都随随便便的态度。当然，亚瑟会巡查的。我把亚瑟请来，就是为了这个目的。非常稀罕的是，"她对卢克说，卢克坐在她另一边，"要想在教育界找到对另一个世界感兴趣的人居然这么难，你会看到的，亚瑟神通广大得令人惊讶呢。

我要躺在你那间闹鬼的屋子里,屋里只留一盏夜灯亮着,我要努力去接触那些搅扰得这座古宅不得安宁的幽灵。只要有受苦受难的灵魂在四处作祟,我是根本睡不着觉的。"她对卢克说,卢克点点头,默不作声。

"听上去有点儿不符合人之常情嘛,"亚瑟说,"干这些事情得按正确的路子才行。目标定得过低根本就得不偿失。这话我常对我的手下那些人讲。"

"我想,吃好晚饭之后,我们也许该开一个小小的碰头会,商量一下怎么启用心形乩板,"蒙塔古太太说,"当然,就亚瑟和我两个人。你们其余的人嘛,我看得出,都还没有准备好。你们只会把那些鬼魂吓跑。我们需要有一间安安静静的屋子——"

"可以去书房啊。"卢克彬彬有礼地建议说。

"书房?我看行。书籍往往是非常合适的载体,你知道的。鬼魂显形的最佳场所常常就是那些有书籍的屋子。我想不出有哪一回鬼魂显形会因为现场有书籍而受到这样那样的阻碍。我估计,那间书房已经打扫过了吧?亚瑟有时候会打喷嚏的。"

"达德利太太一丝不苟地把整个山庄都打理得井井有条呢。"博士说。

"我明天早上真要跟达德利太太好好谈谈。然后,你就领我们去那间书房看看,约翰,那个小伙子帮我把箱子搬下来。记住,不是那个大号旅行箱,而是那个小公文包,把它搬到书房来交给我。我们回头再来找你们,启用心形乩板之后,我需要喝一杯牛奶,也许还要再加一块小蛋糕,饼干也行,只别太咸就好。跟志趣相投的人安安静静地说上几分钟话也很有裨益,尤其在夜里,在我接受能力最强的时候。人的头脑是一个精密仪器,但是过于谨小慎微地呵护也不行。亚瑟?"她态度冷淡地朝伊莲娜和西奥朵拉点了点头,然后便走了出去,护送她的是亚瑟、卢克,还有她丈夫。

过了一小会儿之后,西奥朵拉说:"我觉得,跟蒙塔古太太这种人在一起,我简直要发疯了。"

"我说不清,"伊莲娜说,"亚瑟倒是更对我的胃口。我觉得,卢克就是个胆小鬼。"

"可怜的卢克,"西奥朵拉说,"他根本就没有母亲。"伊莲娜抬起头来，发觉西奥朵拉正在打量着她，脸上带着诡异的微笑，她慌忙从餐桌边扭过身去，由于动作太急，把一杯酒碰泼了。

"我们不该单独待在这儿，"她说，莫名其妙地有些心慌气短，"我们得去找那几个人。"她离开了餐桌，几乎是奔跑着冲出屋子的，西奥朵拉见状赶紧追了过去，一路哈哈大笑着，两人一前一后沿着走廊跑去，闯进了那间小会客室，只见卢克和博士正站在壁炉前。

"请问，先生，"卢克谦恭地说，"谁是心形乩板？"

博士恼火地叹了口气。"弱智的蠢货，"他说，接着又说，"对不起。这套馊主意我很厌烦，不过，要是她喜欢这么干的话……"他转过身去，气呼呼地拨弄着炉火。"心形乩板嘛，"片刻之后，他接着说，"是一种装置，类似于巫师行术时用的灵乩板，或许我可以换个方式来说，大概能解释得更清楚些，那是一种可以自动书写的模板。一种用来沟通的方法，跟谁沟通呢——啊——跟那些看不见摸不着的隐形人沟通呗，尽管按我的看法，那些无独有偶的隐形人，通过这种玩意儿来保持接触的隐形人，其实就是操纵它的那些人凭空臆想出来的幻觉。没错。唉。心形乩板是一个用浮木做成的物件，通常呈心形或三角形。有一支铅笔安放在狭窄的那一端，另一端是一对滑轮，或者一对支架，可以在纸张上轻便自如地滑动。两个人把手指放在上面，向它提出问题，于是，这个物体便会移动起来，写出答案，至于是什么力作用于它的，我们暂且不讨论。灵乩板，如我刚才所说，与它十分相似，唯一不同的是，该物体是在一块木板上移动的，指向散落的字母。一只普普通通的酒杯也能做一模一样的事。我亲眼看见过这种实验，是用一个孩子带轮子的玩具做的，尽管我承认，那个实验看上去荒唐得可笑。每人用一只手的手指尖轻轻触动它，用另一只闲着的手把问题和答案记下来。那些答案，我认为，都是千篇一律、毫无意义的，当然，我妻子会告诉你们另一套说法。都是废话。"说到这里，他又拨弄起炉火来。"小女生的把戏，"他说，"迷信。"

"心形乩板今晚一直非常灵验，"蒙塔古太太说，"约翰，这座古宅里肯定有外国来的幽灵。"

"好精彩的一次打坐啊，真的。"亚瑟说。他洋洋得意地挥动着一沓纸。

"我们为你收集了好多信息呢，"蒙塔古太太说，"瞧。心形乩板一再提到了某个修女的情况。你有没有了解到有关某个修女的情况呢，约翰？"

"在希尔山庄？不大可能吧。"

"心形乩板非常强烈地感受到了某个修女的存在，约翰。也许大致是这种人吧——某个隐隐约约、模糊不清的形象，甚至——附近这一带有人看见过吧？把那些深更半夜深一脚浅一脚地回家时的村民们吓得半死吧？"

"修女的形象是一个相当常见的——"

"约翰，对不起。我看得出，你想说的是，是我搞错了。要不，你的本意大概是想指出，也许是心形乩板搞错了？我向你保证——即使我的话对你用处不大，但你必须相信心形乩板——心形乩板说得再具体不过的形象就是某个修女。"

"我只是想说，亲爱的，修女的幻影百分之百是最为常见的表现形式。这种事情从来就跟希尔山庄沾不上边，不过，几乎在每一个——"

"约翰，对不起。我想，我可以接着往下说吧？要不然，一句也不听就把心形乩板给撤销掉。谢谢你。"蒙塔古太太静下心来。"哎呀，是这样。这儿还有一个名字呢，虽然拼写方法不尽相同，有海伦，有海莲娜，有伊莲娜，但是完全是同一个人嘛。这个人会是谁呢？"

"亲爱的，许多人都住过——"

"海伦给了我们一个警告，要提防一个神秘的修士。哎呀，要是一个修士和一个修女两人都出现在同一个屋子里——"

"试想一下，这个地方是在更加古老的宅基地上建造起来的。"亚瑟说。

"影响一直都在，你们知道的。古老的影响阴魂不散。"他更加充分地解释说。

"这话听上去很像一条背弃的誓言，对不对？非常像。"

"这就是说，有好多事情又回到了过去，你们知道的。诱惑，大有可能。"

"我不这么看——"博士说。

"我敢肯定,她被活生生地幽禁在这高墙深宅里了,"蒙塔古太太说,"我是说那个修女。人们过去老是干这种事情,你知道的。你根本不知道我从那些被活生生地幽禁在高墙深宅里的修女们身上得来的这些资料。"

"历史记录上根本没有这种案例,说哪个修女曾经被——"

"约翰。我亲自从那些被活生生地幽禁在高墙深宅里的修女们那儿获得过不少资料呢,要不要我再向你说一遍?你以为我是在向你使小性子,说那种无伤大雅的谎言啊,约翰?你认为一个修女在她还享有自由的情况下,会故意假装被活生生地幽禁在高墙深宅里吗?有没有可能是我又搞错了呀,约翰?"

"当然没有,亲爱的。"蒙塔古博士无可奈何地叹息了一声。

"只有一支蜡烛和一块干面包片为伴。"亚瑟对西奥朵拉说。

"想想都觉得可怕。"

"从来就没有哪个修女被活生生地幽禁在高墙深宅里。"博士闷闷不乐地说。接着,他又稍微抬高了嗓门:"那只是一种传说。是编造的故事。一种流传甚广的诽谤——"

"得啦,约翰。我们别为这事儿吵架好不好。你愿意相信什么就信什么吧。但是,有时候纯唯物主义的观点在事实面前也得让步,这一点只要大家明白就好。瞧,这就是一个已经得到证明的事实,在困扰着这座古宅的幽魂中,有一个是修女,还有一个是——"

"除了这个,还有什么?"卢克急忙问道,"我很想听听这个——呃——心形乩板都说了些什么?"

蒙塔古太太调皮地摇晃着一根手指头。"没你什么事儿,小伙子。但是,在场的这两位女士,有一位说不定就想听到点儿什么相关的事情呢。"

这个讨厌的女人,伊莲娜暗暗骂道,这个十分讨厌、俗不可耐、盛气凌人的女人。"瞧,"蒙塔古太太接着说,"海伦想让我们仔细搜查一下地窖,寻找一口古井。"

"千万别对我说,海伦被活埋了。"博士说。

"我也不信会有这种事情啊,约翰。我敢肯定,她本来是想提出这个问题的。事实上,海伦也不清楚我们会在那口古井里发现什么。不过，我也拿不准会不会是金银财宝。在这种事情上，人们极少碰到真的是金银财宝。十有八九是那个失踪的修女的证据。"

"十有八九是堆积了八十年的垃圾。"

"约翰啊，我无法理解你这种怀疑一切的态度，对所有人都不相信。不管怎么说，你的确到这座山庄来了，目的是来收集有关超自然活动的证据的，可是，现在倒好，我给你带来了一整套有根有据的资料，还有一套指明该从何处着手展开研究的方法，你反倒彻头彻尾地不屑一顾。"

"我们无权挖开地窖。"

"亚瑟可以——"蒙塔古太太满怀希望地刚要说，却被博士毅然决然地打断了："不行。我的租房契约上有明文规定，严禁我随意破坏这座古宅原有的结构。不可开挖地窖，不可拆除护墙板，不可揭开地板。希尔山庄依然是一笔很有价值的财产，我们只配做学生，不能做破坏他人财产的人。"

"我还以为你要了解的是事情的真相呢，约翰。"

"我没有什么想进一步了解的事情。"蒙塔古博士迈着沉重的脚步朝对面的棋盘走去，拿起一枚棋子，怒气冲冲地望着这只马[1]。看他那表情，仿佛一定要顽固地数到一百才会冷静下来。

"天哪，一个人有时候要有多大的忍耐性才行啊。"蒙塔古太太叹了口气。"但是，我一定要把我们在即将结束时收到的一小段话念给你们听听。亚瑟，在你那儿吧？"

亚瑟一张张地翻着他手里的那沓纸。"就在那段文字的后面，说你必须向你姑妈献花的那段，"蒙塔古太太说，"心形乩板有一个主管，名叫梅里格特，"她解释说，"梅里格特本人对亚瑟情有独钟，给他捎来了亲戚们的话，如此等等。"

"并不是得了一种要命的疾病，你懂的。"亚瑟一本正经地说。

"当然，必须献花，但是，梅里格特最让人放心。"

"我来吧。"蒙塔古太太从中挑出了几页，迅速翻看起来，满纸都是潦草、花哨、用铅笔写出的文字，蒙塔古太太皱着眉头，手指在飞快地

---

[1] 国际象棋中的棋子（knight）。

一页页往下翻。"找到了,"她说,"亚瑟,你来念问题,我念答案,这样一来,听上去就更加自然了。"

"我们这就开始啦,"亚瑟眉飞色舞地说,接着便贴在蒙塔古太太的肩膀边,"哎——让我看看——直接从这里开始念吗?"

"从'你是谁?'开始。"

"好咧。你是谁?"

"我是傻妞。"蒙塔古太太用尖厉的嗓音念道,于是,伊莲娜、西奥朵拉、卢克和博士都转过身来,侧耳聆听着。

"傻妞是谁?"

"伊莲娜就是傻妞儿、傻妞、傻妞。有时候话就是这样写的,"蒙塔古太太忽然停下来解释说,"会一遍又一遍地重复同一个词,确保偶然出现的这个词写法正确。"

亚瑟清了清嗓子。"你想干什么?"他念道。

"回家。"

"你想回家吗?"西奥朵拉耸了耸肩膀,搞笑地对伊莲娜说。

"想待在家里。"

"你在这儿干什么?"

"等待。"

"等待什么?"

"回家。"亚瑟停了下来,玄奥莫测地点了点头。"到这里又是重复,"他说,"好像是一个词,反反复复地用这个词,大概是为了核实这个词的发音。"

"一般情况下,我们从来不问为什么,"蒙塔古太太说,"因为这个词会让心形乩板混淆不清。不过,这一次我们不大恭敬,直接亮出这个词发问的。亚瑟?"

"为什么?"亚瑟念道。

"母亲,"蒙塔古太太念道,"这下你们明白了吧,这一次我们是直接发问的,因为心形乩板的回答完全不受任何约束。"

"希尔山庄是你的家吗?"亚瑟声调平缓地念道。

"家。"蒙塔古太太回答说,博士叹了口气。

"你在受苦吗?"亚瑟念道。

"此处没有回答。"蒙塔古太太煞有介事地点了点头。"有时候人们对于痛苦是不愿承认的。承认痛苦会可能让我们这些活着的后人失去信心,你们知道的。比方说,亚瑟的姑妈就是这样的人,从来不让人知道她生病了,不过,梅里格特总是对我们实话实说,可是,等他们去世之后,情况反而更加糟糕。"

"以苦为乐,"亚瑟以肯定的口吻念道,接着又念道,"需要我们帮你吗?"

"不。"蒙塔古太太念道。

"需要我们为你做点儿什么吗?"

"不。万事皆休。万事皆休。万事皆休。"蒙塔古太太抬起头来。"你们明白了吧?"她问道,"同一个词,一遍又一遍地重复。人们爱重复自己的话。我碰到过这种情况,有时候同一个词会反复出现,要写满整整一页纸呢。"

"你想要什么?"亚瑟念道。

"母亲。"蒙塔古太太回应道。

"为什么?"

"孩子。"

"你母亲在哪里?"

"在家里。"

"你家在哪里?"

"万事皆休。万事皆休。万事皆休。在这之后,"蒙塔古太太说,一边轻快地把那页纸折叠起来,"全都是谁也听不懂的嘈杂的噪音。"

"从来没见过心形乩板配合得这么好,"亚瑟摆出一副深信不疑的样子对西奥朵拉说,"真是一次难得的体验啊,真的。"

"可是,为什么偏偏挑中傻妞呢?"西奥朵拉十分厌烦地说,"不经人家允许,你那个笨蛋心形乩板是无权给人发送信息的,要不然——"

"辱骂心形乩板,你就永远别想得到任何结果。"亚瑟刚说到这里,蒙塔古太太就赶忙打断了他,接着又扭过身去,惊讶地望着伊莲娜。

"你就是傻妞啊?"她问道,随即又回过身来望着西奥朵拉。"我们本来以为你是傻妞呢。"她说。

"那又怎么样?"西奥朵拉没好气地说。

"那也影响不了这些信息，当然不会，"蒙塔古太太一边说，一边恼火地拍打着那沓纸，"尽管我的确认为，我们得到的信息大概不会有差错。我相信，心形乩板分得清你们这两个人，不过，即使被误导了，我也绝对不在乎。"

"别觉得被冷落了，"卢克对西奥朵拉说，"我们会活埋你的。"

"一听说信息是那个玩意儿发出来的，"西奥朵拉说，"我还以为是发现了暗藏的金银财宝呢。这种胡说八道的话没有一句会涉及向我姑妈献花。"

大家都在小心翼翼地躲着我，尽量不朝我看呢，伊莲娜暗暗想道，我又被他们孤立出来当作另类了，他们是出于好心，才假装这是毫无意义的事情的。"你们为什么认为这一切全都是针对我的？"她问道，觉得很无奈。

"真的，孩子，"蒙塔古太太说罢，随手把那一摞纸丢在小矮桌子上，"我没法从头说起。尽管你早已不是小孩子了，是吧？也许在心灵感应方面你的接受能力很强，只是你自己还没有意识到，可是"——她冷漠地转过身去——"你怎么会这样呢，在这古宅里一个星期下来，居然没有接收到一条来自天外的哪怕是最简单的信息……那个炉火需要动一动了。"

"傻妞不需要来自天外的信息，"西奥朵拉一边宽慰地说着，一边走过来，把伊莲娜冰冷的手捧在自己手里，"傻妞需要躺在她温暖的床上小睡一会儿。"

我需要和平，伊莲娜想得很具体，在这个世界上我最想要的是和平，一个安安静静、可以躺着静心思考的地方，一个安安静静、堆满鲜花的地方，我可以在鲜花丛中做梦，自言自语地讲述甜蜜的故事。

"我嘛，"亚瑟表情丰富地说，"我要把我的大本营建立在那个小号房间里，就在儿童室的这一边，肯定在听得见喊声的距离之内。我会随身带着一支装满子弹的左轮手枪——别紧张呀，女士们，我可是一名战绩优秀的神枪手呢——还有一只手电筒，再加上一个声音极其刺耳的哨子。万一我观察到值得你们注意的情况，或者我需要——呃——有人来陪伴我，我召集你们其余的人不会有任何问题。你们大家都尽管安安静静地睡觉，我保证你们平安无事。"

"亚瑟，"蒙塔古太太解释说，"会在这古宅里四处巡逻的。每小时一次，很有规律，他会到楼上各个房间来巡查一遍。依我看，他今晚就不必费心来巡查楼下的这些房间啦，因为有我在这里值夜呢。这种事情我们以前干过，已经好多次了。跟我来吧，大家都来。"大伙儿默默地跟着她登上楼梯，边走边望着她充满爱意地轻轻拍打着楼梯的扶栏，抚摸着墙壁上的雕刻。"真是一大幸事啊，"她一度说，"总算知道了，盘踞在这古宅里的鬼怪原来只是在等待机会讲述他们的故事，让自己从伤心之事的重负下解脱出来。现在好啦。亚瑟会首先检查卧室的。亚瑟？"

"多有得罪啦，女士们，多有得罪啦。"亚瑟一边说，一边打开了蓝色房间的门，那是伊莲娜和西奥朵拉两人合住的房间。

"好一个优雅的地方啊，"他故意声音浑厚地说，"让两位如此花容月貌的女士住正合适。如果你们不介意的话，我就代劳一下，大致看看那个壁橱和床铺底下。"大家都神情庄重地注视着亚瑟，只见他四肢地趴下来，朝两张床的床底下看了看，然后站起身来，拍打着手上的灰尘。"绝对安全。"他说。

"哎，我住哪儿呢？"蒙塔古太太问道，"那个小伙子把我的旅行包放哪儿啦？"

"直接放在过道尽头了，"博士说，"我们称它为儿童室。"

蒙塔古太太，因为有亚瑟跟随着，目标明确地顺着过道走去，穿过那个寒风口时，禁不住打了个寒颤。"我肯定需要再额外加几条毛毯，"她说，"叫那个小伙子从别的房间再拿几床毛毯来吧。"打开儿童室的门之后，她点点头，说："必须承认，这张床看上去还是挺清爽的，不过，房间有没有打开来透透气？"

"我跟达德利太太说过。"博士说。

"房间里霉味难闻。亚瑟，劳驾你打开那扇窗户吧，尽管有冷风。"

儿童室墙上的那些动物无精打采地俯视着蒙塔古太太。"你肯定……"博士犹豫了一下，担心地朝门头上的龇牙咧嘴的笑脸瞥了一眼。"我不放心，不知道是不是应该有人陪你住在这里。"他说。

"亲爱的。"蒙塔古太太此时因为有那些亡故之人的灵魂在场，居然变得心情愉快起来，觉得丈夫的话很好笑。"我怀着最纯洁的爱心和体谅之情，孤身一人待在一间屋子里，却又根本不是孤身一人，我已经在这儿坐了多少个钟头——多少个钟头、多少个钟头啦？亲爱的，在一个完全只有爱心、同情心和体谅之情的环境里，是没有任何危险的，我怎么才能让你明白呢？我是来帮助这些不幸的灵魂的——我是来出手相助，表达由衷的爱意的，我还要让他们知道，这世上依然还有一些人在怀念他们，愿意倾听他们的心声，愿意为他们哭泣，他们孤苦伶仃的处境马上就要结束了，我要——"

"是啊，"博士说，"但是要把房门开着。"

"不锁就是了，如果你一再坚持的话。"蒙塔古太太显得非常宽宏大量。

"我就在这过道的下面，"博士说，"我不大会主动过来巡夜的，因为这是亚瑟的工作，不过，要是你需要什么，只管吩咐，我能听见你的喊声。"

蒙塔古太太嘿嘿一笑，朝他摆了摆手。"另外那两个人比我更需要你的保护呢，"她说，"当然，我会处理好我力所能及的事情。她们可是非常、非常脆弱的人儿啊，因为她们心肠冷酷，有眼无珠。"

亚瑟回来了，后面跟着嬉皮笑脸、乐不可支的卢克，亚瑟刚刚趴在地板上检查完其余几间卧室，一看见博士就兴冲冲地朝他点了点头。"全部清查过了，"他说，"绝对安全，你们现在可以安心上床睡觉去啦。"

"谢谢你，"博士矜持地对他说，接着就扭过头去对他妻子说，"晚安。一定要多加小心。"

"晚安。"蒙塔古太太说着，朝众人莞尔一笑。"请大家都别害怕，"她说，"不管发生什么事儿，切记，有我在这儿呢。"

"晚安。"西奥朵拉说。"晚安。"卢克接着说。亚瑟压阵走在众人的后面，边走边安慰着他们，让他们尽管放心去安安稳稳地睡个好觉，万一听见枪声也别担心，他会在午夜十二点开始他的第一趟巡逻的，伊莲娜和西奥朵拉走进了她俩合住的房间，卢克继续顺着过道朝他的房间走去。过了一会儿，博士才很不情愿地转身离开了他妻子已经紧闭的房门，跟在大家后面走了。

"等一等，"一走进房间，西奥朵拉就对伊莲娜说，"卢克刚才说了，他们想让我们到过道那头去呢，别急着脱光衣服，别出声。"她把房门拉开了一道缝，回过头来悄声说："我敢肯定，那个老婆娘马上就要玩那种地地道道的爱情把戏，把这座古宅闹得山崩地裂了。假如这世上真有某个地方不能让完美的爱情得到施展，这个地方就是希尔山庄。瞧。亚瑟已经把房门关上了。利索点儿。别出声。"

她俩默不作声、悄无声息地走进铺着地毯的过道，脚上穿着袜子匆匆顺着过道朝博士的房间飞奔而去。"快进来，"博士说着，把房门拉开了一条缝，宽度刚好能让她俩挤进来，"别出声。"

"这样不安全，"卢克说罢，随手关上门缝，然后回过身来坐在地板上，"那家伙会立即开枪杀人的。"

"我不喜欢这种事情。"博士说，一脸忧虑的神色。"卢克和我打算不睡觉了，通宵监视，但是，我希望你们两位女士就待在这儿，这样我们也可以随时照看你们。马上就要出事儿了，"他说，"我不喜欢这种事情。"

"但愿她千万别把事情搞得一团糟，用她那个心形乩板，"西奥朵拉说，"对不起，蒙塔古博士。我并不是有意要说你太太的坏话。"

博士哈哈一笑，目光依然紧盯着房门。"她原先是计划全程和我们待在一起的，"他说，"可是，她报名参加了一门瑜伽课程，不能缺课。她在很多方面都算得上一个非常优秀的女人。"他补了一句，一本正经地朝大家看过来。"她是个好妻子，对我非常关心。她办事能力特别强，真的。连我衬衫上的纽扣都要关心到。"他满怀希望地微微一笑。"这件事"——他朝过道那边指了指"这件事，实实在在地说，是她唯一的美中不足。"

"她说不定以为她是在协助你工作呢。"伊莲娜说。

博士做了个鬼脸，却忍不住打了个寒颤。就在这时，房门突然大开，随即又"嘭"地一声关上了，门外一片寂静，但是他们分明听见了一阵不慌不忙、一扫而过的窸窣声，仿佛有一股持续不断、强劲有力的阴风在顺着过道一路横扫过去。他们面面相觑，各自都想努力挤出点儿笑容，努力装作大无畏的样子，努力承受着那缓缓袭来、虚幻缥缈的寒气，听着那凄厉的风声，听着楼下传来的阵阵敲门声。西奥朵拉一声不吭地把博士床脚边的被褥抱了过来，裹在伊莲娜和她自己身上，两人紧紧挤在一起，尽量不发出一点儿声响。伊莲娜依偎着西奥朵拉，尽管西奥朵拉双臂合围拥抱着她，她还是感到冷得要命，心里在暗暗思忖着，它知道我的名字，这回它知道我的名字了。"砰砰"的敲打声顺着楼梯上来了，嘎吱作响地踩在每一级台阶上。博士站在房门边，显得很紧张，卢克赶紧走过去站在他身边。"根本不在儿童室附近嘛。"他一边对博士说着，一边伸出手去拦住博士，不让他开门。

"老是听到这'砰砰'的敲打声，搞得人心烦意乱的，"西奥朵拉用调侃的口吻说，"明年夏天，我真的要到别的地方去过了。"

"普天之下处处都有不尽如人意的地方，"卢克对她说，"到了湖区，你就得挨蚊子叮咬。"

"我们在希尔山庄的这出戏应该演完了吧？"西奥朵拉问道，她虽然说话的口气很轻松，声音却在发抖。

"好像我们以前也碰到过这种乒乒乓乓胡乱敲打的勾当。难不成它还要从头到尾重新再来一遍？"那嘎吱嘎吱的声音在过道里回响着，听上去仿佛来自过道的另一头，来自远在过道尽头的儿童室那边，博士神情紧张地紧贴着房门，急得直摇头。"我得赶紧出去，得到那边去看看，"他说，"她说不定已经受到惊吓了。"他对大伙儿说。

伊莲娜的身子随着那砰砰作响的敲打声的节奏在不住地摇晃着，那诡谲的敲打声宛如在她的脑海里敲打着，一点儿也不亚于过道里的声响，她搂紧西奥朵拉，说："人家知道我们躲在哪儿呢。"其他几个人却以为她指的是亚瑟和蒙塔古太太，都点点头，侧耳听着外面的动静。伊莲娜双手紧捂着眼睛，身子随着那噪音的节奏左右摇摆着，她暗暗告诫自己说，这砰砰作响的敲门声一定会持续回响在过道里，会没完没了地一直敲打到过道的另一头，然后再重新敲打回来，再连续不断地敲打下去，像以前一样，再等一会儿就停了，到那时，我们会彼此互相打量，哈哈大笑，努力回想我们经受了多少寒冷。这小小的亦真亦幻的恐惧感怎么偏偏就落在我们身上呢？再过一会儿就该停下来了吧。

"它不是来害我们的。"西奥朵拉在对博士说，声音压过了那"砰砰"作响的噪音。"它也不会害他们的。"

"我只希望她不要轻举妄动。"博士苦着脸说，他依旧站在门后，却好像无力打开门去面对屋外那越来越响的噪音。

"我真的觉得我倒像是对付这种事情的老手似的,"西奥朵拉对伊莲娜说,"再靠近点儿呀,傻妞,挤一挤才暖和呢。"她把伊莲娜拉过来,让她在毛毯下跟自己靠拢更紧些,可是,那种令人恶心的感觉,依然冷飕飕地包围着她们。

过了一会儿,外面的动静突然之间变得无声无息了。但是那种神秘莫测、暗中作祟的窸窣声,大伙儿依然记得清清楚楚。他们屏住呼吸,面面相觑。博士两只手都握在门把手上,卢克倒好,尽管面色苍白,声音发抖,竟轻描淡写地说:"白兰地,要不要?我很想来点儿提提精神的——"

"不要。"西奥朵拉咯咯儿地笑着,笑得很放肆。"别用那个双关语啦。"她说。

"对不起。你也不会相信我的话呀。"卢克说,他好不容易开始斟酒时,装白兰地的细颈酒瓶把酒杯碰得叮当响,"不过,我再也不认为这是个双关语啦。这是住在闹鬼的屋子里必须做的事情,增加点儿幽默感嘛。"

见西奥朵拉和伊莲娜挤作一团躺在毛毯下,他双手捧着酒杯来到床前,西奥朵拉只好伸出一只手来接过酒杯。

"哎,"她说,把酒杯端到伊莲娜的嘴边,"喝吧。"

伊莲娜啜了一小口酒,没觉得暖和,心想,我们正处在风暴眼里呢,已经没有多少时间啦。她望着卢克小心翼翼地端着一杯白兰地朝博士走过去,刚把那杯酒递到半截,然而就在这时,还没来得及弄明白是怎么回事,就见酒杯从卢克的手指缝里滑落下来,摔在地板上,就在这一瞬间,房门突然被推得剧烈摇晃起来,抖动得很厉害,却一点儿声音也没有。卢克连忙拉住博士,这时,房门又被无声地撞击了一下,仿佛差点儿就要被撞得脱开铰链,差点儿就要被挤压成弧形,翻倒下来,把他们暴露得一览无余。卢克和博士赶紧退让开,在一旁等待着,显得既神情紧张,又无可奈何。

"它进不来,"西奥朵拉一遍又一遍地低声叨着,两眼死盯着房门,"它进不来,别让它进来,别让它进来——"摇晃停止了,门不动了,有人在爱抚般地悄悄摩挲着门的把手,亲昵、温柔地抚摸了片刻之后,发觉房门是锁着的,便轻轻叩击、摸索着门框,仿佛像在哄骗人放它进来似的。

"它知道我们躲在这儿。"伊莲娜悄声说，卢克扭过头来朝她瞥了一眼，恼火地做了个手势，要她别出声。

这儿真冷啊，伊莲娜孩子气地想道，这噪音统统都是我头脑里想象出来的，我根本不可能再安心睡觉了，既然这噪音都是我自己头脑里想象出来的，其他这几个人怎么也能听得见呢？我正在一英寸一英寸地化解开来，消散在这间屋子里，我的灵魂与肉体正在一点儿一点儿地分离，因为这噪音正在一点儿一点儿地分解我，其他这些人为什么害怕成这样呢？

她木愣愣地意识到，那"砰砰"的敲击声又响了起来，那势如破竹的重金属的敲击声，如同汹涌的波涛劈头盖脸地朝她席卷而来。她抬起冰冷的双手捂住自己的嘴巴，想摸摸自己的脸是不是还在，我已经受够了，她暗暗想道，我感到这儿太冷了。

"在儿童室那边，"卢克紧张地说，声音清楚地盖过了噪音，"在儿童室那边，别动。"他伸手拦住了博士。

"这是最纯洁的爱情，"西奥朵拉肆无忌惮地说，"最纯洁的爱情啊。"她又咯咯儿地笑了起来。

"要是他们不开门——"卢克对博士说。博士站在门后，此刻正脑袋贴在门上听着，卢克拽着他的胳膊，不让他轻举妄动。

瞧，我们马上就要听到一种新的噪音了，伊莲娜暗暗想道，一边聆听着自己的心声。那股噪音已经有了变化。"砰砰"的敲击声已经停息下来，仿佛它知道再这样下去不会有结果似的，果然，这时传来了一阵急促的在过道里来回奔走的声音，好像是一头动物不相信似的在很不耐烦地走来走去，在密切注视着每一扇门，警惕地关注着屋里的每一个动静，接着又传来了那种含糊不清的窃窃低语声，那声音伊莲娜依然记忆犹新。那是我在说话吗？她急忙暗自寻思起来，那是我吗？随即便听到门外传来了一阵细弱的笑声，仿佛在嘲笑她。

"呋—啡—弗—嘋。"西奥朵拉咬牙切齿地咕哝着，那笑声竟越来越响，渐渐变成了呼喊声。那是我发自头脑里的呼喊声吧，伊莲娜暗暗想道，用双手捂着脸，那就是我头脑里的呼喊声，喊出来吧，喊出来吧，喊出来——

这时，整个屋子开始颤抖、摇晃起来，窗帘噼里啪啦地甩打在窗户上，家具在摇摇摆摆，过道里响声大作，声音在来回撞击着墙壁。他们听得见玻璃的碎裂声，好像是过道里的画框摔了下来，又像是窗玻璃被敲碎的声音。卢克和博士在拼命抵着门，仿佛死也不会开门似的，脚下的地板也开始晃动起来。我们要死啦，我们要死啦，伊莲娜心想，却依稀听见西奥朵拉在说："屋子马上就要倒塌了。"她的声音听上去似乎很平静，一点儿也不害怕。伊莲娜双手抓着床，浑身直哆嗦，面对突如其来的寒气，她缩着脑袋，闭起双眼，嘴唇紧咬着，感到恶心得直想吐，房间似乎在歪歪斜斜地漂移，接着又恢复了正常，随后又慢慢变得温顺起来，在轻轻地左右摇摆着。"万能的上帝啊。"是西奥朵拉在说，而那房门似乎在一英里开外的地方，只见卢克一把拽起博士，扶着他站起身来。

"你没事儿吧？"卢克喊了一声，背抵着房门，双手抓着博士的肩膀。"西奥，你没事儿吧？"

"我能挺得住，"西奥朵拉说，"不知傻妞行不行。"

"别让她着凉了，"卢克说，声音似乎很遥远，"我们还没有看到事情的全部真相呢。"他的声音隐隐约约飘向了远方。伊莲娜远远听见和看见他就飘飘渺渺地站在房间里，他和西奥朵拉，再加上博士，依然还在等待着。在这无底洞似的混沌的黑暗中，她感到没有一样东西是真实的，唯有她自己惨白地抓着床柱的两只手是真的。她能看见他们，都很渺小，在床铺剧烈摇晃、墙壁向前倾斜、房门歪歪倒倒的时候，她看见他们个个都紧张得浑身僵直。不知哪儿传来了一声巨响，是轰然倒塌的声音，仿佛有什么庞然大物一头栽了下来。肯定是那座塔楼，伊莲娜想，我还以为它能再撑持很多年呢。我们都完蛋了，完蛋啦，这座古宅正在自行毁灭呢。她听见那压倒一切的笑声渐渐细弱下来，变成了疯笑，变成了声音尖细、越来越响的狂笑，于是，她暗自寻思道，不对，完蛋的是我自己呀。这也太过分了，她想，我会放弃我所拥有的这一部分自我的，退出好了，我甘愿把我根本就不想要的东西交出来，不管它想要什么，它拿去好了。

"我这就来。"她情不自禁地说出声来，是朝着西奥多拉说的，西奥多拉正俯身凝望着她。房间里静悄悄的，在那扇窗户边，在两面纹丝不动的窗帘之间,她可以看见阳光。卢克坐在窗前的一张椅子里,他脸上青一块紫一块,衬衣也撕破了,他还在喝着白兰地。博士仰脸坐在另一张椅子里,他的头发刚刚梳理过,显得眉清目秀,干练利落,镇定自若。西奥朵拉俯身看了看伊莲娜,说:"我想,她没事儿了。"伊莲娜猛然坐起身来,摇了摇头,瞪大眼睛望着。整个屋子都恢复了常态,也很宁静,她周围的一切景物都豁然开朗,历历在目,而且没有一样东西被动过。

"怎么……"伊莲娜说,他们三个人都笑了。

"又熬过一天了。"博士说,尽管他相貌堂堂,说话声却显得有气无力。"又熬过一夜啦。"他说。

"就像我起先想说明的那样,"卢克说,"住在一幢闹鬼的屋子里真他妈的要有点儿幽默感才行。其实我的本意并不是想编造一个犯忌讳的双关语。"他对西奥朵拉说。

"他们——怎么样啦?"伊莲娜问道,这话听上去似乎有些陌生,她连嘴巴也变得木讷了。

"两个人都睡得很香,"博士说,"其实,"他说,那架势仿佛是在继续前面已经在进行的一场谈话,而这场谈话是在伊莲娜熟睡的时候开始的,"我根本就不信这场风暴是我妻子招惹起来的,但是我不得不承认,我们还得再来说说关于纯洁的爱情……"

"出什么事啦?"伊莲娜问道,我肯定整夜都在磨牙齿吧,她想,就像我的嘴巴感觉到的那样。

"希尔山庄跳起舞来了,"西奥朵拉说,"捎带着我们也在这疯狂的大半夜里放纵作乐了一回。至少是这样,我认为它是在跳舞,它大概一直在翻筋斗吧。"

"差不多快九点啦,"博士说,"伊莲娜已经……"

"来吧,宝贝儿,"西奥朵拉说,"西奥来帮你洗脸,要把你收拾得体体面面的,好准备吃早饭呀。"

第八章

"有没有谁告诉过他们,达德利太太十点钟要来打扫卫生的?"西奥朵拉若有所思地望着咖啡壶。博士犹豫了一下。"经过这么一夜的折腾,我可不想去吵醒他们。"

"可是,达德利太太十点钟要打扫卫生的。"

"他们来了,"伊莲娜说,"我听见他们走到楼梯上了。"整个山庄里的一切,我什么都听得见,她真想告诉他们。

接着,远远地,他们都听见了蒙塔古太太的说话声,因为她恼火地抬高了嗓门,卢克听明白原因了,说:"啊,上帝——他们找不到餐厅了。"说罢便赶紧跑过去打开了门。

"——得适当通通风才行。"蒙塔古太太人没到,声音先到,接着就风风火火地闯进了餐厅,大大咧咧地在博士肩膀上拍了拍,算是打了招呼,随后便一屁股坐下来,朝其余几个人点了点头。"我得说你们,"她立即嗔怪起来,"我满以为你们会来叫我们吃早饭呢。我估计,什么都凉了吧?这咖啡还能将就着喝吧?"

"早上好。"亚瑟闷闷不乐地打了声招呼,不请自便地坐了下来,一脸不高兴的神色,好像在发脾气。西奥朵拉因为有些匆忙,把一杯咖啡放在蒙塔古太太面前时,差点儿打翻了咖啡壶。

"看来这咖啡还是够热的,"蒙塔古太太说,"无论如何,我今天上午得跟你们那位达德利太太谈谈。那个房间必须通通风才行。"

"你这一夜怎么样?"博士战战兢兢地问道,"这一夜下来——呃——你有没有什么收获?"

"说到有没有收获,你指的是舒不舒服吧,约翰,但愿你说的是这个意思。不舒服,这是我对你这个最文明的询问的回答,这一夜我睡得很不舒服。我整夜都没有合眼。那个房间简直让人没法忍受。"

"闹腾得要命的古宅,是吧?"亚瑟说,"有树枝在不停地敲打我的窗户,敲打了整整一夜,几乎要把我气疯了,敲敲打打,敲敲打打。"

"即使把所有窗户全打开,那个房间也闷得很。达德利太太的咖啡还算过得去,不像她管理房屋这么蹩脚。对不起,再给我来一杯咖啡。我真感到诧异啊,约翰,你居然把我安排在这么一间密不透风的屋子里住。假如有办法跟那些已经故去的人的亡灵进行沟通,空气流通是最起码的条件,应该得到充分保证。我闻了整整一夜的灰尘啊。"

"你这人真搞不懂,"亚瑟对博士说,"居然让这么个地方把自己弄得惶惶不可终日。我提着左轮手枪在那儿坐了整整一夜,却连一只老鼠的动静都没有听到。只有那可恨的树枝在不停地敲打着窗户。简直要把我气疯了。"他推心置腹地对西奥朵拉说。

"我们不会放弃希望的,当然不会。"蒙塔古太太朝她丈夫狠狠瞪了一眼,吓得他不敢再做声。"也许今天晚上就会有鬼魂显灵。"

"西奥?"伊莲娜放下手中的记事手册,西奥朵拉正埋头奋笔疾书,蹙着眉头抬眼朝她看了看。"有件事我一直在思考。"

"我讨厌记这些笔记。我觉得我就像个该死的傻子一样,成天在写这种异想天开的玩意儿。"

"我一直拿不定主意。"

"哦?"西奥朵拉淡淡地笑了笑。"瞧你那认真的样儿,"她说,"你是不是要做出什么重大决定啊?"

"是的,"伊莲娜说,有些举棋不定,"关于我以后的打算。等我们大家都离开希尔山庄以后。"

"哦?"

"我就跟你走吧。"伊莲娜说。

"跟我去哪儿?"

"跟你回去,回家。我"——伊莲娜苦笑了一下——"我打算跟你回家。"

西奥朵拉惊讶得瞪大了眼睛。"为什么?"她茫然不解地问道。

"我向来无牵无挂。"伊莲娜说,心里却在纳闷,不知自己以前曾经在什么地方听人说起过类似的话。"我想有一个归宿。"

"我可没有收留流浪猫的习惯。"西奥朵拉调笑地说。

伊莲娜也哈哈大笑起来。"我倒真有点儿像只流浪猫呢,是吧?"

"唉。"西奥朵拉又拿起铅笔。"你有你自己的家,"她说,"到时候,你会高高兴兴地回家去的,傻妞,我的傻囡囡。我估计,我们大家都会高高兴兴地回家去的。你对昨天夜里的那些吵闹声是怎么看的?我实在写不出来。"

"我愿意跟你走,你知道的,"伊莲娜说,"我就要跟你走。"

"傻妞啊,亲爱的傻囡囡。"西奥朵拉又哈哈大笑起来。"瞧,"她说,"这才一个夏天嘛,不过才几个星期,到乡下的一个古色古香的避暑胜地来游玩了一下。回到家以后,你有你的生活。我也有我的生活。等夏天一结束,我们就回去。当然,我们会互相写信的,说不定还会互相登门拜访呢,不过,希尔山庄并不是永恒的,你知道的。"

"我可以去找一份工作做,我不会妨碍你的。"

"我真不明白,"西奥朵拉气恼地扔下手里的铅笔,"你是不是一贯喜欢去那些没人要的地方啊?"

伊莲娜心平气和地笑了笑。"我向来走到哪里都没人要。"她说。

"这多么像母亲啊,"卢克说,"样样东西都那么软和,样样东西都那么厚实。瞧这些张开怀抱的大椅子和大沙发,一坐下来才知道,原来这么硬邦邦的,一点儿也不舒服,马上就回绝你——"

"西奥?"伊莲娜柔声说,西奥朵拉朝她看看,一脸困惑地摇了摇头。

"——而且到处都是手。小巧玲珑、柔弱可爱的玻璃手,呈弧线形朝你伸来,在向你召唤——"

"西奥?"伊莲娜说。

"不行,"西奥朵拉说,"我不会接受你的。我也不想再谈这件事了。"

"也许,"卢克一边说,一边打量着,"最让人反感的就是地球仪上的那个着重号。请你客观地仔细看看那个灯罩,那是把无数碎玻璃片粘在一起做成的,或者看看楼梯上的那些非常壮观的圆球形的灯,或者看看西奥胳膊边的那个长笛形的光华夺目的糖果罐。餐厅里有一只碗,是用特别难看的黄色玻璃做的,摆放在一个娃娃成杯状托起的双手上,还有一个做成复活节彩蛋形状的糖罐,糖罐里能看到有几个牧羊人在翩翩起舞。一个乳房丰满的女人是栏杆的支柱,头上顶着楼梯的扶栏,在会客室里,压在玻璃板下面——"

"傻囡囡,别烦我啦。我们到小溪那边去走走吧,或者找点儿事情做做。"

"——有一张娃娃脸,用十字绣做成的。傻妞儿,别那么忧心忡忡的,西奥只是提议你到小溪那边去散散步。只要你们愿意,我可以陪你们一起去。"

"随便。"西奥朵拉说。

"把兔子吓得到处乱窜。要是你们愿意,我就带一根棍子去。只要你们喜欢,我不来也行。西奥只不过说说而已。"

西奥朵拉哈哈一笑。"说不定傻妞宁愿就守在这儿呢,好在墙上写字呀。"

"你这没良心的,"卢克说,"西奥,你这话也太歹毒啦。"

"我想再听听牧羊人在复活节彩蛋里跳舞的故事。"西奥朵拉说。

"一个装在糖罐里的世界。有六个小巧玲珑的牧羊人在翩翩起舞,一个牧羊姑娘穿着粉红色的上衣和蓝色的裙子,斜倚在长满青苔的河岸边看他们跳舞。到处是鲜花、绿树和羊群,还一个老牧羊人在吹风笛。我想,我要是一个牧羊人该多好啊。"

"但愿你不是斗牛士。"西奥朵拉说。

"但愿我不是斗牛士。傻妞的那些风流韵事全都是咖啡馆里人们津津乐道的流言蜚语,你仔细回想一下就明白了。"

"潘[1],"西奥朵拉说,"你真该住在哪个树洞里才对,卢克。"

"傻妞,"卢克说,"你没在听吧。"

"我觉得你是在故意吓唬她,卢克。"

"是因为希尔山庄有朝一日将归我所有,连同那些不为人知的金银

---

[1] 潘(Pan),古希腊神话中人身羊足,头上有角的牧羊神。

财宝和以防不时之需的积蓄吗？面对一座古宅，我的态度不怎么文雅吧，傻妞。我也许会一时兴起，把那个复活节彩蛋摔得粉碎，或者把那些小娃娃的手掰断，或者在楼梯上使劲跺脚，大喊大叫，上蹿下跳，用拐杖敲那些用一块块碎玻璃片粘成的灯罩，猛揍那个乳房丰满、头顶着楼梯扶栏的女人。我也许会——"

"你瞧瞧？你的确在吓唬她呢。"

"看来还真是这样，"卢克说，"傻妞，我只不过是在信口胡言。"

"我看他甚至连根拐杖也没有。"西奥朵拉说。

"实事求是地说，我真是在吓唬她呢。傻妞，我只不过是在信口胡说八道。西奥，她在想什么心事啊？"

西奥朵拉字斟句酌地说："等我们离开希尔山庄以后，她想让我带她一起回家，可是，这事儿我办不到。"

卢克哈哈大笑起来。"可怜的傻妞啊，"他说，"旅程结束之际，便是情侣们的相会之时。我们到小溪那边去散散步吧。"

"娘家嘛，"卢克说，他们这时正顺着台阶从游廊走向草坪，"有个管理家务的妈妈，有个当家作主的家庭主妇，有个管理家务的女主人。我敢肯定，等到希尔山庄真正归我所有的时候，我将是一个非常可怜的男主人，活像我们那位亚瑟。"

"我真搞不懂有谁想要希尔山庄。"西奥朵拉说，一听这话，卢克便回过身来，饶有兴致地望着那幢古宅。

"你根本不知道你一心想得到的究竟是什么，要等到你看清楚了之后才会明白，"他说，"如果我根本没有机会得到它，我的感受也许就大不一样了。人们彼此之间真正想要的究竟是什么呢，就像傻妞有一回问我的那样，别人到底起什么作用？"

"我母亲的死是我的错，"伊莲娜说，"她敲打着墙壁，一遍又一遍地喊我，可是我始终都没有醒。我应该给她拿药，我以前每次都这样做的。可是这一次她喊我的时候，我始终都没有醒。"

"事到如今，你应当忘掉这一切才对。"西奥朵拉说。

"从那以后，我一直感到很奇怪，不知道我当时究竟醒了没有，不知道我当时有没有醒，有没有听见她的喊声，也不知道我是不是马上又睡着了。本来是一件很容易的事情，所以，我一直觉得很奇怪。"

"该从这儿拐弯了，"卢克说，"要是我们打算到小溪那边去的话。"

"你想得太多啦，傻妞。你大概喜欢把这件事归咎在自己身上。"

"不管怎么样，这件事迟早总要发生的，"伊莲娜说，"可是，不管什么时候发生，当然都是我的错。"

"如果不发生这件事，你永远也不会到希尔山庄来的。"

"到了这儿，我们得排成单行一个跟一个往前走才行，"卢克说，"傻妞，你在前面带路吧。"

伊莲娜嫣然一笑，一马当先走到前面，迈开轻盈的脚步，愉快地顺着小径向前走去。现在我总算知道我要去哪儿了，她暗暗寻思，我跟她说了我母亲的事，这样就没事儿了。我要找一个小别墅，要不就找一个像她那样的公寓。我每天都看得到她，我们一起去寻找金边碗碟之类的漂亮东西，要养一只白猫，有一个复活节彩蛋形的糖罐，有一只装满星星的杯子。我不会再担惊受怕，不会再孤身一人。我就用伊莲娜这个名字称呼自己。"你们两个在背后说我的坏话吧？"她回过头来问道。

卢克愣了一下，随即便彬彬有礼地说："傻妞的灵魂正在善与恶之间苦苦挣扎呢。我估计，不管怎么说，反正我得充当上帝的角色才行。"

"但是，我们这两个人，她当然一个也信不过。"西奥朵拉被卢克的话逗乐了。

"不包括我，肯定不包括我。"卢克说。

"话说回来，傻妞，"西奥朵拉说，"我们刚才根本不是在议论你。好像我是学校里教孩子做游戏的女老师似的。"她半真半假生气地对卢克说。

我已经等待了这么久，伊莲娜暗暗思忖着，终于等来了我的幸福。她走在他们前面爬上山顶，眺望着山岗下窈窕成行的树木，他们必须穿过那片小树林，才能走到溪水边。那些树木在蓝天的衬托下多美啊，她想，树干笔直，无忧无虑。卢克说这儿处处都很软和，他说得不对，因为那些树木全都硬邦邦的，活像木刻的树木。他们还在背后议论我，议论我是怎么到希尔山庄来的，怎么找上西奥朵拉的，我现在又是怎么不放过她的。她能听见他们的窃窃私语声，交谈声时而因为带着怨恨而尖厉刺耳，时而由于冷嘲热讽而抬高嗓门，时而因为伴着一阵近乎于亲昵的笑声而缠绵动人。她一边如痴如梦地向前走着,一边听着背后传来的他们的说话声。她一走进高高的草丛,就判断出他们也跟着钻了进来,因为草丛在他们的脚下沙沙作响,一只受惊的蚂蚱一路狂跳着逃走了。

我可以在她的店铺里给她做帮手,伊莲娜暗暗寻思着,她爱收藏那些美轮美奂的东西,我就陪她一起去淘。我们可以高兴去哪儿就去哪儿,只要我们喜欢,走到天涯海角也行,而且我们愿意什么时候回来就什么时候回来。卢克这会儿正在跟她说他对我的看法呢:说我不肯轻易屈从于别人,说我曾经在周围种下了一道夹竹桃围墙,她在哈哈大笑,因为我再也不会形影相吊、无依无靠了。他们倒是非常般配的,而且都很善良。我其实并不指望从他们那儿得到什么,虽然他们给了我很多关爱。我这趟来得完全对,因为旅程结束之际,便是情侣们的相会之时嘛。

她来到浓荫蔽日的树枝下,顶着热辣辣的太阳在小径上走了一程之后,这些树荫显得格外凉爽宜人。这时,她走得更加当心了,因为眼前全是下山的路,时不时地还有石块和树根绊脚。在她身后,他们的说话声依然如故,时而又气又急,时而不慌不忙,笑声朗朗。我不回头看了,她欣慰地想道,免得他们看破我的心思。我们总有一天会坐在一起促膝长谈的,西奥和我,到那时候,我们有的是时间。我的感觉好奇怪啊,她想,人已经出了树林,走在小径的最后一段陡坡上,再走下去就是那条小溪了。我好像置身在一片奇境中,我依然心情快乐。我不会四处张望的,等我到了小溪边再说,我们来的那天,她在那儿差点儿摔了一跤,我会提醒她小溪里有金鱼,还要提醒她野炊的事儿。

她在绿茵茵的狭窄的堤岸边坐下来,下巴颏儿支在膝头上。我要把我人生中的这一刻牢记在心,她暗暗对自己许下诺言,一边聆听着他们的说话声,聆听着他们不紧不慢走下山来的脚步声。"快点儿来呀。"她说,一边扭过头去找西奥朵拉。"我——"四下里一片静谧。山坡上一个人也没有,空荡荡的什么也没有,只听到那顺着小径一路走来的清晰可辨的脚步声,再加上那隐隐约约的嬉笑声。

"谁——?"她弱弱地惊叫了一声,"谁?"

她看到草丛被沉重的脚步踩踏得倒伏下来,她看见又一只蚂蚱狂跳着逃了出去,一块鹅卵石轧轧作响地滚落下来。她分明听见小径上有沙沙作响的脚步声,她站起身来,后背结结实实地紧贴着堤岸,转眼间,那笑声已经挨得很近,"伊莲娜,伊莲娜。"她听见那喊声既在她头脑里,又在她头脑外,这是她聆听了一辈子的呼唤声。脚步声戛然而止,她顿时感到有一股极强的气流猛然袭来,她踉跄了一下,随即就被紧紧搂住了。"伊莲娜,伊莲娜,"在耳畔呼啸而过的气流声中,她听到了那声呼唤,"伊莲娜,伊莲娜。"她被紧紧地、无法挣脱地搂住了。一点儿也不冷,她想,一点儿也不冷。她闭起眼睛,背靠堤岸,心里在默念着,别让我走,好吧,那就留下,留下吧,这时,紧紧搂着她的那股坚实的力量开始悄然减弱,松开了她,渐渐淡去了。"伊莲娜,伊莲娜。"她又一次听见了呼唤声,隔了一会儿之后,她站在小溪边,浑身冷得直打颤,仿佛太阳早已不见了踪影,她一点儿不惊讶,只顾注视着那虚幻的脚步踩着溪水向对岸走去,在水面上激起了层层涟漪,不一会儿就登上了对岸的草地,不慌不忙、一往情深地朝山岗上走去。

回来,她差点儿没说出声来,浑身哆嗦着站在小溪边,片刻后,她转过身来,发疯似的朝山上奔去,一边奔跑,一边高声叫喊着,连声呼唤着:"西奥?卢克?"

她找到了他们,原来他俩都躲在那个小树丛里,背靠着树干,在有说有笑。等她冲到他俩面前时,他俩才转过身来,大吃一惊,西奥朵拉几乎要生气了。"你偏偏在这时候跑来,到底想干什么?"她说。

"我一直在小溪边等你们——"

"我们本来就打算守在这儿的,这地方凉快呀,"西奥朵拉说,"我们还以为你听得见我们喊你呢。是吧,卢克?"

"哦,是的,"卢克说,神情有些尴尬,"我们以为你肯定听得见我们喊你。"

"不管怎么样,"西奥朵拉说,"反正我们过会儿就要来的。是吧,卢克?"

"是的,"卢克说着,裂开嘴笑了笑,"啊,是的。"

"是地下水。"博士说着,挥了挥他手里的叉子。

"胡说八道。你们一日三餐都是达德利太太负责做吗?这道芦笋做得还算过得去。亚瑟,让那个小伙子帮你来点儿芦笋。"

"我亲爱的老婆啊,"博士疼爱有加地望着他妻子,"我们已经养成习惯了,午饭后要休息一个钟头左右的。如果你——"

"肯定不行。我既然来了,就有数不清的事情要做呢。我必须跟你们的厨娘谈一谈,我必须确保我的房间通风良好,我必须准备好心形乩板,今天晚上还要再祭它一次。亚瑟必须擦拭他的左轮手枪。"

"一个骁勇善战的斗士的标志嘛,"亚瑟很不情愿地承认说,"枪支弹药要始终处于良好状态。"

"你,还有这几个年轻人,你们当然可以休息。你们大概不像我这样有紧迫感,有这种特别强烈的冲动,要去救助那些可怜的在此地烦躁不安地四处游荡的灵魂。你们大概觉得我很傻吧,居然会对这些灵魂深表同情,在你们眼里,我说不定还很滑稽可笑呢,因为我可以为了一个迷途、落难的灵魂而流泪,孤苦伶仃的灵魂,竟然没有一个人肯伸出援助之手,纯洁的爱——"

"打槌球吗?"卢克急忙说,"打槌球吧,好吗?"他焦急地看看这个,望望那个。

"打羽毛球吗?"他建议说。

"打板球吗?"

"去看看地下水吧?"西奥朵拉好心补了一句。

"没有一样稀奇古怪、增添趣味的东西对我的胃口,"亚瑟立场坚定地说,"我常对我的手下说,这是一个粗俗无礼的男人的标志。"他若有所思地朝卢克看了看。"一个粗俗无礼的男人的标志。稀奇古怪、增添趣味的东西,由女人来伺候你。我的手下全都自己伺候自己。男子汉的标志嘛。"他对西奥朵拉说。

"除此之外,你还教他们什么?"西奥朵拉客客气气地问道。

"教他们?你的意思是——他们还用得着学吗,我的那些手下?你的意思是——线性代数之类的?拉丁语?当然啦。"亚瑟仰靠在椅子上,一副自鸣得意的样子。"这类东西统统都留给老师们去教啦。"他解释说。

"你的学校里有多少学生?"西奥朵拉向前探过身来,显得彬彬有礼、饶有兴趣的样儿,没话找话地跟客人交谈起来,亚瑟却颇有些受宠若惊。在餐桌的上首,蒙塔古太太皱起了眉头,很不耐烦地用手指敲着桌子。

"有多少？多得很呢。搞起了一支顶呱呱的网球队，你知道吧。"他眉开眼笑地望着西奥朵拉。"顶呱呱的。绝对是头等水平的。总不能指望没有骨气的人吧？"

"不能指望，"西奥朵拉说，"没有骨气的人。"

"啊。网球队。高尔夫球队。棒球队。田径运动队。板球队。"他狡黠地笑了笑。

"没想到我们也打板球吧，对不对？还有游泳队和排球队呢。但是，有些学生什么都想参加，"他神色焦虑地对她说，"全面发展型的。加在一起，大概有七十名吧。"

"亚瑟？"蒙塔古太太已经忍无可忍了，"瞧你，别三句话不离本行啦。记住，你是来度假的。"

"对，我真荒唐。"亚瑟情深意切地笑了笑。"还得去检查武器弹药呢。"他解释说。

"现在是两点钟，"达德利太太在门口说，"我两点钟清扫。"

西奥朵拉哈哈大笑起来，而伊莲娜呢，她此刻正深藏不露地躲在凉亭后面的那片阴影里，双手捂着嘴巴，生怕发出声来泄露了她的藏身之地。我得了解清楚才行，她暗暗思忖着，我得了解清楚才行。

"这首歌叫做《格莱顿谋杀案》，"是卢克在说，"很动人的作品。要是你喜欢，我可以唱给你听。"

"一个粗俗无礼的男人的标志，"西奥朵拉又哈哈大笑起来，"可怜的卢克啊，我恨不得骂他一声'无赖'呢。"

"这短短的一个钟头，要是你跟亚瑟待在一起就好了……"

"我当然情愿跟亚瑟待在一起啦。一个受过良好教育的人向来是一个令人精神振奋的好伙伴。"

"板球队，"卢克说，"根本没想到我们也打板球吧，对不对？"

"唱吧，唱吧。"西奥朵拉笑着说。

卢克唱起来，用浓重鼻音的唱着，每一个词都咬得清清楚楚：

　　格莱顿小姐第一个遇害，

她拼命将他阻拦在门外；
他用尖刀当场把她捅死，
他的罪恶行径由此拉开。

格莱顿奶奶第二个遇害，
纵然她年老体衰，头发灰白；
仍与歹徒殊死搏斗气势豪迈
直到她气力不逮惨遭杀害。

接着是爷爷格莱顿，
惨案就发生在炉火边；
他悄悄潜入爷爷背后
他勒死他用的是电线。

最后是婴儿格莱顿
在摇床中也难逃噩运；
他戳断他的根根肋骨
直到那孩子一命呜呼。
还把满口烟草和唾沫
朝他金色的脑袋上吐。

他唱完之后，两人一时默然无语，隔了一会儿，西奥朵拉声音微弱地说："这歌声好动人呀，卢克。非常好听。我今后只要再听到这歌声，就会想起你的。"

"我打算把这支歌唱给亚瑟听听。"卢克说。他们什么时候才会谈到我呢？伊莲娜躲在暗处遐想着。过了一会儿，卢克懒洋洋地接着说："真不知道博士的那本书写成之后会是什么样子？你觉得他会把我们写进去吗？"

"你在他那本书里的形象大概是一个兢兢业业、潜心于心灵研究的年轻的研究人员。我大概是一个具有无可争辩的天赋，但是名声很可疑的女子。"

"不知道书中会不会有一章是专门描写蒙塔古太太本人的。"

"还有亚瑟呢。还有达德利太太呢。但愿他不要把我们只当作他图表中的数据一笔带过就好了。"

"不知道,不知道呀,"卢克说,"今天下午真暖和。等凉快下来了,我们可以干些什么呢?"

"我们可以叫达德利太太做些柠檬汽水。"

"你知道我想干什么吗?"卢克说,"我想去仔细勘查一下。我们可以沿着那条小溪溯流而上,到山里去看看小溪的发源地究竟在哪儿。那边说不定有一个池塘,我们可以去那儿游泳。"

"也许是一个瀑布。这条小溪看样子是天然形成的,好像发源于某个瀑布。"

"那就走吧。"伊莲娜躲在凉亭后面侧耳聆听着,听到他们的笑声和脚步声沿着小径朝古宅方向奔去。

"瞧,我这儿有一件很有意思的事情,"说话的是亚瑟的声音,听那腔调仿佛是在壮起胆子来讨好大家,"我这儿有一本书。这本书里描写了怎样用普普通通的儿童蜡笔制作蜡烛。"

"有意思,"博士的声音听上去似乎有些兴味索然,"请原谅,亚瑟,我得赶紧把这些条目都写出来。"

"没关系,博士。大家都有自个儿的工作要做呢。都别出声就是了。"伊莲娜在会客室的门外聆听着,听到亚瑟喋喋不休、惹人厌烦的噪音终于渐渐平息下来。"这一带没有多少有意思的事情可做嘛,是吧?"亚瑟说,"你们平时一般都是怎么打发时间的?"

"工作,"博士没好气地说,"你把古宅里发生的事情都记下来没有?"

"记下来啦。"

"你把我写进去没有?"

"你好像应该把我们根据心形乩板所做的记录写进去才对。你这会儿在写什么呢?"

"亚瑟。你能不能看看书,或者做点什么事情。"

"当然可以。我自己也不想讨人嫌啊。"

伊莲娜听到亚瑟拿起了一本书，随即又把书放下，点起了一支香烟，接着便开始唉声叹气，在那儿蠢蠢欲动，最后说："我说，这一带没有任何有意思的事情可做吧，对不对？大家都去哪儿啦？"

博士耐着性子，兴味索然地说："我想，西奥朵拉和卢克大概是勘查那条小溪去了。我估计，其他人也都在附近忙着呢。事实上，我太太这会儿肯定是找达德利太太说话去了。"

"哦。"亚瑟又叹息了一声。"我看，我不妨就看一会儿书吧。"他说。不料，一分钟过后，他又说："我说，博士啊。我并没有存心要打扰你的意思，可是，你听听我这本书里是怎么说的……"

"不行，"是蒙塔古太太在说，"我认为你不能不管不问地由着这些年轻人乱七八糟地混在一起住，达德利太太。要是我丈夫在安排这个异想天开的古宅聚会之前，事先征求过我的意见——"

"好吧，现在的情况嘛，"这是达德利太太的声音，伊莲娜身子紧贴着餐厅的门，目瞪口呆地凝望着门上的木刻，"我向来认为，蒙塔古太太，人只能年轻一回。那些年轻人在这儿过得很快活，再说，这也完全是年轻人的天性啊。"

"可是，都住在同一个屋檐下——"

"没那么严重，他们又不是还没有长大成人，分不清是非好歹的孩子。那个漂亮的西奥朵拉小姐挺成熟的，完全能照顾好她自己，我是这样看的，不管卢克有多花心。"

"我需要一块干洗碗布，达德利太太，来擦擦这些银器。真是一大遗憾啊，我想，现如今，孩子们还在成长的时候，就样样事情都无师自通了。对他们来说，还是应该再多一些神秘才好，还有好多事情只有对成年人来说才是天经地义的，他们得等一等才能弄明白。"

"要是那样的话，他们就得付出沉重的代价才能明白那些事情啦。"达德利太太的声音听上去让人感到很宽慰，也很随和。"这些马铃薯是达德利今天早晨刚从菜园子里弄来的，"她说，"马铃薯今年长势很不错呢。"

"我们要不要先来处理一下这些马铃薯？"

"不要，哦，不要。你在那边坐下来歇一会儿吧，你干的活儿已经够多啦。我去煮壶水,我们要好好喝一杯香茶。"

"旅程结束之际,便是情侣们的相会之时。"卢克说罢,笑吟吟地望着坐在屋子对面的伊莲娜。"西奥身上的那件蓝色连衣裙真是你的吗?我以前怎么从没见过呢。"

"我才是伊莲娜,"西奥朵拉俏皮地说,"因为我留着小胡子呢。"

"你真有先见之明,带来了两个人穿的衣服。"卢克对伊莲娜说。

"西奥要是穿上我那件颜色鲜艳的薄型运动夹克衫,模样恐怕就没有这么漂亮啦,恐怕连一半也达不到呢。"

"我才是伊莲娜,"西奥说,"因为我身上穿着这套蓝色的连衣裙呢。我爱我这个名字为'伊'开头的至亲至爱的人,因为她是仙女下凡呀。她的名字叫伊莲娜,她活在大家的期盼中。"

她这是在怨恨呢,伊莲娜朦朦胧胧地想道,仿佛隔着天大的距离似的,她依稀能看见这些人,听到他们在说话。她心里在想,西奥此刻是满腹怨恨,而卢克则是在装老好人,卢克因为讥笑我而感到惭愧了,他也在为西奥此刻的怨恨而替她感到羞愧。

"卢克,"西奥朵拉说着,朝伊莲娜瞥了一眼,"过来,把那首歌再唱一遍给我听听嘛。"

"待会儿再说吧,"卢克很不自在地说,"博士刚才就已经把棋子摆好了。"他说罢便匆匆转身走开了。

西奥朵拉,由于伤了自尊心,赌气地头枕着椅子的靠背,闭上了眼睛,明摆着不想再开口说话的样儿。伊莲娜坐在那儿,低头望着自己的双手,听着古宅里千奇百怪的动静。楼上不知什么地方有一扇门悄然关上了。一只鸟儿在塔楼上稍稍停落了一下,旋即又飞走了。厨房间里的灶火在渐渐熄灭,渐渐冷却,发着轻微、柔和的毕卜声。一只动物——莫非是只兔子?——在凉亭附近的灌木丛里蹿来蹿去。由于对古宅有了新的认识,她甚至能听见尘埃在阁楼里轻轻飘落的声音,听见木板在不断老化的声音。惟有那间书房还对她封闭着。她听不见蒙塔古太太和亚瑟俯伏在心形乩板上的粗重的喘息声,也听不见他们兴奋不已地悄声发问的声音。她听不见那些书籍在腐烂霉变的声音,也听不见通向塔楼的环形铁梯在生锈腐蚀的声音。在这间小小的会客室里,她不用抬眼，也能听见西奥朵拉恼火的轻轻叩击声，听见棋子落在棋盘上的文文静静的响声。突然，她听到书房的门砰的一声被推开，紧接着，一阵刺耳的、气呼呼的脚步声传进了这间小会客室，随后，蒙塔古太太推开门大步闯了进来，大伙儿都齐刷刷地扭过脸来。

"我非说不可了，"蒙塔古太太大口喘着粗气，声音尖厉地说，"我真的非说不可啦，这是最令人发指的——"

"亲爱的。"博士站起身来，不料，蒙塔古太太竟生气地挥手把他推在一边。"但愿你还懂点儿礼仪——"她说。

亚瑟鬼鬼祟祟地从她身后现出身来，接着又扭怩作态地从她身边走了过去，猥琐地走到壁炉边的一把椅子上坐下来。见西奥朵拉扭过脸来看他，他便小心翼翼地摇了摇头。

"那种人之常情的礼仪。不管怎么说吧，约翰，我这么不辞劳苦地专程赶来，亚瑟也是，就是为了来帮你排忧解难的，我当然非说不可啦，我万万没有料到，竟然会遭到你的百般挖苦和妄加怀疑，在所有人当中，你最过分了，再加上这几个人——"她朝伊莲娜、西奥朵拉、卢克摆了摆手。"我只想求得，我只想求得，一点儿小小的最低限度的信任，对我千辛万苦所做的这一切，哪怕给点儿微不足道的同情，可你倒好，你非但不信，反而嘲弄我，讽刺我，讥笑我。"她喘着粗气，面红耳赤，伸出一根手指头对着博士的鼻子晃了晃。"心形乩板，"她辛酸地说，"今晚不肯跟我对话了。我祭起了心形乩板，却连一个字也没有得到，这都是你冷嘲热讽和你的怀疑态度所造成的直接后果；心形乩板很可能一连好几个星期不肯跟我对话了——这种情况以前就发生过，我实话告诉你，这种情况我以前已经碰到过，我当时刚把它祭起来，就遭到了一群无神论者的嘲笑，我已经知道，心形乩板的确会一连好几个星期保持沉默的，我这次专程赶来并无他求，只是怀着最美好的动机，我原先所指望的，无非是最最起码的那么一点儿尊重。"她冲着博士晃了晃那根手指头，气得一时说不出话来。

"我亲爱的老婆啊，"博士说，"我可以肯定地说，我们谁也没有故意要冒犯你。"

"你们不是一直在讽刺和讥笑吗？心形乩板的话明明就放在你们眼前，你们不是照样持怀疑态度吗？那几个年轻人难道还不够张狂、不够厚颜无耻吗？"

"蒙塔古太太，其实……"卢克说，可是蒙塔古太太毫不理会，与他擦身而过，气呼呼地一屁股坐了下来，嘴唇抿得紧紧的，两眼怒火燃烧。博士叹了口气，刚要开口说话，却欲言又止。他转身离开妻子，朝卢克做了个手势，要他回到棋桌上去。卢克心领神会地跟他去了，却见亚瑟不安地在椅子上扭动着身子，压低嗓音对西奥朵拉说："从来没见过她发这么大脾气，你知道吧。凄惨的经历啊，因为一直等着心形乩板发话呢。当然很容易动怒啦。对氛围很敏感嘛。"他似乎觉得已经令人满意地讲清了眼前的局面，便仰靠在椅子里，腼腆地笑了笑。

伊莲娜几乎没在听，只是对屋里的动静隐隐约约感到有些纳闷。有人在四处转悠，她毫不关心地暗自遐想着，是卢克在屋里来来回回地走动吧？莫非是他声音柔和地在自言自语，用一种奇怪的方式下棋吧？是在哼小曲儿吗？是在唱歌吗？有一两次，她差点儿就语无伦次地脱口说出声来，就在这时，卢克悄声说了句什么，他在棋桌上呢，那里才是他该去的地方，伊莲娜扭过头去，望着空荡荡的屋子中央，似乎有人在那儿走动，在轻轻吟唱着，接着，她便清清楚楚地听到了歌词：

> 去吧，穿过那条山谷，
> 去吧，穿过那条山谷，
> 去吧，穿过那条山谷，
> 像我们以前那样漫步。

哎呀，这首歌我知道的，她想，一边笑吟吟地聆听着那淡淡的悦耳的旋律。我们过去经常玩这种游戏，我记得那时的情景。

"道理很简单，那就是一个非常娇气、非常复杂的机械装置。"是蒙塔古太太在跟西奥朵拉说话，她还在生气，不过，在西奥朵拉善解人意的劝慰下，态度已明显缓和下来。"当然，哪怕稍微有一点儿不相信的气氛都会触怒它。要是人家不肯相信你的话，你会怎么想？"

> 进屋出屋都翻窗户，
> 进屋出屋都翻窗户，

进屋出屋都翻窗户，
我们依然浪漫如初。

那歌声很轻，兴许只是个孩子的歌喉吧，在甜甜地、怯生生地唱着，几乎听不见呼吸声，伊莲娜面带笑容回想着，聆听着那细声细气的歌声，觉得那歌声比蒙塔古太太大谈心形乱板的说话声还要清楚。

去吧，勇敢地面对你的恋人，
去吧，勇敢地面对你的恋人，
去吧，勇敢地面对你的恋人，
像我们以前一样难舍难分。

她听到那细声细气的歌声在渐渐淡去，接着便感到微风习习，脚步声也越来越近，仿佛有什么东西在她脸上一带而过似的。也许有人贴着她脸颊轻轻叹息了一声吧，她吃惊地扭过头来。卢克和博士仍在埋头下棋，亚瑟故作神秘地探过身去紧挨着西奥朵拉，蒙塔古太太还在侃侃而谈。

他们谁也没有听见这歌声，她无比欣慰地想道，除了我，谁也没有听见。

第九章

　　伊莲娜轻手轻脚地关上了卧室的门，不想吵醒西奥朵拉，虽然这关门的杂音不会惊扰到任何人的睡眠，她想，尤其像西奥朵拉睡得这么沉的人。我早已养成睡眠很浅的习惯啦，她自我安慰地想道，在过去的岁月里，我要随时聆听母亲的呼唤呢。过道里一片昏暗，只有楼梯口的那盏夜灯亮着，所有的门全都关得严严实实。真滑稽，伊莲娜一边想，一边赤着脚在过道的地毯上无声无息地向前走去，在我的人生阅历中，唯有这座古宅你用不着担心深更半夜弄出什么动静来，至少用不着担心有谁会知道弄出动静的人是你。她因为心里想着要下楼到书房去看看，于是就早早醒来了，她脑子里早已为自己想好了一条理由：我睡不着，她暗暗对自己解释说，所以我想下楼去找本书看看。假如有人问起我去哪儿，就说下楼去书房找本书看看，因为我睡不着。

　　天气很暖和，暖和得让人昏昏欲睡，暖和得让人想入非非。她光着脚丫，悄无声息地向前走去，走下宽大的楼梯，来到书房的门前，这才想起来，我不能贸然闯进去呀，我不能未经允许就贸然闯进去——她在门口踌躇了片刻，只觉得一股腐败难闻的气味扑面而来，使她恶心得直想呕吐。"妈妈，"她情不自禁地喊出声来，于是便急忙后退了一步。"过来吧，"有一个声音清清楚楚地在楼上应答着，伊莲娜急切地转过身来，慌慌张张地朝楼梯奔去。

　　"妈妈？"她柔声说，接着又喊了一声，"妈妈？"只听一阵柔弱的笑声朝她飘下来，她立即奔上楼梯，气喘吁吁地一直跑到楼梯顶层才停下来，然后顺着过道打量着左右两边那一扇扇紧闭的房门。

　　"你就藏在这屋里的某个地方吧。"她说，那微弱的回声顺着过道飘去,渐渐化为阵阵低吟声,伴着阵阵微弱的风声。

"某个地方吧,"那个声音说,"某个地方吧。"

伊莲娜笑了,追循着那声音在过道里无声无息地奔跑起来,一直跑到儿童室的门口。那个寒风口居然不见了踪影,她仰望着那两张冲着她龇牙咧嘴的笑脸,哈哈大笑起来。"你在里面吗?"她在门外轻轻呼唤着,"你在里面吗?"然后敲了敲门,接着便举起双拳在门上砰砰地使劲儿敲着。

"谁呀?"是蒙塔古太太的声音,分明就在屋里,一听就知道是刚被吵醒的。

"谁呀?不管你是干什么的,进来吧。"

不对,不对,伊莲娜暗暗寻思着,有些沾沾自喜,便无声地笑了起来,不在这屋里,不会跟蒙塔古太太待在一起的,于是便想顺着过道悄悄溜走,却听见蒙塔古太太在她背后喊道:"我是你的朋友,我对你没有恶意。进来吧,把你的冤屈告诉我。"

她不会开门的,伊莲娜明智地想道。她虽然不怕,但是她不会开门的,于是便敲了敲亚瑟的门,砰砰地使劲儿敲着,直到听见亚瑟醒来时惊恐的喘息声。

她手舞足蹈地走在柔软的地毯上,径直来到自己卧室的门前,西奥朵拉就睡在这屋里。这个不守妇道的西奥,她暗暗想道,这个心地歹毒、爱笑话人的西奥,醒来吧,醒来吧,醒来吧,接着便使劲儿在门上敲击着、拍打着,一边笑,一边胡乱拧着门把手,如此这般地折腾了一番之后,她又立即飞快地跑开了,顺着过道来到卢克的门前,砰砰地使劲儿敲打起来。醒来吧,她想,醒来吧,你这背信弃义的家伙。他们谁也不会开门的,她想,他们会坐在屋里,紧紧裹着毛毯,吓得浑身直哆嗦,不知接下来还有什么可怕的事情会降临到他们头上。醒来吧,她想,使劲儿敲打着博士的房门,我料定你不敢开门出来看看的,看我在希尔山庄这座古宅的过道里翩翩起舞。

就在这时,西奥朵拉狂喊起来,吓得她打了个激灵:"傻妞?傻妞?博士,卢克,傻妞不见了!"

这可悲的古宅,伊莲娜想道,我早就忘了伊莲娜的存在啦。他们现在不得不开门啦,于是,她迅速跑下楼梯,一边跑,一边听着博士在背后焦急地抬高嗓门的大喊声,听着西奥朵拉在连声叫喊:"傻妞?伊莲娜?"他们这帮傻瓜多蠢啊,她想,我现在得去书房了。"妈妈,妈妈,"她轻声喊道,"妈妈。"随后便头晕目眩地在书房门口停下了脚步。她能听见他们在她身后,在楼上过道里的说话声。真滑稽,她想,我居然能感受到整个古宅的存在,甚至还听见蒙塔古太太在抱怨,听见亚瑟在说话,接着是博士在说话,听得清清楚楚,"我们得赶紧去找她,请大家快点。"

行啦,我也可以跑快点,她想,随即顺着走廊朝那间小会客室奔去,推开门时,只见炉火在她眼前摇曳不定地闪烁了一下,卢克和博士没有下完的那局棋的棋子还原封未动地留在棋盘上。西奥朵拉一直喜欢用的那条围巾就搭在她常坐的那把椅子的靠背上。这个东西我不妨也来眷顾一下,伊莲娜想道,这是她女伴的让人触景生情的华美饰物,于是,她用牙齿咬住围巾的一端,"嘶啦"一声把它扯成了两半,随手扔在地上,这时,她忽然听见他们已经来到她背后的楼梯上了。他们是结成伴儿走下楼来的,在焦急地商量先去哪儿找,时不时地有人在呼唤着:"伊莲娜?傻妞?"

"回来吧?回来吧?"她听到远远的有个声音在呼唤,似乎就在这古宅的另外某个地方,她听到楼梯在他们脚下轧轧作响,听到板球滚落在草坪上的窸窣声。她壮起胆子,抖擞起精神,再次顺着走廊朝大厅跑去,然后躲在门洞里窥视着他们。他们果然目标明确地直奔大厅而来了,大家全都来了,全都紧张得彼此挨得很近,博士的手电筒在大厅里来回扫射着,最后停在那厚重的大门上,大门赫然敞开着。紧接着,在一片骚乱声中,在"伊莲娜,伊莲娜!"的惊呼声中,他们一齐冲过大厅,朝大门外奔去,在到处寻找、连声呼唤着,手电筒在忙不迭地朝四处照射着。伊莲娜依偎着门哈哈大笑起来,笑得泪水涟涟。他们这帮傻瓜多蠢啊,她想,原来我们这么容易让他们受骗上当呀。他们反应这么迟钝,耳朵这么聋,身子这么笨重,他们要踏遍整个庄园了,东翻西找,搜寻查看,闹得天翻地覆。她迅速跑过大厅,穿过棋牌室,冲进餐厅,再从那儿溜进了厨房,因为厨房门多。这真是个好地方,她想,只要听见他们来了,我随便朝什么方向逃走都行。他们纷纷回到大厅来了,跌跌撞撞地走着、呼唤着,她立即像箭一样冲了出去,奔向回廊,闯进凉意沁人的夜色中。她背靠山门倚立在那儿,任凭希尔山庄的层层薄雾翻卷着缭绕在她的脚踝间,她抬头仰望着峰峦叠嶂、嵬嵬耸立的群山。心安理得地坐落在这群山的怀抱中,她想,备受庇护,惬意而又温暖,希尔山庄真有福啊。

"伊莲娜?"他们几乎要近在眼前了,她立即沿着回廊飞奔起来,箭一般冲进会客室里。"休·克莱恩,"她说,"你愿意来陪我跳舞吗?"她朝那尊高大的微微前倾的雕像行了个礼,雕像的眼睛闪烁着,炯炯有神地望着她。星星点点的反射过来的灯光洒落在那些小雕像上,洒落在那些镀金的椅子上,她神情庄重地在休·克莱恩面前跳起舞来,他注视着她,满面笑容。"进屋出屋都翻窗户。"她唱着歌,感觉在翩翩起舞时,有人在牵着她的手。"进屋出屋都翻窗户。"她跳着舞步走出屋子,走上回廊,绕着古宅婀娜多姿地舞动着。我要一遍又一遍地绕着这古宅翩翩起舞,她想,反正他们谁也看不见我。路过厨房时,她伸手摸了摸厨房的门,在六英里开外的地方,达德利太太在睡梦中打了个哆嗦。她来到塔楼前,在山庄如此严密的团团包围下,在古宅摄人心魄的氛围中,她慢慢走过塔楼灰蒙蒙的石墙,即使在塔楼外,她也没敢造次去触摸它。随后,她转过身来,站在那厚重的大门前。大门已经再次被关上了,她伸出一只手,毫不费力地推开了它。这样一来,我就走进希尔山庄啦,她暗暗告诫自己说,随即便迈步走进屋来,仿佛像进自己的家门一样。"我回来啦,"她情不自禁地说出声来。"我一直在绕着这山庄走,进进出出都是翻窗户的,我跳舞去了——"

"伊莲娜?"那是卢克的声音,于是,她暗暗思忖着,在他们所有人当中,我最不希望让卢克撞见我,千万别让他看到我,她乞求地想道,接着便转过身去飞奔起来,一步也不敢停留,径直跑进了书房。

瞧,我终于来了,她想。我终于进屋来啦。这里非但一点儿也不冷,反而暖和得让人倍感亲切,舒适怡人。屋里的光线足以能让她看清那盘旋而上、通向塔楼的铁扶梯,看清通向楼顶的那扇门。她光着脚爱抚地摩挲着大理石地板,在石板上来回揉搓着脚板底,周围的一切都那样温馨,温柔的风儿抚摸她的脸蛋,吹拂着她的秀发,飘溢在她的手指间,带着淡淡的清香从她唇齿间流过,她忍不住一圈又一圈地跳起舞来。我不需要石狮了,她想,不需要夹竹桃了,我已经破解了希尔山庄符咒的魔力,不管怎么样,反正我已经进来了。我到家啦,她想,然而一想到这里,思绪竟莫名其妙地中断了。我到家了,我到家了,她想,现在该上楼去了。

攀登这狭窄的铁扶梯真让人心醉神迷——越攀越高,扶摇而上,没完没了地旋转,始终俯瞰着下方,手里紧紧地攥着这纤细的铁栏杆,远远望去,下方的大理石地面已经越来越远。在不停地向上攀登、向下俯视的过程中,她想到了屋外那柔软如茵的青草地,那绵延起伏的山峦,还有那枝叶繁茂的树林。她仰望着头顶上方,心中在想象着希尔山庄的这座塔楼,塔楼在两旁的林木间拔地而起,直冲霄汉,蔚为壮观地俯瞰着那条山路,山路蜿蜒曲折,横穿希尔斯代尔山寨,从那幢掩映在鲜花丛中的白色别墅的门前经过,从那片魔法无边的夹竹桃林的旁边经过,也从那两尊石狮前经过,一直通向遥远的天际,通向一位曾经答应要为她祈祷的小妇人。时光已经终止,她想,这一切如今已经一去不复返,已经被抛在了脑后,而那位穷苦的小妇人依然还在祈祷,在为我祈祷。

"伊莲娜!"

一时间,她不记得他们是谁了(莫非他们是她请来的客人,是到她门前有两尊石狮的别墅做客来的?正坐在她家的长条桌上在烛光中共进晚餐?他们是她曾经在那家小客栈里遇到过的人吗?抑或是她在那条飞流直下的小河畔遇到的人?他们中有一个人曾经在黑暗中在她身旁陪伴她一起奔跑过吗?过了一会儿,她终于想起来了,原来他们都陷入了他们的归宿之地),她犹豫了一下,紧紧依偎着扶栏。他们显得那么渺小,那么不中用。他们远远地站在下方的大理石地板上,在朝她指指点点,他们在朝她喊话,他们的喊声显得既十分迫切,又十分遥远。

"卢克。"她说,终于想起来了。他们能听到她的声音,因为她刚一开口,他们都不说话了。"蒙塔古博士。"她说。

"蒙塔古太太。亚瑟。"她不记得另一个人的名字了,那人就默默地伫立在那儿,显得略有点儿与众不同。

"伊莲娜,"蒙塔古博士喊道,"转身时千万要小心,然后再慢慢顺着阶梯下来。动作要慢,要非常慢,伊莲娜。要始终扶着栏杆。瞧你,该转身下来啦。"

"这尤物到底在搞什么名堂?"蒙塔古太太问道。她的头发缠着发卷,她那件睡袍的胸前绣着一条龙。"想办法让她下来,好让我们回去睡觉。亚瑟,马上想办法让她下来。"

"我说——"亚瑟刚开口,却见卢克已经奔到楼梯脚下,开始向上攀爬了。

"看在上帝的份儿上,千万当心啊,"见卢克仍在奋不顾身地向上攀,博士赶忙说,"靠墙壁这边的东西早就腐烂了。"

"它承受不了你们两个人,"蒙塔古太太口气肯定地说。

"你们会把楼梯压倒,砸在我们头上的。亚瑟,赶快到这边来,站在门旁边。"

"伊莲娜,"博士喊道,"你能不能转过身来,慢慢地走下来?"

她头顶上只有那道通向外面角楼的活板门了,她站在楼梯最上端的狭小的平台上,使劲儿推了推那活板门,岂料,那活板门竟然纹丝不动。情急之下,她挥起双拳拼命在活板门上捶打着,脑子里狂乱地想着,赶快把它掀开,赶快把它掀开,否则他们会抓住我的。她扭头瞥了一眼,看见卢克正在奋不顾身地往上攀登,越来越近了。"伊莲娜,"卢克说,"安安静静站着。别动,"他的声音听上去很吓人。

我没法逃走了,她想,于是便低头向下看去。她清楚地看见了一个人的面孔,忽然想起了这人的名字。"西奥朵拉。"她说。

"傻妞,按他们的吩咐做。求求你。"

"西奥朵拉?我出不去,门已经被钉死了。"

"没错,是被钉死了,"卢克说,"也算你走运,我的姑娘。"他非常缓慢地一步步向上攀来,差不多快要接近那个狭小的平台了。"安安静静地待在那儿。"他说。

"安安静静地待在那儿,伊莲娜。"博士说。

"傻妞,"西奥朵拉说,"求你按他们的吩咐做。"

"为什么?"伊莲娜低头望去,看到了塔楼在她脚下让人头晕眼花的落差,看到了依附在塔楼墙壁上的铁扶梯,只见铁扶梯在卢克的脚下摇摇欲坠,绷得笔直,看到了那些隐隐约约、面色苍白、惊恐得瞪大眼睛的面孔。"我怎么下来呀?"她无助地问道,"博士——我怎么下来啊?"

"要非常缓慢地移动,"他说,"按卢克吩咐你的话做。"

"傻妞，"西奥朵拉说，"别怕。不会有事儿，真的。"

"当然不会有事儿啦，"卢克严肃地说，"也许只有我会摔断脖子。坚持住，傻妞。我这就到平台上来。我要从你身边插过去，好让你在我前面下来。"他虽然在不停地攀爬，好像还没有累得气喘吁吁，但是他握着栏杆的手却在发抖，脸上也汗津津的。"来吧。"他声音洪亮地说。

伊莲娜身子悬在半空往后一缩。"上回你吩咐我走在前面，可是你根本就没有跟过来。"她说。

"说不定我就会把你从这边缘推下去呢，"卢克说，"让你在下面的地板上摔得粉身碎骨。你还是老实点儿，慢慢移过来，从我身边插过去，然后再顺着楼梯下去。你就抱着侥幸心吧，"他怒气冲冲地又补了一句，"免得我挡不住诱惑，一把将你掀下去。"

她提心吊胆地沿着平台的边缘移动着，身子紧贴着硬邦邦的石墙，卢克趁机小心翼翼地从她身旁挤了过去。"抬脚往下走，"他说，"我会紧跟在你身后的。"

铁梯很不牢，每走一步都摇摇晃晃，嘎嘎作响，她只好步步试探着往下走。她看了看自己紧握着栏杆的手，因为握得太紧，那只手苍白得毫无血色。她每下一个阶梯都要看一看自己赤裸的脚，一步一步，极其小心地移动着，却再也不敢看下面的大理石地面了。要慢慢地下来，她心里在一遍又一遍地告诫自己，千万别想太多，只盯着阶梯，因为那些阶梯在她脚下几乎要压弯了，几乎被压成翘棱状了，下来要非常非常非常地慢才行。"稳住，"卢克在她背后说，"别慌，傻妞，什么也别怕，我们快要到了。"

在她的下方，博士和西奥朵拉都不由自主地张开了双臂，仿佛她万一跌落下来，他们随时准备接住她似的。有一回，伊莲娜突然一个趔趄，失足踩空了一级阶梯，她急得两手猛然抓向了扶栏，扶栏被她撞得直摇晃，西奥朵拉吓得惊呼了一声，立即猛扑过去扶着楼梯的末端。"没事儿的，我的傻囡囡，"她一遍又一遍地说着，"没事儿的，没事儿的。"

"只要再下几步就好了。"博士说。

伊莲娜吓得浑身汗毛直竖，两脚交替轻轻往下移动着，一步接着一步，终于，几乎还没等她明白过来，身子就离开了铁楼梯，稳稳地站在大理石地板上。在她身后，楼梯在剧烈摇晃，呛啷作响，卢克从最后几级阶梯上纵身一跃，跳了下来，跌跌跄跄地朝屋子对面走去，颓然倒在一把椅子里动也不动，脑袋耷拉着，浑身还在不住地颤抖。伊莲娜转过身去，仰望着她刚才站立的那个高得只剩下一个小黑点的地方，仰望着那条铁楼梯，只见那铁楼梯已然扭曲变形，摇摇欲坠地贴着塔楼的石墙，接着便小声说："我跑上去了。我是一路跑上去的。"

蒙塔古太太心有余悸地从门口走上前来，她和亚瑟刚才一直就远远地躲避在那边，唯恐铁楼梯会坍塌下来砸到他们。"有人同意我的看法吗？"她娇弱不堪地说，"这个年纪轻轻的女人今晚给我们造成的麻烦是不是已经够多了？我，不管别人怎么想，反正我想回去上床睡觉了，亚瑟也一样。"

"希尔山庄——"博士刚要开口往下说。

"我实话告诉你，这种孩子般的傻里傻气的瞎胡闹，肯定把今晚鬼魂显灵的机会全破坏了。经过这番荒唐可笑的表演，我肯定没指望了，我们那些从冥冥之中来的朋友一个也见不到了，所以，请你们大家原谅，我要先走一步了——如果你们觉得你们这种装腔作势瞎胡闹，吵得爱管闲事的人睡不着觉的把戏已经演完了——我要说声晚安了。亚瑟。"蒙塔古太太昂首阔步地走了出去，胸襟上的巨龙张牙舞爪，气得浑身发抖。

"卢克刚才吓坏了。"伊莲娜说，眼睛望着博士和西奥朵拉。

"卢克刚才肯定吓坏啦。"博士在她身后附和道。

"卢克刚才吓得差点儿都不知道从那儿下来了。傻妞，你可真是个弱智啊。"

"我倾向于赞成卢克的说法。"博士满脸的不高兴，伊莲娜扭过脸去望着别处，继而又朝西奥朵拉看了看，只听西奥朵拉说，"我估计你是身不由己才这么干的吧，傻妞？"

"我现在没事了。"伊莲娜说，却再也不敢朝他们任何人看了。她垂下头去，发觉自己竟光着脚丫，不禁大吃一惊，这才突然意识到，原来是他们把她从铁楼梯上抱下来的，自己竟浑然不觉。她望着自己的脚想了想，然后抬起头来。"我刚才是想下楼到书房来找本书看看的。"她说。

这件事真丢人，影响也极其恶劣。吃早饭的时候，大家什么也没说，达德利太太照常给伊莲娜端来了咖啡、鸡蛋和面包卷，跟其他人的完全一样。她依然可以跟大家在一起边喝咖啡边聊聊天，看看屋外明媚的阳光，谈谈以后的好日子。此时此刻，大家或许都在有意无意地劝慰她，就像什么事儿也没发生过似的。卢克给她递来了酸果酱，西奥朵拉隔着亚瑟的脑袋笑吟吟地望着她，博士向她道了早安。大家相安无事。吃完早饭之后，等到达德利太太十点钟进屋来收拾之后，大家也没有发表任何看法就走出了餐厅，一个跟着一个，默默地朝那间小会客室走去，博士像往常一样在壁炉前的位置坐下来。西奥朵拉身上穿着伊莲娜的那件红色针织套衫。

"卢克待会儿会把你的车子开过来的。"博士儒雅地说。不管他是在说什么，他的目光很亲切，也很友好。

"西奥朵拉会上楼帮你去收拾行李的。"

伊莲娜咯咯儿地笑着说："她不行。她会没衣服穿的。"

"傻妞——"西奥朵拉刚要开口说，却又马上打住了，扭头朝蒙塔古太太瞥了一眼，蒙塔古太太耸了耸肩，说，"我仔细检查过房间。这是理所当然的。我真想不通，你们怎么没有一个人想到做这件事呢。"

"我本来是打算——"博士深表歉意地说，"可是，我后来又想——"

"你总是在想，约翰，这就是你的毛病。我理所当然地立刻仔细检查了房间。"

"是西奥朵拉的房间吗？"卢克问道，"我可不想再进去了。"

蒙塔古太太显得十分惊讶的样子。"我想不通为什么不行，"她说，"这样做根本没什么不对头的嘛。"

"我进去过，是去查看我的衣服的，"西奥朵拉对博士说，"衣服全都完好无损。"

"那间屋子需要好好打扫一下了，这是理所当然的，可是，你们究竟指望得到什么，如果你们老是锁着门，而达德利太太又没法——"

博士抬高嗓门压过了他妻子的声音。"——没法告诉你我有多难过，"他说，"要是我有什么办法能够……"

伊莲娜哈哈大笑起来。"但是我不能走。"她说，一边在搜肠刮肚地想着，不知该找什么话来解释。

"你来这儿的时间已经够长啦。"博士说。

西奥朵拉瞪大眼睛望着她。"我不需要你的衣服，"她耐着性子说，"难道你没听见蒙塔古太太刚才的话吗？我不需要你的衣服，即使我需要这些衣服，我现在也不会再穿了。傻妞啊，你必须离开此地啦。"

"可是，我不能走。"伊莲娜说，她还在嘻嘻哈哈地笑着，因为她实在无法做出解释。

"小姐，"卢克阴沉着脸说，"作为我的客人，你已经不受欢迎了。"

"还是让亚瑟开车送她回城里去为好。亚瑟可以确保她安然无恙地到达那儿。"

"到达哪儿？"伊莲娜朝众人摇了摇头，却感到自己那头漂亮、浓密的秀发把自己的脸庞遮住了。"到达哪儿？"她开心地问道。

"唉，"博士说，"当然是到家啦。"

西奥朵拉接着说："傻妞，到你自己的那个小巧玲珑的地方去吧，那是你自己的公寓呀，你的所有东西都在那儿呢。"伊莲娜又哈哈大笑起来。

"我哪儿有什么公寓啊，"她对西奥朵拉说，"那是我编造出来的。我平时就睡在我姐姐家的一张简易折叠床上，在宝宝的房间里。我压根儿就没有家，没有任何安身之地。我也不能回我姐姐家，因为我偷走了她的车。"她嘻嘻哈哈地笑着，聆听着自己发自肺腑的真心话，这些话听上去那么不得体，那么难以启齿，那么令人伤感。"我哪儿有什么家啊，"她又说了一遍，怀着希望掂量着这些话，"根本就没有家。在这大千世界上，属于我的全部家当都装在一个纸板箱里，放在我那辆车的后备箱里。那就是我的全部财产，几本书，几件我做小姑娘时珍藏的物品，还有一块我母亲留给我的手表。所以，你们明白了吧，你们没有任何地方可以送我去。"

当然，我也可以没完没了地一直走下去，她始终在注视着他们惊惶失色、错愕不已的面孔，真想把这些心里话告诉他们。我可以把我的衣服留给西奥朵拉，永不停息地一路走下去，我可以浪迹天涯，四海为家，游遍天下，而且我随时都可以回到这儿来。让我留下来才是更加简单、更为明智的选择，她真想把这些话告诉他们，开开心心地告诉他们。

"我想留在这儿。"她对他们说。

"我已经跟你姐姐谈过了,"蒙塔古太太自命不凡地说,"这话我必须说,她首先打听的就是那辆车。真是个庸俗不堪的小人。我嘱咐她不必担忧。这是你的不对啊,约翰,你不该让她偷她姐姐的车子到这儿来。"

"我亲爱的。"蒙塔古博士说,但是话到嘴边又停了下来,无可奈何地摊开双手。

"不管怎么说,人家在等她回去呢。那位姐姐居然冲着我大发脾气,因为他们原计划今天要外出度假的,可是,她怎么也不该冲着我大发脾气啊……"蒙塔古太太冲着伊莲娜数落起来。"我认为应该派人把她安然无恙地交到他们手里才对。"她说。

博士摇摇头。"这种做法是错误的,"他慢条斯理地说,"派我们当中任何一个人陪着她离开这儿都是错误的。必须给她创造机会,好让她尽快忘却有关这座古宅的一切事情。这层关系我们不能再延续下去了。只有离开这儿,她才会重新恢复正常的自我意识。你认识回家的路吗?"他问伊莲娜,伊莲娜只是嘿嘿地笑着。

"我这就去整理,把她的行李收拾好,"西奥朵拉说,"卢克,你去检查一下她那辆车,然后把车子开过来,她只有一个行李箱。"

"被活活禁锢在这高墙深宅里啊。"伊莲娜望着他们凛若冰霜的面孔,忍不住又哈哈大笑起来。"被活活禁锢在这高墙深宅里啊,"她说,"我要留在这儿。"

他们在希尔山庄的台阶前拉起了一道牢不可破的警戒线,严密守卫着大门。越过他们的头顶,她可以看到那几扇居高临下的窗户,也可以看到那满怀信心等待着的塔楼的一侧。要是她能够想出什么办法把心里的苦衷告诉他们就好了,她准会大哭一场的。事与愿违,她只能肝肠寸断地笑对这座古宅,愣愣地望着自己的窗户,望着那似笑非笑、默不作声地注视着她的古宅里的某个面孔。此时此刻,这座古宅正在等待中,她暗暗想道,是在等她呢,别的人都不能令它满意。"这座古宅希望我留下来。"她对博士说,博士吃惊地瞪大眼睛望着她。他身板笔直、十分威严地伫立在那儿，仿佛在期待她做出抉择，期待她听从他的意见，而不是选择留在这座古宅里，仿佛在思量，既然是他把她带到这儿来的，他完全可以解除指令，重新打发她回去。他腰板笔直地转过身来背对着古宅，于是，她真诚地望着他，说："我很抱歉。我非常抱歉，真的。"

"你先去希尔斯代尔，"他语气平淡地说，也许他怕说太多了不好吧，也许他认为，一句亲切的话，或者一句同情的话，马上会引起反弹，使他自己改变主意，又把她重新拉回来。明媚的太阳照耀着群山，照耀着这座古宅，照耀着花园、草坪、树木，照耀着那条小溪。伊莲娜深深吸了一口气，转过身去，望着这一切。"在希尔斯代尔转向五号公路，一直向东走，到了艾什顿，你再走三十九号公路，沿着这条路走下去，你就到家了。这是为了你自身的安全，"他殷切地又补了一句，"这是为了你自身的安全啊，亲爱的姑娘。相信我，要是我事先预见到了这种情况——"

"我真的非常抱歉。"她说。

"我们不能心存侥幸去冒险，你明白吧，任何风险也不能冒。我也是刚刚才察觉到，我老是在问你们大家的这个风险是多么的可怕。现在嘛……"他叹了口气，又摇了摇头。"你记得住吧？"他问道，"先到希尔斯代尔，然后上五号公路——"

"瞧。"伊莲娜平静了一会儿，很想把自己的真实感受原原本本地告诉他们。"我没感到害怕，"她终于说，"我确实没感到害怕。我其实——很开心的。"她真诚地望着博士。"真的很开心的，"她说，"我不知道该怎么说才好。"她说，继而又担心自己会哭起来。"我真不想离开这儿啊。"

"说不定下次还有机会的，"博士用严肃的口吻说，"我们不能冒这个险啊，难道你还不明白吗？"

伊莲娜摇摇晃晃有些站不稳。"有人在为我祈福呢，"她傻乎乎地说，"一个我很久以前认识的女士。"

博士说话的声音很温和，但是却在很不耐烦地轻轻跺着脚。"你很快就会忘记这一切的，"他说，"你必须彻底忘掉与希尔山庄有关的一切事情。都是我的错，我真不该叫你到这儿来啊。"他说。

"我们来这儿已经有多长时间啦？"伊莲娜突然问道。

"一个星期多一点儿吧。怎么啦？"

"我身上从来没有发生过任何事情，这是唯一的一次。我喜欢这次的经历。"

"是啊，"博士说，"这就是你为什么必须火速离开这儿的原因。"

伊莲娜闭起眼睛，叹息了一声，深情地感受着、聆听着、闻着这古宅的气息；厨房那边有一丛鲜花盛开的灌木散发着浓郁的芳香，那条小溪泛着浪花波光粼粼地流淌在青石板上。远处，在楼上，或许就在那间儿童室里，阵阵微风凝成了一股涡流，在吹拂着地板，卷起了积压在地上的灰尘。书房里的铁楼梯在摇晃着，灯光把休·克莱恩的大理石眼睛照耀得闪闪发光；西奥朵拉的那件黄色衬衫干干净净地挂在那儿，没有一丝污渍，达德利太太正在准备五个人用餐的餐桌。希尔山庄在密切注视着，显得孤傲而又坚忍。"我不会离开的。"伊莲娜朝着高高的窗户说。

"你必须离开，"博士说，他终于流露出很不耐烦的态度，"马上离开。"

伊莲娜哈哈大笑起来，接着又转过身去，扬起一只手。"卢克。"她说，话音刚落，他便默默地朝她走来。"谢谢你昨天晚上把我抱下来，"她说，"都怪我不好。我现在明白了，而且你表现得非常勇敢。"

"我当时的确很勇敢，"卢克说，"那是一次很有胆量的行动，远远超过了我这一生中的任何一次。我很高兴能为你送行，傻妞，因为我肯定绝不会再干这种事了。"

"行啦，在我看来，"蒙塔古太太说，"要是你准备走了，你还是好自为之吧。在这临别之际，我也不想争争吵吵，尽管我个人觉得，你们对这个地方的看法都有些夸张，不过，我确实认为，我们还有更好的事情可做，不必站在这儿争来争去，因为我们大家都知道，你得离开这儿。回到城里后，你自然而然会有机会的，再说，你姐姐还在等着去度假呢。"

亚瑟点了点头。"热泪盈眶的告别啊，"他说，"千万别忍着，我的天哪。"

远远的，在那间小会客室里，一团灰烬软软地落在壁炉里。

"约翰,"蒙塔古太太说,"如果有可能的话,最好还是派亚瑟——"

"不行,"博士口气强硬地说,"伊莲娜必须怎么来的还怎么回去。"

"那么,对如此美好的一段时光,我该感谢谁呢?"伊莲娜问道。

博士搀扶着她的胳膊,卢克也来到她身边,领着她朝她那辆车走去,为她打开了车门。那只纸板箱还放在车后座上,她的行李箱依然在座位下的地板上,她的大衣和手提包依旧放在座位上。卢克刚才把车子开过来时一直让引擎在运行着。

"博士,"伊莲娜说,拉着他不肯放手,"博士。"

"对不起,"他说,"再见吧。"

"开车要小心。"卢克彬彬有礼地说。

"你不能就这样强迫我走啊,"她狂怒地说,"是你把我弄到这儿来的。"

"所以,我现在要送你走了,"博士说,"我们不会忘记你的,伊莲娜。但是现在,对你来说最为要紧的事情是,赶快忘掉希尔山庄,忘掉我们这些人。再见吧。"

"再见,"蒙塔古太太站在台阶上态度坚定地说,亚瑟随即跟着说,"再见,祝你旅途愉快。"

伊莲娜手搭在车门上,愣了一下,随即转过身来。"西奥呢?"她询问似的说,西奥朵拉立即奔下台阶,朝她飞扑过来。

"我还以为你不打算跟我说再见呢。"她说。

"噢,傻囡囡,我的傻妞啊——应当高高兴兴才对,一定要高高兴兴的。千万别真把我忘了呀!总有一天,形势一定会真正重新好起来的,你会给我写信的,我也会给你回信,我们还要互相拜访呢,我们会快快乐乐地在一起畅谈我们在希尔山庄曾经做过的、曾经看见和听到的那些不可思议的事情的 ——啊,傻囡囡!我还以为你不打算跟我说再见呢。"

"再见。"伊莲娜对她说。

"傻囡囡,"西奥朵拉羞涩地说,一边伸出手去抚摸着伊莲娜的脸颊,"听我说——说不定将来有一天我们还会再次相聚在这儿的,我们还会在小溪边举办野餐会的。我们压根儿还没有举办过野餐会呢。"她对博士说,却见博士望着伊莲娜,摇了摇头。

"再见，"伊莲娜朝蒙塔古太太说，"再见，亚瑟。再见，博士。我预祝你的专著大获成功。卢克，"她说，"再见。再见啦。"

"傻妞，"西奥朵拉说，"千万要小心啊。"

"再见，"伊莲娜说，话音刚落，便钻进了车子。这情景让人感觉既很陌生，也很难过。我已经太习惯于希尔山庄这舒适的环境啦，她想，一边暗暗提醒自己别忘了放下车窗向大家挥手告别。"再见，"她喊道，心里却有些纳闷，不知自己还有没有别的话可说，"再见，再见。"她笨手笨脚地摸索了一会儿，然后松开刹车，让车子慢慢动起来。

他们依然伫立在那儿，在深情地注视着她，在依依不舍地朝她挥手告别。他们会远远地一直看着我沿着这条环形车道开下去的，她暗暗想道。他们这样做只不过是出于礼貌，要目送我走，直到我走出他们的视线。所以，我现在该走啦。旅程结束之际，便是情侣们的相会之时。但是我不会走的，她暗暗寻思着，想到这一点，她禁不住笑出声来，希尔山庄可不像他们那样容易对付，就凭这么简简单单一句话就打发我走啦，他们不能强迫我离开，除非希尔山庄不想让我留下来。"走吧，伊莲娜，"她情不自禁地唱出声来，"走吧，伊莲娜，我们不再需要你了，不再需要你留在我们的希尔山庄了，走吧，伊莲娜，你不能留在这儿，但是我不会走的，"她唱道，"但是我不会走的，他们管不了周围这一带。他们不能把我赶出来，不能把我关在门外，不能嘲笑我，不能躲着不见我，我不会走的，希尔山庄属于我。"

她自作聪明地把自己的思绪当成了反应敏捷，使劲儿踩下了油门踏板，他们这一次不可能这么快追上来抓住我的，她想，不过，他们现在一定看出苗头了。我真想知道，第一个看破我心思的人会是谁呢？是卢克，几乎可以肯定。此时此刻，我可以听见他们的呼喊声，她暗暗思忖着，听见他们冲出希尔山庄的微弱的脚步声，听见柔和的山风在不断逼近。我果真在这样做了，她一边想，一边调转方向盘，将车子笔直地朝环形车道拐弯处的那棵大树撞去，我果真在这样做了，我这样做完全是我自己的事，瞧，在这最后关头，这就是我，我真的真的真的在凭自己的力量这样做了。

在车子呼啸着撞向那棵大树的前一刻，在那永恒的、撕心裂肺的一秒钟里，她的思维清清楚楚，我为什么要这样做？我为什么要这样做？

他们为什么不来阻止我？

　　桑德森太太听说蒙塔古博士和他那伙人终于离开了希尔山庄，大大地松了一口气。即使蒙塔古博士仍有继续留在那儿的意思，她也会把他们赶出去的，她对那位家族律师说。西奥朵拉的那位朋友，那位已经服软、幡然悔悟的朋友，看到西奥朵拉这么快就回心转意了，感到十分欣喜。卢克不辞而别独自去了巴黎，他姑妈巴不得他在巴黎多住些时日。蒙塔古博士终于从积极的学术追求中退了出来，因为他写出的那篇分析希尔山庄的心灵感应现象的粗浅文章，遭到的是一片冷遇，甚至嗤之以鼻。希尔山庄，这座不可理喻的山庄，依然兀自矗立在衬托着它的雄姿的山峦之间，守护着古屋内那不为人知的秘密。它已经如此这般在这儿矗立了八十年，说不定还会再矗立八十年的。庄园内，一堵堵高墙依旧笔挺地耸立着，砖石的接缝依然纵横齐整，地板依然坚固如初，一扇扇房门依然煞有介事地关闭着。静谧的氛围永远一成不变地笼罩着希尔山庄这座木石结构的建筑物，因此，无论什么东西行走在这里，都是在形影相吊地踽踽独行。